天津市重点出版扶持项目

津沽名家文库(第一辑)

古典小说笔记论丛

刘叶秋 著

南开大学 出版社

天 津

图书在版编目(CIP)数据

古典小说笔记论丛 / 刘叶秋著. —天津：南开大
学出版社，2019.8(2020.6 重印)
（津沽名家文库. 第一辑）
ISBN 978-7-310-05825-9

Ⅰ. ①古… Ⅱ. ①刘… Ⅲ. ①古典小说－小说研究－
中国－文集 Ⅳ. ①I207.41－53

中国版本图书馆 CIP 数据核字(2019)第 168311 号

古典小说笔记论丛
GUDIAN XIAOSHUO BIJI LUNCONG

南开大学出版社出版发行
出版人：陈　敬
地址：天津市南开区卫津路 94 号　　邮政编码：300071
营销部电话：(022)23508339　营销部传真：(022)23508542
http://www.nkup.com.cn

北京建宏印刷有限公司印刷　全国各地新华书店经销
2019 年 8 月第 1 版　　2020 年 6 月第 2 次印刷
210×148 毫米　32 开本　8.125 印张　6 插页　197 千字
定价：58.00 元

如遇图书印装质量问题,请与本社营销部联系调换,电话：(022)23508339

刘叶秋先生(1917—1988)

寸土偶空阔好舟室不足迴旋聊堪容

膝可供嘯歌可讀經史難小何礙縱大等

取泰山滄海微塵涓滴鉅細齋窺佛

家真諦天游專心布衣雄世

丙寅夏日于簷前閒隙築室以舟姑設几榻以

資偃息書銘張壁以見自得之樂　劉葉秋

刘叶秋先生手迹

出版说明

津沽大地，物华天宝，人才辈出，人文称盛。

津沽有独特之历史，优良之学风。自近代以来，中西交流，古今融合，天津开风气之先，学术亦渐成规模。中华人民共和国成立后，高校院系调整，学科重组，南北学人汇聚天津，成一时之盛。诸多学人以学术为生命，孜孜矻矻，埋首著述，成果丰硕，蔚为大观。

为全面反映中华人民共和国成立以来天津学术发展的面貌及成果，我们决定编辑出版"津沽名家文库"。文库的作者均为某个领域具有代表性的人物，在学术界具有广泛的影响，所收录的著作或集大成，或开先河，或启新篇，至今仍葆有强大的生命力。尤其是随着时间的推移，这些论著的价值已经从单纯的学术层面生发出新的内涵，其中蕴含的创新思想、治学精神，比学术本身意义更为丰富，也更具普遍性，因而更值得研究与纪念。就学术本身而论，这些人文社科领域常研常新的题目，这些可以回答当今社会大众所关注话题的观点，又何尝不具有永恒的价值，为人类认识世界的道路点亮了一盏盏明灯。

这些著作首版主要集中在 20 世纪 50 年代至 90 年代，出版后在学界引起了强烈反响，然而由于多种原因，近几十年来多未曾再版，既为学林憾事，亦有薪火难传之虞。在当前坚定文化自信、倡导学术创新、建设学习强国的背景下，对经典学术著作的回顾与整理就显得尤为迫切。

本次出版的"津沽名家文库（第一辑）"包含哲学、语言学、文学、历史学、经济学五个学科的名家著作，既有鲜明的学科特征，又体现出学科之间的交叉互通，同时具有向社会大众传播的可读性。具体书目包括温公颐《中国古代逻辑史》、马汉麟《古代汉语读本》、刘叔新《词汇学和词典学问题研究》、顾随《顾随文集》、朱维之《中国文艺思潮史稿》、雷石榆《日本文学简史》、朱一玄《红楼梦人物谱》、王达津《唐诗丛考》、刘叶秋《古典小说笔记论丛》、雷海宗《西洋文化史纲要》、王玉哲《中国上古史纲》、杨志玖《马可·波罗在中国》、杨翼骧《秦汉史纲要》、漆侠《宋代经济史》、来新夏《古籍整理讲义》、刘泽华《先秦政治思想史》、季陶达《英国古典政治经济学》、石毓符《中国货币金融史略》、杨敬年《西方发展经济学概论》、王亘坚《经济杠杆论》等共二十种。

需要说明的是，随着时代的发展、知识的更新和学科的进步，某些领域已经有了新的发现和认识，对于著作中的部分观点还需在阅读中辩证看待。同时，由于出版年代的局限，原书在用词用语、标点使用、行文体例等方面有不符合当前规范要求的地方。本次影印出版本着尊重原著原貌、保存原版本完整性的原则，除对个别问题做了技术性处理外，一律遵从原文，未予更动；为优化版本价值，订正和弥补了原书中因排版印刷问题造成的错漏。另外需要说明的是，这些著作的原书在首版时标注的著述方式不尽一致，本次收入丛书再版，本着尊重事实，突出学术性、理论性及原创性的原则，将其中部分著作的著述方式改注为"著"。

本次出版，我们特别约请了各相关领域的知名学者为每部著作撰写导读文章，介绍作者的生平、学术建树及著作的内容、特点和价值，以使读者了解背景、源流、思路、结构，从而更好地理解原作、获得启发。在此，我们对拨冗惠赐导读文章的各位学者致以最诚挚的感谢。

同时，我们铭感于作者家属对本丛书的大力支持，他们积极创造条件，帮助我们搜集资料、推荐导读作者，使本丛书得以顺利问世。

最后，感谢天津市重点出版扶持项目领导小组的关心支持。希望本丛书能不负所望，为彰显天津的学术文化地位、推动天津学术研究的深入发展做出贡献，为繁荣中国特色哲学社会科学做出贡献。

南开大学出版社

2019 年 4 月

《古典小说笔记论丛》导读

宁稼雨

  恩师刘叶秋先生的《古典小说笔记论丛》即将由南开大学出版社再版，编辑约我写篇导读文章，作为先生在南开大学带过的唯一的入室弟子，我当然义不容辞。

一

  先生 1917 年生于北京，原名桐良，字叶秋，号峄荤，因文章均署名"刘叶秋"，故以字行。先生早年毕业于北京中国大学（由孙中山创办于 1912 年，初名国民大学，1917 年改名为中国大学）文学系，后在《天津民国日报》任副刊主编，并在天津工商学院女子文学院兼课；1949 年之后，在天津津沽大学、北京政法学院等校任教；1958 年调到商务印书馆参加《辞源》修订工作。从 1958 年到 1980 年，先生因所谓"历史问题"，一直以临时工的身份参与修订《辞源》，以其扎实的学问做了大量工作。直到 1980 年，在当时的商务印书馆总经理陈原先生力争之下，先生才得以以正式国家干部身份成为商务印书馆编审，继续修订工作，并与吴泽炎、黄秋耘先生同为修订本《辞源》三位编纂（主编）。改革开放后，先生被聘为中国文化书院导师、中国楹联学会顾问。1980年，经南开大学中文系校友、当时的中华书局总编室主任黄克先生介绍，先生被聘为南开大学中文系兼职教授。1988年，先生因心肌梗死不幸逝世。

从先生的生平履历中可以看出，多方面的经历境遇，尤其是两度编辑生涯，特别是修订本《辞源》的主编工作，形成了先生渊博的知识储备和深厚的文化修养。他与一般学院派学者的明显不同在于，他不是仅仅在一块学术园地上反复深入耕作，而是具有更加广阔的知识视野和多方面专业素养。先生早年在《天津民国日报》任副刊编辑，主要涉猎文学艺术领域和相关人物。当时一些文艺名人都是先生的作者队伍，与先生有很好的专业和人际交往。像丰子恺先生的漫画和散文，有许多是经先生之手在《天津民国日报》副刊发表的。而先生后来在商务印书馆担任《辞源》主编工作，则又属于语言学、词典学方面的专业领域。按现在的学科划分，语言和文学属于"中国语言文学"这个一级学科下两个不同的二级学科。近年来还有不少学者呼吁将语言和文学拆分为两个一级学科。一位学者能够在语言或文学中的一个领域深入研究，取得成绩，已经是难能可贵了。可先生在语言学和文学两个主要领域以及其他部分领域都取得了卓越的成就。

相比之下，语言学研究应当算作先生的"主要职业"。作为修订本《辞源》主编之一，先生在语言学方面的建树主要在辞书研究和编纂方面。20世纪60年代初，参加《辞源》修订工作不久，他先后出版了《中国的字典》《中国古代的字典》《常用字书十讲》三部中国历史上最早的字典学专著。此三书在社会上极受欢迎，很快售罄。1978年香港中国语文学社影印《中国古代的字典》和《常用字书十讲》，收入《语文汇编》第十四、十五集中。港台地区其他书店也曾有影印《中国古代的字典》者。美国著名汉学家周策纵先生将此书列为研究和学习《说文解字》的必读书。20 世纪 80 年代初，先生以此三书为基础，综合自己及学术界二十年来的研究成果，撰成《中国字典史略》一书。这部著作代表了当时国内外字典学研究的最高水平，受到学术界的极高重视。

先生在辞书研究方面最杰出的贡献，还要数他在《辞源》修订工作中所起的重要作用。在修订本《辞源》三位主编中，商务印书馆占两位（吴泽炎先生和刘叶秋先生）。有人把两位先生誉为《辞源》的"两轮"或"双桨"，认为缺一不可。而商务印书馆的首席代表吴泽炎先生则说："没有刘先生，不能说《辞源》出不来，但错误要多得多。"使用辞典的人很少理解编辞典之难，尤其是其中的苦衷。16 世纪一位法国语言学家写过一首幽默诗来形容编辞典之苦，大意是："谁若被判做苦工，忧心忡忡愁满容。不须令其抡铁锤，不须令其当矿工。不妨令其编辞典，管教终日诉苦衷。"对于《辞源》这样的代表国家水平的大型古汉语工具书来说，需要的不仅是这种坐冷板凳的吃苦精神，更需要多方面的古代文化知识，诸如语言文字、音韵训诂、文学艺术和人物事件、典章制度，以及风俗习惯、州郡地理、山川形势、天文星象、草木虫鱼等。先生正是具有这种精神与素养的学者。四册《辞源》一千多万字，光逐字逐句地审阅校样，反复就是四遍，更不要说在审稿过程中对全书进行各种修改、润饰和加工。如"采访使"一条，原文仅在"官名"的简单解释下，列举了三条书证，内容零散，缺乏条理。先生根据自己掌握的材料，修改为：

> 官名。晋石崇曾为交趾采访使。唐开元二十一年分全国为十五道，每道置采访处置使，简称采访使，掌管检查刑狱和监察州县官吏，略同于汉之刺史。天宝九年，改为但考课官吏，不得干预他政。乾元以后，各地兵起，废采访使而置

防御史。参阅《通典》三二《职官》十四《总论州佐》、《文献通考》六一《职官》十五《采访处置使》、宋赵彦卫《云麓漫钞》八。

这样的改动，不仅使一般读者对"采访使"的建置演变有了简明的了解，也给专业研究者提供了必要的线索。

先生历来主张治学要做通人，要举一反三，闻一知十。1982年我来南开报到，第一次和先生见面，他就特别强调这个问题。先生嘱我，文学艺术门类众多，但相互间可以启发和补充。例如：张旭观公孙大娘舞剑，而悟笔法；吴道子由裴旻的剑术，揣出线描的神韵。先生在读书治学之余，雅嗜颇多，诸如书法、篆刻、作诗填词、鉴赏与收藏字画，以及做印泥、粘扇子、拉琴唱戏等，无所不好。他从蠡县蒋吕梅（熙宇）先生认字启蒙，从歙县吴检斋（承仕）先生习语言文字之学，从盐城孙蜀丞（人和）先生学作诗词，从武强贺孔才（培新）先生学作古文及书法、篆刻，又从怀宁邓叔存（以蛰）先生学习鉴赏文物、书画等美术知识。在大学期间，他又聆听顾随、朱自清、俞平伯诸师的教诲，还向叶圣陶、吴玉如、陈邦怀诸先生执弟子礼。善于从诸师学问中择善而从，融会贯通，形成了他渊博的知识结构和扎实的学问功底，使他在相关文史领域中造诣颇深。1949年之前，他在《天津民国日报》上发表过若干谈书画鉴赏的文章。数十年间，他又经常挥毫作书，操刀治印。他曾作《自题印草》七绝一首云：

> 从来笔阵犹军阵，寸铁纵横百万兵。
> 一艺自矜还自笑，雕虫射虎两浮名。

既可知其胸襟，又可见其作诗的功夫。20世纪80年代初，中央电视台春节联欢晚会曾举办过几次迎春征春联活动。看过这个节目的观众应该还会记得，先生和程毅中先生、吴小如先生、白化文先生、董洪利先生一起荣膺这个活动的评委，大家都目睹过他赏析佳联、裁夺名句的风采。20世纪80年代，在《学林漫录》《燕都》等刊物中也时常见到他回忆京津文坛掌故、风土人情的文章。先生谢世后，师母汪元澂先生将这些文章编辑成《刘叶秋讲北京》一书出版。先生还曾受王朝闻先生的聘请，为多卷本《中国美术史》的编纂人员介绍历代典籍与民俗对中国美术的影响；《中国哲学史研究》也曾约他写过《笔记与哲学》的论文……

书外功夫给先生带来了伏案倦读后的消遣，带来了养心健身的调适，更带来了治学上触类旁通的契机。一次，先生在为修订本《辞源》审稿时，看到"渭川"一词，头脑中忽然跳出"渭川千亩"一语。原来，先生在观赏郑板桥和其他古代画家笔下的竹子时，常在题跋或题诗中见到以此词形容竹子繁茂。鉴于其他词典未收此条，先生查书证，找释义，在修订本《辞源》中添上了这一条目。

在诸多雅嗜中，先生用力最勤的要数书法。记得先生跟我说过，他年幼时曾酷爱绘画，但因祖母的劝说而放弃。原来，祖母为大家闺秀，颇擅丹青。她看过先生的绘画后，认为他在绘画方面发展前途不大，便让孙子改习书法。从此以后，他对画便只是欣赏，对书法，却是身体力行。他的字，楷中带行，遒劲挺拔，疏朗舒阔，深得行家的青睐。除经常书写大字外，每天晚上他还坚持用蝇头小楷写日记，多年不辍。1988年春，先生早晨乘公共汽车上班时，因汽车急刹车而将右臂摔伤。在养伤期间，先生试以左手写字，竟颇有异趣，曾用左手书《戏作》一绝，诗云：

西园左笔人争宝，赝作曾由郑板桥。

5

自笑无端追老辈，居然今古各风标。

很多行家和友人争先向先生索讨左笔书法，先生便将此绝书写后赠送之。程毅中先生便是其中一位。先生逝世后，程先生追步原韵书挽歌一章：

评联说稗编辞典，甘为他人作渡桥。
两米栖中文百万，遽存遗稿著风标。

二

先生在文学研究领域的主要贡献是在古代小说，尤其是文言笔记小说方面。

古代小说虽然算是一个以文体为研究对象的学科方向，但实际上其内部又分为文言小说和白话小说两条轨迹。这两条轨迹分别代表了文人士大夫文化和市民文化两个不同的文化背景。其中文言小说起源较早，而且从《汉书·艺文志》开始，在历代史志中一直占有一席之地，是历代文人士大夫的自我消遣之作；白话小说则主要是宋代以来伴随城市经济繁荣和市民阶层崛起而产生的面向市民阶层的娱乐作品。

与传统诗文研究相比，包括文言小说和白话小说在内的古代小说研究整体起步较晚，体系构建也相对不够完善。从 20 世纪初到 20 世纪 50 年代之前，白话小说研究方面，分别有王国维、鲁迅、胡适、孙楷第等学者在小说史、作家作品以及目录学方面有过开拓性的建树，但在文言笔记小说研究方面，除了个别单篇作品研究外，整体上还是一个空白。在中国学界开创文言笔记小说领域系统研究的第一人，则是恩师刘叶秋先生。

对于先生来说，文言笔记小说研究只能算是一项非本职工作的"副业"。但他的这项"副业"却开创了中国古代小说研究的一个新天地。

从 20 世纪开始陆续问世的几部小说史中（如鲁迅《中国小说史略》等），魏晋南北朝小说和唐代传奇，以及《聊斋志异》和《阅微草堂笔记》等虽然占有一定篇幅，但内容相对简单。这一局面因恩师的学术贡献而出现较大的改变。

先生自幼喜读文史杂书，尤嗜笔记小说。这与祖母对他的影响有关。少年时祖母曾指着北京虎坊桥故居东隔壁的阅微草堂对他说："如果日后你的读书成就能及纪晓岚十之一二，就不错了。"先生不负庭训，年轻时便曾仿《聊斋志异》和《阅微草堂笔记》等志怪传奇笔法，写成若干文言小说，投与报刊，均获刊载。几十年中，他阅读了大量历代笔记与笔记小说，并分别做了读书提要。这为他在此领域的研究奠定了坚实的基础。20 世纪 50 至 60 年代，他出版了《古典小说论丛》（中华书局，1959 年）、《魏晋南北朝小说》（中华书局，1961 年）两部著作，成为对这个领域系统研究的奠基性著作。

20 世纪 60 年代，先生应中华书局之约，为"知识丛书"撰写《中国古代的笔记》一书，完稿后因"文化大革命"爆发而未能付印。至 1980 年，先生将原稿略加修订，易名《历代笔记概述》，作为中华书局"中华史学丛书"之一问世。这是先生的重要著述之一。该书第一次以横向的笔记小说、历史逸闻、考据辩证三个方面和纵向的魏晋至明清近一千七百年的线索，将三百五十余部历代具有代表性的笔记梳理缕析，勾勒出中国历代笔记发展的大致脉络。其时，国内有多篇署名文章盛赞此书于学术建设之功。著名学者程毅中先生在《书品》1988 年第四期发表《甘为他人作渡桥——重读〈历代笔记概述〉》一文，指出："笔记，爱读的人不少，而精读的人不多；专读某一类作品的人比较多，而兼读各类作品的人则很少。刘叶秋同志学识渊博，读书精细，既熟悉小说故事和历史琐闻类的笔记，又精研考据辩证类的笔记。尤其他长于训诂诠释之学，还著有《中国字典史略》等书。只有像他这样博览群书、旁通杂学的人，才能写出这样综合性的概述。"该书一版所印二千七百册很快销售一空。后来北京出版社出版"大家小书"丛书，该书被收入其中，还是供不应求。

三

南开大学出版社初创于 1929 年，日寇侵华后，南开大学于1937 年遭到日军轰炸，学校被迫南迁，出版社被迫停办。1983 年经国家有关部门批准重建。重建后的南开大学出版社急需一批学术名家的重要学术著作来提升学术品位，扩大社会影响。当时刘叶秋先生刚刚受聘担任南开大学中文系兼职教授不久，很快被列为重点约稿专家对象。

当时刚刚重新组建的南开大学出版社编辑以本校转岗的教师为主，负责向恩师约稿并担任责任编辑的是曾任职于南开大学中文系古代文学教研室马光琅先生。大约 1983 年春季，马光琅先生刚到出版社不久，很快通过宁宗一先生与恩师取得联系并约稿，确定出版这部《古典小说笔记论丛》。

这部书稿涉猎的学术领域主要为古代文言小说与白话小说研究，所收文章为恩师在这个领域具有奠基性、开创性和代表性的重要论文。关于该书内容取材和编排，先生在自序中已有交代，毋庸置喙。这里主要就书中内容的历史背景和学术价值略陈己见。

首先是关于这部书稿及其相关内容的时代特征。先生的小说与笔记研究起步于 1949 年之前，20 世纪 50 年代是成果集中问世的黄金时期。1958 年之后至本书编纂的 20 世纪 80 年代初，因为参加《辞源》修订工作，先生的"笔记小说研究一直为辞书研究所代替"（本书先生自序语）。实际上，这里还有另外一个重要原因是，"文化大革命"十年间，先生的辞书研究和笔记小说研究也都停止了。20 世纪 70 年代末，随着《辞源》修订工作的重新启动，先生的笔记小说研究也重新开始，陆续为《读书》《文史知识》等有关刊物写过十几篇相关文章。但因为这时先生的主要工作还是修订《辞源》，包括小说、笔记研究等其他工作只能在业余时间进行，所以，从 20 世纪 70 年代末到本书结集的 20 世纪 80 年代初的几年间，先生的小说、笔记研究基本上还是 1949 年之前到 20 世纪 50 年代那二十多年时间厚积薄发的结果。但是这个时段的小说、笔记研究在中国学术史上却具有特殊的意义。

进入 21 世纪之后，学界掀起一股总结回顾 20 世纪学术史的热潮。其中有几种成果涉及对 20 世纪中国小说史研究的回顾和评价。这些回顾中有一个未曾引起人们关注的短板问题，那就是忽略了对 1949 年至 1978 年这三十年中学术研究工作的发现与肯定。就中国小说史研究而言，不少研究者把回顾 20 世纪小说史研究的目光集中在 1949 年之前和 20 世纪 80 年代之后，对于 1949 年至 1978 年这三十年，则基本上是付之阙如。出现这样的情况固然有其历史原因：1949—1978 年那三十年的学术研究很大程度上受到政治运动和意识形态的影响，学术研究的意识形态含量压倒了学术含量。总体上看，这个时段的学术研究缺少学术含量是个事实。但任何事情都不能绝对化、一刀切，都有与主流相悖的特例。刘叶秋先生的文言笔记小说研究就是这个学术断档时期难得的学术建树特例。据有关信息统计，从 1949 年到 1978 年三十年间，关于中国小说史的著作，海外大约有六种，均为中国小说通史。国内学界也有六种，其中小说通史性质的有四种：吴小如著《中国小说讲话及其他》（上海出版公司，1955 年），北京大学中文系一九五五级编《中国小说史稿》（人民文学出版社，1960 年），北京大学中文系编《中国小说史》（人民文学出版社，1978 年），南开大学中文系编《中国小说史简编》（人民文学出版社，1979 年）。其余两种为断代小说史：刘叶秋著《魏晋南北朝小说》（中华书局，1961 年）和程毅中著《宋元话本》（中华书局，1964 年）。这个简单的数字说明，刘叶秋先生的《魏晋南北朝小说》和程毅中先生的《宋元话本》是 1949 年至 1978 年三十年间仅有的两部具有断代小说史性质的学术著作（此前有刘开荣先生的《唐代小说研究》，出版于 1947 年）。如果再检索一下 1949 年之前的研究成果（据笔者主编《六朝小说学术档案》，武汉大学出版社，2011 年），发现除几部小说通史之外，关于魏晋南北朝小说的研究只有部分关于单篇作品的研究论文，同样没有关于这个时段的断代小说史，那么就可以断言：刘叶秋先生的《魏晋南北朝小说》是学界最早的魏晋南北朝小说断代史。学界后来的魏晋南北朝小说研究就是在这部著作的基础上继续深入发掘的。对此，《六朝小说学术档案》一书在介绍先生这部著作时指出：

虽然《魏晋南北朝小说》一书限于篇幅，未能作更深入的探讨，但是就中国 20 世纪 50 年代到 20 世纪 70 年代这一非常时期而言，由于历史等原因，这个时期小说史的编撰与研究几乎到了断层的地步。自 20 世纪 50 年代至 20 世纪 70年代末，除北京大学、南开大学三本小说史之外，几乎没有专门的小说史专著。魏晋南北朝小说、历代笔记一直没有专著论述，而《魏晋南北朝小说》一书简明扼要、条理清晰地介绍了魏晋南北朝时期小说，是较早对魏晋南北朝小说进行较为系统的全面研究的专著，为魏晋南北朝时期的小说研究奠定了基础，填补了魏晋南北朝小说研究方面的空白，推动了魏晋南北朝小说研究的发展。

《古典小说笔记论丛》中所收《魏晋南北朝志怪小说简论》一文和关于《世说新语》的几篇文章，就是先生《魏晋南北朝小说》一书的浓缩和精华。

先生是跨越 1949 年前后两个时代的学者。1949 年之前民国时期的文化氛围下所受到的高等教育和担任《天津民国日报》副刊编辑时的工作，尤其是个人兴趣，使他对传统旧学和笔记小说下过深厚的功夫（详见本书先生自序）。而 1949 年之后社会环境变化对学术研究的一个重要影响就是辩证唯物主义和历史唯物主义思想背景下的意识形态在学术研究领域的渗透，这一点在先生关于魏晋南北朝小说的学术研究中也得到了相应体现。

对于这个学术领域的时代变化，当下学界的评价基本是毁誉参半。誉者谓其代表了社会发展的新潮流，毁者则指其导致意识形态对学术研究的左右、干扰。对于这个问题，我个人的看法是，应该从学术的角度客观公正地认识和评价。2011 年，我在为商务印书馆"中华现代学术名著丛书"中胡士莹先生《话本小说概论》所撰整理后记中评价胡士莹先生类似问题时说："把唯物辩证法作为放之四海而皆准的绝对正确方法是片面的，但反过来，凡是染指辩证法和历史唯物主义便不予理睬，也未必在理。"从积极方面看，唯物辩证法能够帮助人们从事物的相关联系中去发现本质和规律，起到提纲挈领、举一反三的作用。故而鲁迅称之为"明快的哲学"。但另一方面，如果将其无限夸大和绝对化，就容易进入先入为主的机械唯物论陷阱，甚至走上学术成为政治运动工具的邪路，同样会走向科学精神的反面。

拿先生本书中的内容和 1949 年之前学界前辈的相关研究相比，就会发现一个明显的变化，那就是增加了从辩证唯物主义和历史唯物主义角度对于相关文学现象的社会学解读和分析。这一点，从《魏晋南北朝志怪小说简论》（发表于《新建设》，1958 年第四期）关于魏晋南北朝志怪小说产生的历史背景和社会土壤的介绍与其他相关成果的对比中就能看得出来。鲁迅《中国小说史略》关于魏晋南北朝志怪小说设有两篇，其中谈到历史背景和社会土壤的内容是：

> 中国本信巫，秦汉以来，神仙之说盛行，汉末又大畅巫风，而鬼道愈炽；会小乘佛教亦入中土，渐见流传。凡此，皆张皇鬼神，称道灵异，故自晋迄隋，特多鬼神志怪之书。其书有出于文人者，有出于教徒者。文人之作，虽非如释道二家，意在自神其教，然亦非有意为小说，盖当时以为幽明虽殊途，而人鬼乃皆实有，故其叙述异事，与记载人间常事，自视固无诚妄之别矣。（《中国小说史略》第五篇《六朝之鬼神志怪书》上）

鲁迅主要从佛教、道教的社会土壤和文人搜奇猎异的角度阐释六朝志怪小说产生的根源，相当简略。先生《魏晋南北朝志怪小说简论》一文则用了约四千字，分别从文学渊源、社会分化和矛盾对立、宗教文化等几个方面详细分析、论述志怪小说产生的土壤。其文字数量和学术含量不仅远远超过了鲁迅的《中国小说史略》，也明显比晚于先生此文两年问世的北大中文系一九五五级编《中国小说史稿》一书的相关内容充分、详尽。后来学界关于魏晋南北朝志怪小说的渊源、背景研究，基本都是在这个基础上的进一步深入和拓宽。先生在这方面取得成功的重要因素就是融入了唯物辩证法的社会学研究视角。但先生此文没有堕入机械唯物论和庸俗社会学的偏颇，则是因为传统旧学功底为先生打下了深厚学术基础。此文牢牢把握了学术研究的基本要义，即便吸收了新的方法也没有偏离中心路线。这样一些根基扎实而又具有开拓性和创新性的研究，在这个领域做出了奠基性贡献，并引领后学在此基础上继续深入探索。

这部书稿还有一个突出特点，就是覆盖面大，涉及学科方向多。内容既包括文言小说，也包括白话小说，还包括小说之外的一般笔记，以及戏曲等。这正是先生知识渊博和学养深厚的体现。当今学界学科专业分工过细，搞先秦文学的搞不了明清文学，搞诗文研究的搞不了小说、戏曲研究，更不要说搞文学研究的搞不了语言研究甚至历史研究了。先生此书的这个特点，对当下乃至以后学者的知识结构建立和学养形成，也具有极好的示范效应。

最后，我要替九泉之下的恩师和在世家属，向南开大学出版社致以由衷谢意！感谢出版社刘运峰总编辑的慧眼决断，感谢编辑田睿和王霆女士的辛苦工作。愿恩师在冥冥天界为本书再版感到欣慰！

2019 年 5 月 4 日于津门雅雨书屋

古典小说笔记论丛

刘叶秋 著

南开大学出版社

古典小说笔记论丛

刘叶秋 著

南开大学出版社出版
（天津八里台南开大学校内）
新华书店天津发行所发行
天津牛家牌印刷厂印刷

1985年3月第1版 1985年3月第1次印刷
开本850×1168毫米1/32　印张：7.5
字数：187千字　印数：1—16,800
统一书号：10301·4　定价：1.65元

目　　录

1

2

自　序

我从十几岁的时候，就喜欢看笔记小说，对于志怪搜神一类尤感兴趣。旧居北京虎坊桥，庭院幽敞，有一棵小梧桐树，枝叶茂密，满地浓阴，到了夏天，我常常拿一本笔记小说坐在树下，展卷纵观，至忘寝馈。三十年代初，曾经摹仿纪晓岚《阅微草堂笔记》的体裁，写了几篇《异闻琐录》，投寄给天津的天风报，俱得刊载，当时我很高兴！后来大学毕业，到天津主编一家日报的副刊，又在大学里兼一点课，审稿备课，皆须经常阅读文史典籍，涉猎稍广；又藉编报的机会，识当了很多位文坛的老前辈，得广见闻，略窥治学的门径，知道前此之记述异闻，不过是在作文字游戏，幼稚可笑；研究笔记小说，也不能一味信手乱翻，漫无选择。于是请教师友，列书目，订课程，自汉魏以迄明清的笔记小说代表作，俱加网罗，按时代先后，分主次，别详略，顺序阅读，以为日课。对每一部书都写提要，记梗概，评价得失，探讨其产生的社会基础、故事的源流演变以及流传的端绪，版本的异同等等。即载历史琐闻的笔记和以考据辨证为主的笔记，也在我的浏览采录之中。荏苒十年，积稿盈箧。解放后整理编撰，成《魏晋南北朝小说》和《历代笔记概述》二书，先后出版。因为魏晋南北朝小说与历代笔记，一直还没有人写专著，作系统的论述，所以不辞谫陋，聊事"垦荒"，以补一时的空白。抛砖引玉，佳作尚有待于高贤。

我从一九五六年夏到一九五八年春，还陆续写了十篇论小说的文章，大部分在刊物上发表过，其中的八篇录入我的《古典小

1

说论丛》一书，于一九五九年出版。从一九五八年八月，我到商务印书馆，参加修订《辞源》的工作以来，于今二十余年，我的笔记小说研究一直为辞书研究所代替，只和友人共同辑注了一本《笔记小说案例选编》，写了十几篇有关小说笔记的小文而已。现在由于我和南开大学中文系宁宗一副教授共同带研究生，课题正是笔记小说，不觉提起旧话，想把我在解放后所写谈小说笔记的文章汇为一集，公诸同好。恰好南开大学出版社成立，欲为印行，就按所谈作品的内容分成两部分，俱依时代先后为次第，编成这个小册子。前一部分谈小说，对魏晋南北朝的志怪和轶事小说、唐传奇、宋平话以及明人的拟话本，晚清的谴责小说等，有所探讨。后一部分谈笔记，或论一事，或评一书，随意写来，不拘形式，亦如笔记体之"杂"而"散"。另外我还写过一篇《忆刘云若》，原载宁宗一、李厚基、腾云同志主编的《古典 小说戏曲探艺录》。刘云若是天津的著名小说家，于一九五〇年去世，其作品为旧体章回，渊源有自，故以《旧体章回小说家剪影》为标题，将此篇与旧作《略谈 孔尚任的桃花扇》 一文，一齐作为附录，收在本集的后面。这里于其中的几篇文章，略加说明如下：

《魏晋南北朝志怪小说简论》从政治经济基础、思想潮流、宗教影响等等方面，论述魏晋南北朝 志怪 小说产 生和兴 盛的原因，并举出《列异传》、《博物志》、《搜神记》、《搜神后记》、《幽明录》、《拾遗记》、《续齐谐记》等几部作品，具体分析了这一时期不同类型的志怪小说的内容与其发展演变的情况。但魏晋南北朝的志怪小说，不仅数量很多，内容也很复杂；本文发表后，虽然曾经修改，收入本集时，又作了不少补充，仍感未能谈得很全面，只是大致地勾绘出一个轮廓而已。

《世说新语》为魏晋以来轶事小说的代表作，它记录了汉末和魏晋这一时期士大夫的许多轶闻 遗事，不只作 为一种小说体裁，自具特色，对后代的笔记小说，也有深远的影响，其内容还

2

是研究魏晋思想史的一部分重要材料。《试论世说新语》一文,着重论述这部书所反映的魏晋士大夫思想状态和生活面貌,对它的价值、影响,作了评价,同时也指出刘义庆编书的基本倾向和此书的主要缺点。

《邺下风流在晋多》一文,谈《世说新语》中的所谓名士风流,是读书随笔的性质,不妨视为《试论世说新语》的续作;《读世说新语注》,对刘孝标注的作用及其中杂入的宋人校语作了初步的分析,可与前两文算作姊妹篇。

唐人传奇《补江总白猿传》,可能是初唐的作品。它写梁将欧阳纥的妻子被一白猿掠去,后来欧阳设计救回妻子,杀死白猿的故事,带着很浓厚的神怪色彩;内容是极其荒诞、离奇,并无意义的。但它的写作技巧,比起魏晋南北朝的志怪小说来,已有了较大的进步,可以当作由志怪到传奇的发展过程中的能够显示进化痕迹的一篇有代表性的作品看;因此,我们在文学史上也还提到它。《略谈补江总白猿传及与其有关的故事》一文,探讨了这篇小说的题材来源,指出它在写作方面的成就,并谈到三篇由此衍化而出的作品;把它们内容的异同及其特点,作了简略的说明和比较。这篇文章只是提出了一些研究的线索;于作品内容,并没作到深刻的分析和批判。

另一篇传奇《柳毅传》,写书生柳毅和龙女结婚的故事,是一个美丽的民间传说,具有一定程度的反封建意义,艺术性也相当强。我的小文分析了这篇传奇的人物性格和故事的现实性,论述了它的形式技巧,对作品的局限性,也作了一些批判。

《碾玉观音》和《郑意娘传》,都是南宋的平话。前一篇暴露南宋的封建统治阶级对市民子女的迫害,后一篇写出在金人统治下的北方人民受异族摧残的痛苦;都是比较优秀的作品。但这两篇平话也存在着相同的严重缺点:《碾玉观音》写璩秀秀的鬼魂,不敢对直接杀害她的郡王作斗争,而向帮凶的郭排军报复;

《郑意娘传》写郑意娘的鬼魂放过大仇敌异族统治者，而把自己的丈夫"活捉"了去；这都转移和冲淡了故事中的主要矛盾，大大削弱了作品的思想性。我评述这两篇作品，除了分析人物、情节之外，也对作者认识的模糊、思想的消极作了批判。由于这两篇平话，都写爱情的题材，有鬼魂出现，是平话中"烟粉"兼"灵怪"的一类；所以附带提出了对古典小说、戏曲内"鬼"的形象的初步看法。

《杜十娘怒沉百宝箱》是明人"拟话本"中的杰作，它创造出一个光辉的妇女形象。我的文章分析了杜十娘、李甲、孙富这三个人的性格特点和他们彼此之间的矛盾冲突，并由此进一步说明了造成杜十娘被遗弃的悲剧的社会原因。

《谈二十年目睹之怪现状》一文，则把这部晚清有代表性的谴责小说的内容，作了概括的论述，肯定作品的反帝反封建的基本倾向和作者思想中的民主成分；同时也指出了作者的改良主义思想与在写作上的不善概括，疏于剪裁，溢恶违真，夸强过分等主要缺点。

小册偏成，重读一遍，深惭钝拙，进诣殊微。如果把治学比作走路，这只能表示我曾经走过一段路，留下一些脚印罢了。

一九八三年六月刘叶秋写于北京

4

魏晋南北朝志怪小说简论

(一)

中国的古典小说，经历神话传说阶段到魏晋南北朝而进入了一个发展演变的新时期，承先启后，起着桥梁一样的作用。这时小说的数量，空前地增多，内容也空前地复杂。概括说来，作品可分两种：一种是记神仙鬼怪的志怪小说，如《博物志》、《搜神记》等，大量出现，广泛流传；另一种是记人物言行片段的轶事小说，如《语林》、《世说新语》之类。作为小说的新体裁，刚刚形成。由于南北朝人称执笔作文为"笔记"，以散文与辞赋并举时，亦呼散文为"笔记"；而魏晋南北朝小说，多出于文士信笔记录见闻，还不是有意识地进行小说创作，所以后人就把它们叫作"笔记小说"，自成流派，从魏晋一直沿续至清末，爰及近世，尚有作者。

志怪小说，何以在魏晋南北朝特别兴盛呢？这和古代的巫术、方士与佛、道两教的传播有密切的关系。轶事小说在晋宋之际产生，则是汉末以来的人物品评和魏晋清谈之风影响的结果。社会现实，促进了这些小说的成长；小说体裁本身的发展，又为这些小说的演变准备了条件。多方面的因果，纵横交错，是这一时期小说的特点，故其值得研究，即不在一个方面。这里试就志怪的历史渊源和社会基础作一番简略的探讨。

中国小说，也起源于神话传说。所谓神话，据鲁迅解释说："昔者初民，见天地万物，变异不常，其诸现象，又出于人力所

1

能以上，则自造众说以解释之；凡所解释，今谓之神话。"①神话不只是人民由于不能理解自然现象而想出的天真的解释，也寄托着征服自然、减轻辛劳的幻想。等到神话进一步发展，神与人结合起来，人们把"神力"赋与了有奇才异能的英雄，这就成了传说。高尔基也曾经指出："一般讲来，神话乃是自然现象，与自然的斗争，以及社会生活在广大的艺术概括中的反映。"②中国的神话传说，虽然由于从前缺少记录这类材料的专书，散失了不少，但还有一些故事散见于先秦古籍。在诗歌内如《诗经·大雅·生民》咏姜嫄履大人之迹而生后稷，屈原的《天问》中提出的许多问题，就都是神话传说。《左传》、《史记》等古史也是往往把神话传说与史实并记的，而且其中也有鬼怪的故事。如《左传》庄公八年记齐侯见到公子彭生鬼魂所化的大豕，就是一个例子。而一般与统治阶级的立场观点有矛盾或叙述事实有出入、被称为"野史"的作品，往往带有更为浓厚的神话传说的色彩。如汉扬雄的《蜀王本纪》，赵煜的《吴越春秋》，即是近于小说家言的"野史"，"虽本史实，并含异闻"的。③《吴越春秋·阖闾内传》记吴地钩师，贪图重赏，杀其二子，以血涂金，铸成二钩，献给吴王阖闾，一呼子名，则二钩飞着父胸；《越绝书·越绝外传》记公孙圣为吴王夫差占梦，以其言忠直而被杀于徐杭山，死后有灵，吴王至山，三呼其名而三应；就都很象志怪小说中的情节。但直接影响魏晋志怪的，还是先秦古籍《山海经》和出自汲冢的《穆天子传》。《山海经》为记山川异物、谈祭祀神祇的巫书，所载神话传说独多，精卫填海，夸父逐日等故事，俱出其中，即叙山川鸟兽，语亦荒诞。《穆天子传》写周穆王驾八骏马西征，会见西王母的情节，是神话式的"野史"，和题为汉人撰的《汉武故事》、《汉武帝内传》略同，事虽神怪，文犹传体。魏晋南北朝志怪小说内炫示地理博物的"琐闻"与侈谈神仙灵异的"故事"两类，即继承这两部书的系统而发展起来。

2

10

（二）

东汉末年，由于统治阶级加紧地压榨人民，侵占土地，已经出现人吃人的惨剧④。汉帝国虽随着黄巾起义而崩溃，但又形成地方割剧、三国混战的局面。人民在战乱中，大量地被屠杀，加上疾疫饥荒，丁去田芜，户口锐减，生活几乎陷入绝境。西晋建立后，统一的局面没维持多久，即发生八王之乱，跟着是异族入侵，晋室南迁，北方广大的国土被异族分割盘踞。后来东晋偏安之局，由刘裕篡位而结束，依然是对峙的南北朝。在这样一个长期分裂、乱离的黑暗的时代中，不仅阶级矛盾和民族矛盾极为尖锐，统治阶级的内部矛盾也非常严重。从汉末到魏晋，参与政治活动的士大夫，尤其是对统治者采取明显的敌对立场或进行尖锐讽刺的，往往不能保全生命。如孔融以不阿曹操而被杀，杨修因遭受曹操之忌而遇害，祢衡也死于曹操的借刀杀人之计，嵇康则因为"与魏宗室婚，拜中散大夫"的政治身份和司马氏敌对而受刑东市。潘岳、陆机、陆云等人也都是被杀而死。士人们在惨痛的现实下，不免消极颓废，为明哲保身之计，或隐居避世，或纵酒谈玄，以逃避政治迫害。老庄学说中的虚无思想就借士大夫的谈玄和厌世而滋长起来。汉末兴起的道教，由印度传来的佛教，也因为一般人的精神苦闷，有信仰宗教的要求和统治阶级有意利用宗教为麻醉人民的工具，而得以乘机传播。在这种浓厚的宗教与出世思想的影响下，就产生了大量的谈神仙鬼怪，隐士异人的故事，而水旱蝗虫等自然灾害，往往也被夸大 成怪异；（我们从《汉书》、《后汉书》、《晋书》的五行志中可以看到这类的材料。）加上从两汉流传下来的神话传说很多；于是有人搜集记录，就出现了志怪小说。

从经济方面看，汉末至西晋这一时期的生产，总的说来是停

3

11

滞衰退的。但到东晋南朝时，由于北方的农民大批逃至南方，带来了较为先进的生产技术和农具，和南方劳动人民共同开垦耕作，使农业生产增加，手工业也随之发展，特别是冶铁和纺织，有了较高的成就。而且因和北方贸易受到限制，海外的交通、贸易反而发达起来。东至日本，西至印度、南至安南，和被称为"昆仑人"的南洋马来人的贸易尤为频繁。如《南齐书》卷三十一荀伯玉传即有"与昆仑舶营货"的话。而北朝的统治者，也很注意发展农业，如北魏文帝时即曾实行计口授田的"均田制"以促进生产；北朝和西城的交通亦盛。这一切对当时文化的发展和与外国文化的交流，都起着一定的作用；也很自然地影响到志怪小说的成长，而印度文化带来的影响较大。晋人和南北朝志怪小说中都有关于奇异物品的记载，如西城火浣布、昆吾切玉刀、于阗青铁砚、辽西麟角笔之类，虽未必皆实有其物，也是因为这时外来的异物很多的原故，是有一定的现实依据的。

但尽管生产有一定程度的发展，而广大人民的痛苦依然深剧。东晋以来，士族制度建立，世家大族的政治权力、经济地位都高于一切；而土地又集中在大地主手里，租税非常繁重。南方的统治者一直荒淫奢侈，大量地浪费着搜刮来的民脂民膏；对人民的剥削和奴役是有增无已，使人民陷于极端贫困的地步，无法生活。在北中国也是徭役繁兴，军旅不息，人民饱受异族统治者的残酷压迫和屠杀，生命财产都毫无保障。因此人民群众对现实社会的不满，对统治阶级的反抗和对自由幸福生活的追求就特别强烈。表现在行动上的，是南北方不断爆发的人民起义斗争；反映在思想里的，是反抗的呼声和斗争的意识。当人民的斗争失败或行动受到压抑时，这种反抗的精神和胜利的希望就往往通过丰富的幻想，寄托在一些神鬼的故事里而曲折地显示出来；或者发展了旧的传说，或者创造出新的故事。这些故事被文人记录、加工，收进志怪小说里，就是使在消极的基础上产生的志怪小说中

4

具有积极性内容的原因。

巫术是一种带有原始宗教色彩的东西，中国信巫，由来已久。巫者以舞降神，代人祈祷、治病等等，称为巫术。男巫叫巫，女巫叫觋。商代最重巫，屈原《离骚》中提到的巫咸，据说就是古时的一位神巫。战国魏西门豹治邺之前，当地三老、廷掾勾结巫妪，以河伯娶妇为名，敛财害民，为以巫术骗人之例，众所熟知。这种带有原始宗教色彩的巫术，在两汉仍然盛行，至魏晋而不衰。与巫术有关的神仙思想，亦发展于秦汉之间。号称"英明"有远见的秦始皇、汉武帝都热中于求神仙、觅灵药，希望长生不老。秦始皇曾经"发童男女数千人，入海求神仙"⑤。汉武帝则除此以外，还要把丹砂炼成黄金，因为方士栾大说："黄金可成而河决可塞，不死之药可得，仙人可致"，正投其所好，即拜栾大为"五利将军"；后又亲至海上，希望找到"蓬莱仙山"，表现得更为狂热。他在所宠幸的王夫人死后，思念不已，叫术士少翁为他招致亡魂；病于鼎湖，他听任上郡巫者请"神君"问疾⑥，可见他也笃信巫术。谶讳、符命之说，亦常被统治阶级用来附会时事，以欺骗人民，巩固政权。如东汉光武帝（刘秀）即帝位时，其手下诸将就引用谶讳说"符瑞之应，昭然著闻"，宣称刘秀作皇帝为天所任命；后来在中元元年复"宣布图谶于天下"⑦。

讲阴阳术数相信神鬼的风气，亦弥漫于两汉和魏晋的儒林文苑，如董仲舒曾以《春秋》灾异之变，推究阴阳之错行；刘向曾把讲方术的《枕中鸿宝苑秘书》献给宣帝，还因为铸伪黄金而下狱⑧。可见醉心方术，虽儒者不免。魏晋名士受方士术数影响，信神鬼者亦多。如"竹林七贤"中的嵇康，虽没写过什么志怪书，却在《养生论》内说："神仙虽未目见，然记籍所载，前史所传，较而论之，其有必矣。"他对神仙的存在，抱着肯定的态度。作《搜神记》的史学家干宝，特别喜欢术数，认为真有鬼

5

神，著书的目的在于"发明神道之不诬"。注《尔雅》的郭璞，以精于阴阳五行历算卜筮之术出名，带有很浓厚的方士味。撰《拾遗记》王嘉，本是苻秦的方士，其侈谈神怪，自不足异。著《抱朴子》的葛洪，以喜欢神仙方术著称，他在晚年固辞散骑常侍，而乞为句漏令，即因句漏出丹砂，便于炼丹以求长生；他还编过一部志怪书《神仙传》。再加上一般教徒有意地写志怪书，作为宣教的工具，更助长了志怪小说的发展和传播。因此我们可以说魏晋南北朝志怪小说是在长时期的黑暗岁月、乱离社会中，随着颓废厌世思想的滋长、佛道迷信的宣扬和巫术阴阳五行之说的历史影响而达到空前兴盛的局面的。

（三）

《汉书·艺文志》诸子略所列小说十五家，有《虞初周说》九百四十三篇，注称虞初为武帝时方士，张衡《西京赋》亦言"小说九百，本自虞初"。明胡应麟论此云："盖《七略》所谓小说，惟此当与后世同，方士务为迂怪，以惑主心，《神异》、《十洲》之祖袭，有自来矣。"⑥虞初的《周说》虽久已失传，但方士之言，不离神仙怪异，可以想见这部书与其他杂著之被称为"小说"的不同，实早出之志怪，为后来此类作品之滥觞。胡氏的说法，足征小说和方士的关系原甚密切，我们从魏晋南北朝志怪小说中就能看到不少涉及神仙方术的内容。

魏晋志怪，大约分三个类型：一、兼叙神仙鬼怪，不专谈某种宗教或方术，夹杂着零星琐碎没有故事性的记载，以晋干宝的《搜神记》为代表。此类较多，题为魏文帝撰的《列异传》和题为晋陶潜撰的《搜神后记》，最与近似。二、兼叙山川、地理、异物、奇境、神话、杂事等，而着重宣扬神仙方术，以晋张华的《博物志》为代表，乃《山海经》系统的延续。三、专载神仙的

6

传说，以人系事，体同纪传，以晋葛洪的《神仙传》为代表，乃汉刘向《列仙传》的摹仿和扩大。苻秦王嘉的《拾遗记》，为古代野史杂传之发展，尤具特色，自成类型。所以我认为研究魏晋南北朝小说，应该以《搜神记》、《博物志》和《拾遗记》为重点，尽先阅读，然后推及其他。

《列异传》

《列异传》三卷，是魏晋间较早的一部志怪小说，《隋书·经籍志》题为魏文帝撰，《旧唐书·经籍志》、《新唐书·艺文志》，并题作晋张华撰，但都缺乏证据。宋裴松之《三国志注》已引用其文，可见是魏晋人作品。原书已亡，鲁迅从古书中辑出佚文数十条，编入《古小说钩沉》内。其中有些故事，如干将莫邪、宋定伯卖鬼、蒋济梦见亡儿、苏娥诉冤等等，均见于干宝的《搜神记》。以"干将莫邪"一条而论，《列异传》只是粗陈梗概；《搜神记》中则有叙述、有对话、有细节，描摹颇为生动，大约是根据《列异传》的情节润饰而成。《列异传》可能是较《搜神记》早出的。从现有的材料看，这部书谈神仙的故事极少，着重宣扬的是妖魅的变化和鬼魂的实有，而记鬼怪的又往往是借以显示术士降服妖异、役使鬼神的法力的伟大。如写汝南有妖，常常装作太守的样子，"诣府门椎鼓"，结果被费长房劾治，变为老鳖而死；水神东海君也曾因故被费长房"敕系三年"，以致东海大旱，后来还是费长房放出了他，才下大雨。这两则故事就反映出了魏晋士大夫的喜谈怪异和迷信方士。其蒋济一条写蒋济的亡儿给他母亲托梦，说自己在地下作"泰山伍伯"，差事很苦，请母亲向即将到任的新泰山令孙阿说情，给他换个职务；并且详细地说出孙阿的形状和死期。结果蒋济找到孙阿托了人情，孙阿也如期死去；于是蒋济说："虽哀吾儿之不幸，且喜亡者有知。"这个故事强调人有灵魂，死后可以进入另一世界，显出佛家的"天堂

7

地狱”之说的影响；而活着的人以“亡者有知”为喜，也正是在乱世极易滋生的“生死无常”的颓废悲观的想法的表现。⑩

由以上这几个故事中，我们可以看出《列异传》这部书和后来的《搜神记》之类志怪小说的内容、体例与宣传迷信的基本倾向是一致的。但其中也有一些较有意义的故事。如“宋定伯卖鬼”一条写一人夜行遇鬼，因亦自称为鬼，和那个鬼互相背负而行，把那个鬼骗至宛市，扶持不放，结果鬼变成了一个羊，宋定伯把它卖了五百钱。这个故事在那些怪异的内容中，较为别致有趣。它含蓄地说明人情险恶，机诈百出，以致鬼也上了当，讽刺得尖锐而幽默。还有“望夫石”的故事也很好。内容说：“武昌新县北有望夫石，状若人立者。传云：昔有贞妇，其夫服役，远赴国难，妇携幼子饯送此山，立望而形化为石。”这是由于看到一个象人形的石头而想象出来的故事，但却沉痛感人，反映出战争给人民造成的生离死别的悲哀。另一条记魏公子无忌云：魏公子无忌曾在室中读书之际，有一鸠飞入案下，鹞逐而杀之。忌忿其搏击，因令国内捕鹞，遂得二百余头，忌按剑至笼曰：“昨搦鸠者当低头服罪，不是者可奋翼。”有一鹞俯伏不动。”信陵君援助赵国，抗御暴秦，在司马迁的《史记》中，是予以热烈歌颂的。这一条小故事生动地表现了信陵君抑强扶弱的侠义性格，和上面的两条都保存着民间传说的色彩。另外还有一条记汉中有鬼神栾侯，常在承尘上，喜食鲑菜，能知吉凶，是一个“其状类鸠，声如小鸟”的东西。在闹蝗虫的时候，太守遣使祀以鲑菜，告有蝗灾；它就带着“众鸟亿万，来食蝗虫，须臾皆尽。”这个故事除去宣扬鬼神灵异之外，也流露了人民消灭蝗虫，战胜自然灾害的愿望。

《博物志》

《博物志》十卷，晋张华撰。魏晋以来，《山海经》系统之地

8

理博物志怪书，以此为最著。张华字茂先，晋武帝时任中书令，赞同武帝伐吴。惠帝即位，以华为太子少傅，被赵王伦所杀。他是和汉代东方朔一样的传奇式人物，后来谈博物的，往往把他当作代表。《晋书》本传说他"博物洽闻，世无与比"；还举出许多奇怪的事情："惠帝中，人有得鸟毛三丈，以示华。华见惨然曰：此谓海凫毛也，出则天下乱矣。"他看见陆机所送的鱼鲊，就断定是龙肉。他和雷焕发现丰城剑气，得到干将宝剑的故事，也是大家所熟知的。可见这是一个满身方士气的人物，他自己的这些异闻也正是志怪小说的题材。如干宝《搜神记》卷十八记一老狐化为书生，去访张华辩论，华不能屈，疑为妖魅，最后以千年华表，燃而照之，狐乃现形；就是把张华的博物给神怪化了的。晋王嘉《拾遗记》卷九称张华撰《博物志》四百卷，奏于晋武帝。武帝嫌他写这部书"记事采言，亦多浮妄"，恐怪力乱神的叙述，述惑后人，所以叫他"截除浮疑，分为十卷"。实际这段记载，只是一种传说，不能据此而认为今本《博物志》即删除之十卷。《晋书·张华传》虽然提到张华著《博物志》十篇，《隋书·经籍志》著录亦称十卷，皆与今本卷数相合，但今本缺落既多，窜乱非一，早已不是《博物志》的本来面目了⑩。

《博物志》于地理、山川、异物、奇境、殊俗、琐事、神话、野史以至礼制、服饰等等，无所不记，而着重宣扬的还是神仙与方术。一般是以名山、大川、外国、奇境，为神仙所在地；以凤凰、麒麟、琪芝、神草，为仙境之异物；表示神仙实有，衷心向往。如卷一"物产"门的一条提到远离琅琊几万里的高石沼有神宫和神人，有"英泉"饮之不死。卷二"外国"门的一条提到夷海西北有个轩辕国，人民以凤卵、甘露为饮食，即短命之人亦寿至八百岁。以虚无缥缈的设想，寄托求仙的希望，方士之欺骗皇帝，士大夫之麻醉自己，是一致的。另外卷五"方士"、"服食"、"辨方士"三门所记皆关方士方术，于魏时方士甘始、左慈

9

等的辟谷、导引、房中之术，都肯定其效验，其中"服食"项谈左慈荒年法，谓按法服食大豆，可以不思饮食；等到再想吃东西时，须先将腹中大豆打下，然后再吃，否则就能杀人，还说"此未试，或以为然"。魏晋士大夫对服药炼丹一套玩意，很感兴趣，常常亲自尝试，于此可见。又卷十"杂说"下云天门郡有幽山峻谷，经其下者，"忽然踊出林表，状如飞仙"，大家认为这是成仙飞升，"遂名此处为仙谷"。到此求仙的，往往全这样飞升而去。后来才发现山顶上有一条大蟒张口吸气，所谓成仙的人，原来都是被大蟒吸去吃了。今天我们都知道成仙本属虚妄，蛇蟒不能为妖吸人。可是魏晋士流却既不否定成仙的可能，又相信妖异的存在。这条记叙即反映了他们的部分思想状况。

《博物志》卷八"史补"门记秦青、韩娥皆善讴歌。薛谭从秦青学讴，未能深造，即欲辞去，秦青为谭饯行，抚节悲歌，声震林木，响遏行云；薛谭听了就谢罪请留，终身不敢言归。韩娥过雍门，卖歌求食，馀响绕梁，三日不绝，听者不忍离去；她受到欺侮，而曼声哀哭，也使一里老幼感动得弗能自禁。这两个小故事，说明绝艺入神，学无止境，都很有意义，文思甚美，措语亦工，已被后人用为典故。卷十"杂说"下的"乘槎"一条神话传说，尤为著名。大意谓天河与海通，有海渚居民，见年年八月有浮槎去来，即携粮乘槎而去。在十几天内还能看到日月星辰，后来就茫茫忽忽，不觉昼夜。末至一处，见城郭屋舍，遥望宫中多织妇，一丈夫牵牛渚次饮之，此人问是何处，丈夫叫他归询蜀郡严君平。此人还后，至蜀问君平，答曰："某年月日有客星犯牵牛宿。"

古人对日月星辰的运行，风雨雷电的出没等等，往往作出种种神奇的解释，实际正是探索宇宙奥秘、征服自然的愿望的表现。嫦娥奔月，成为月宫主宰，虽与服药飞升的神仙之说有关，也是解释自然现象的一种尝试。"乘槎"故事，谓海通天际，又有

10

神异的工具浮槎，藉以登天，还和牛郎织女的传说、占卜观星的术士严君平结合起来，想象更为丰富。这条记载，仅见于《博物志》。在魏晋志怪中把天文星象、神仙方术与征服自然的愿望等融为一谈的，以此为最有代表性。唐李商隐《海客》诗："海客乘槎上紫氛，嫦娥罢织一相闻。"以此入诗，谓"嫦娥罢织"与海客问答，补充得越发灵活有趣。

《博物志》内也有不少内容，采录旧说。如卷七"异闻"门的"夸父逐日"一条，全抄《山海经》；卷八"史补"门的燕太子丹质秦事，摘自汉人小说《燕丹子》；卫士饮汉武帝仙酒事，由《韩非子·说林》上"有献不老之药于荆王者"演化而来。卷二"异产"门弱水西国献辟疫的奇香，西海国献续弦胶；卷三"异兽"门大苑胡人献威震虎狮、形如小狗的猛兽；皆托汉武帝事，已见题汉东方朔撰之《海内十洲记》。正如鲁迅所云："皆刺取古书，殊乏新异。"⑩至于所记异物，则尚非全属无稽，如卷二"异产"门提到了"烧之则洁"的西域火浣布，即今之石棉布。由于自汉武帝时开始的海外交通和贸易，至魏晋南北朝更加发展，外国珍奇、远方异物如珊瑚琉璃、翡翠、犀、象以及其他稀见的东西，纷至沓来，魏晋南北朝志怪小说里的这类记载，虽夸张失实，并无其物者甚多，却也反映出了部分社会现实。

又晋葛洪著《神仙传》十卷，专载神仙灵迹，谓其实有。自序谓汉刘向所撰（指《列仙传》）简略，此作胜之，其中有不少故事，流传既久，常为人所征引。如"王远字方平"一条，述麻姑与王远的对话："麻姑自说云：'接侍以来，已见东海三为桑田。向到蓬莱，又水浅于往日；会时略半耳，岂将复为陵陆乎'？远叹曰：'圣人皆言海中行复扬尘也。'"王远和麻姑都是"神仙"，竟也对现实的变化迅疾，发出慨叹，大约是藉以宣扬只有学仙才能不死的意思吧？后言世事无常以"沧海桑田"、"沧海扬尘"、"蓬莱清浅"为典故，即出于此。其他如费长房遇壶公，从学道法；

11

董奉为人治病，愈者栽杏成林；皇初平叱石成羊等等传说，亦见此书。于《搜神》、《博物》两体之外，《神仙传》可于魏晋志怪中自张一军。

《搜神记》

《搜神记》，晋干宝撰，三十卷，见《晋书·干宝传》记载，至赵宋书已散佚，今本二十卷，乃宋以后人就诸书所引缀辑而成，阙佚尚多，亦有误入他书故事者。宝字令升，晋新蔡人，少日勤学，博览书记。东晋初年经王导推荐，担任史官，著《晋纪》二十卷，当时有良史之称。《世说新语·排调》叙干宝向刘真长（惔）诵其《搜神记》，刘真长称赞他：“卿可谓鬼之董狐。”即指其写志怪书，认真有如修史。据《搜神后记》卷四叙干宝父干莹死后，宝母把干莹的宠妾活着推入墓中。十年之后，干宝开父墓葬母，见父妾犹有气息，旋竟重苏，云干莹常与其相昵，并且给以饮食。又干宝之兄亦尝病死复活，谓曾见鬼神。《晋书·干宝传》也采录了这段传说。志怪书的作者，本身就有怪异之谈；附会编造，不论出自何人，其以宣扬鬼神的存在为目的，是不待言的。《搜神记》原书本有篇目，如“妖怪”、“变化”、“感应”等等，分类系事，今本也大致以类相从。

《搜神记》记录了从两汉流传下来的不少故事和魏晋时代的异闻。它的材料有的来自民间，有的采自前史，有的是由其他志怪小说中摘录。干宝是史官，他找材料当然是较为方便的。如卷六写汉桓帝元嘉中京都妇女装束一条，与晋司马彪《续汉书·五行志》第一中内容全同，仅文字小异；可能就是引用《续汉书》。从《列异传》中移录而来的故事也不少。⑬

《搜神记》的价值主要在于它保存了一些优秀的民间传说。如卷十一记干将莫邪给楚王铸一对雌雄剑，三年才成，自知楚王必要杀他，就藏起雄剑，等儿子长大用来复仇。楚王杀了干将莫邪，后来又怕他儿子报仇而"购之千金"。莫邪的儿子赤比知道父亲被杀后，找到雄剑，"日夜思欲报楚王"；在被搜捕时，入山悲歌，不忘仇恨。遇到侠客说要他的头和宝剑去替他刺杀楚王，他毫不犹豫地"即自刎，两手捧头及剑奉之"。客则把人头和宝剑送到楚王那里，叫楚王把人头放在汤镬里煮，趁着楚王来看时刺杀了他，客也自刎。三个人头在汤镬中一齐煮烂。这个故事生动地表现出人民和统治阶级的矛盾：统治者残暴地镇压、迫害人民，人民就坚决地起来反抗。莫邪看清了楚王的存心毒辣，不甘无辜送命，赤比顽强地不忘复仇，侠客不惜牺牲自己的生命，见义勇为，都充分显示人民对统治者的刻骨的仇恨与斗争的力量和信心。末尾所说"三王墓"那几句话又流露出人民对英雄人物的态度，是表示赞扬、尊敬的。

韩凭夫妇的故事是说宋康王夺了韩凭的妻子何氏，韩凭怨愤自杀，何氏也从高台上跳下殉情。二人死后，宋康王故意把他们分葬，两个墓上却生了两棵相思树，根枝交错，缠在一起；还有一对鸳鸯，双栖树上。这个故事歌颂了韩凭与何氏生死不渝的爱情和坚强不屈的意志，它的结尾表现了人民的情感和愿望。大家相信也愿意韩凭夫妇的永不分离，所以一直喜爱这个美丽的传说。⑭卷七记晋督运令史淳于伯含冤被杀，卷十一记汉时东海孝妇周青遭诬陷而枉死，行刑后一个是"血逆流上柱"，一个是"其血青黄，缘幡竹而上极标"，而且死后当地都大旱三年。这两则故事暴露了当时政治的黑暗、统治者的昏庸，视人命如草芥。颈血逆流，三年大旱，表现人民愤慨反抗的情绪是非常强烈的。

由于在封建社会里，不知有多少善良无辜的人民，冤枉地死于残暴、糊涂的官吏之手，所以人民对于比较公平正直、同情人民、了解大家疾苦的好官，在不同程度上予以肯定、赞扬。如卷十一记后汉时徐栩因为"少为狱史，执法详平"，后来作小黄县令，别处都闹蝗虫，就是小黄县没有；蝗虫"过小黄界，飞逝不

13

集"。当他受到刺史的责备，弃官不作时，蝗虫"应声而至"。另一条记王业在汉和帝时作荆州刺史，每逢出去了解民情，总要祈祷天地："启佐愚心，无使有枉百姓"；因此"惠风大行，苛慝不作，山无豺狼"；死后有两个白虎"宿卫其侧"，人民还给他立碑。这和徐栩的故事是同一主题，说蝗虫和豺狼都有了人性，受他们政绩的感动，不来为害，充分表现出人民的情感，流露了对他们拥护、爱戴的意思。

另一方面，我们还可以从《搜神记》中一些写术士的故事内侧面看出人民对残暴的统治者的憎恨。如卷一记左慈"少有神通"，曾一再戏弄曹操，曹操千方百计地要杀他。但他既能变得与市人同形，又能混入羊群，使人莫辨；因此曹操也没有办法，无所施其淫威。孙策违背大家的意志，杀了善于求雨的于吉，结果在疮疾刚好时，每照镜子，就"见吉在镜中"，以致"疮皆崩裂"而死。吴时徐光亦有道术，他每当经过大将军孙綝门前时，总是"褰衣而趋，左右唾践"；别人问他为什么，他说是"流血臭腥不可耐！"有力地反映出人民的厌恶情绪。

《搜神论》也提到一些社会问题，有不少故事写出男女婚姻的不自由。如卷十六记吴王小女紫玉与童子韩重相恋，允许嫁他。韩重出去游学，请父母代为求婚，吴王大怒不允，紫玉悲愁而死。韩重回来到墓前痛哭，紫玉为他的情谊所感，显魂相见，并约他到冢内"与之饮宴，留三日三夜，尽夫妇之礼"，临别时还赠给韩重一颗明珠。后来韩重去见吴王，吴王认为他是"发冢取物"，要捕治他，紫玉的魂灵又出现为他解释。故事自始至终生动地描写出紫玉的真挚的生死不渝的爱情，结尾尤其使人感动。至于故事中记紫玉的魂灵和韩重相见时所唱的歌："意欲从君，谗言孔多，悲结成疾，没命黄垆，命之不造，冤如之何！"这几句话正是封建时代追求自由幸福的青年男女对封建势力迫害的悲愤的控诉。卷十五记秦始皇时王道平和唐父喻恋爱，誓为夫妇，

14

和"晋武帝世河间郡有男女私悦，许相配适"这两个故事的内容差不多，都是说男女自订婚约后，男的出去从军，女的被父母所迫，改嫁别人，忿怨病死。男的回来时到坟前痛哭，开冢破棺，女即复生，和他结婚。尽管作者不一定是有意抨击封建的婚姻制度，但对这两对要求婚姻自由的青年男女却予以赞扬，说死而复生乃是"精诚贯于天地"的缘故。这几个故事都有反封建的意义。《吴王小女》这一篇写得达到了思想性艺术性的统一，真是"千载之下，犹有生气"，读完之后，仿佛看到了紫玉这个纯洁而美丽的少女的活生生的形象，对她的悲愁而死寄与无限的惋惜。卷一记"天上玉女"与弦超结婚的故事，题材虽是写仙女，记一件非常的遭遇，但所表现的却是在现实社会中普通夫妇的爱情生活和聚散时的悲喜之情，一样具有现实性。从这几个故事里我们也可以了解，在古小说和戏剧中，往往以离魂、梦幻、死而复生、天仙下嫁、鬼神往来等情节来处理男女爱情婚姻的问题，原有它的现实基础。这是在婚姻、社交都不自由的封建时代，人民要求摆脱束缚，寄托美好愿望的表现。

我国古代妇女处于男权社会里是受着双重压迫的。封建制度严重地威胁着她们生存的权利，而在"人吃人"的大循环中，婆母又往往是封建势力的代表，对儿媳进行迫害。如卷五记淮南全椒县有一个丁新妇，因为受不了婆母的虐待、奴役，在九月九日自缢而死，后来就成了神灵，叫巫祝告诉大家说："念人家妇女作息不倦，使避九月九日，勿用作事。"靠着神鬼显灵来让终岁劳苦的妇女们休息一天，是多么强烈地表现出妇女要求人身自由的愿望；而丁新妇特别提出让妇女们在她死的这一天来稍苏喘息，又是多么沉痛地说明封建势力对妇女迫害的残酷。这个神怪的小故事是充满了人情味和现实性，包含着无限辛酸的。

值得注意的是这部书中对于善良、爱劳动的人的热烈歌颂。如卷一记董永孤苦孝父，努力劳动，因为父亲死了无力埋葬，而

15

自卖为奴；于是天上的织女来嫁他，帮他"织缣百匹"来偿债，这也是大家所熟知、热爱的传说。⑮卷十一记杨伯雍"笃孝父母"，父母死后，葬于无终山，他也就住在那里。他因为高山上没有水，就经常"汲水作义浆"，在山坡上给来往的行人喝。三年之后，有一个喝水的人给了他一斗石子，叫他种在有石头的高平好地上。后来石田里长出美玉，他用白璧五双聘徐氏之女为妻，天子听说这事，拜他为大夫。这两个美好的传说，具体地表现出人民的愿望：让他们敬爱的人得到神助，享受富贵。

书中还有表彰优良品质和英勇行为的故事。如卷十九记"李寄"一节，叙述东越庸岭出现一条大蛇，吃人为害。当地的官吏也有被蛇咬死的，大家非常恐惧。后来官吏们又信巫祝的谣言，每年用一个女孩去祭蛇，希图免祸，已经白送了九个女孩的性命。这年募索女孩时，李寄自愿应募，砍死大蛇。统治者不能为人民消弭灾祸，还畏惧大蛇，残害人民。李寄不过是一个十二三岁的女孩，却能在"土俗常惧"的蛇祸恐怖中，毅然应募，背着父母出走，要趁机去斩杀大蛇。这就表现出她不计个人安危，有为人民除害的坚强意志和勇敢精神，但她不是只凭义愤与勇气去和大蛇硬碰的。她先找到"好剑及咋蛇犬"，预备了用"蜜麨"灌好的"米餈"，斩蛇之前就有周密的计划和步骤。看到"头大如囷，目如二尺镜"的大蛇出来啖食蜜餈，还能镇定地放犬咬咋，用剑把蛇砍死。这真是机智、勇敢集于一身。在对九女髑髅所说的话中，则又表现了她对受害者的同情，流露出她的善良、天真和无比的英雄气概。这个少女的美丽庄严的形象正象征着人民战胜灾害的智慧和勇敢。而从她在"应募欲行"时对父母说的"卖寄之身，可得少钱以供父母"这几句话中又可以看出当时人民生活的悲惨、使读者认识那个社会的现实。

《千日酒》是《搜神记》里写得非常含蓄、深刻、耐人寻味的故事。内容是说狄希能造"千日酒"，喝了这酒的人就要一醉千日才醒。有个刘玄石喝了他的酒而醉死。埋葬三年之后，狄希叫玄石家里的人凿冢破棺，玄石果然醒了过来。但是旁观的人被玄石的酒气冲入鼻中，亦各醉卧三月。从表面上看，这似乎只是夸张地说明狄希所造的酒味道醇厚；实际，内里却蕴藏着淡淡的哀愁：希望有这样的美酒以一醉解忧，醉死个三年二载，正是不满现实，想着逃避的一种表现，这是在乱世极易产生的想法，和《述异记》中王质烂柯的故事寓意相近。⑩宋人王中诗云："安得山中千日酒，酩然直到太平时。"这是了解这个故事的中心思想的。

《搜神记》中还记录了我国古代人民和自然斗争的故事。如卷十三有一条说河神巨灵，因为华山挡住了河道，就"以手擘开其上，以足蹋离其下，中分为两，以利河流"；所以山上下留下了他的掌形和脚印。希望有一个顶天立地的神灵，以超人的力量，铲除障碍，正表现出人民克服困难，战胜自然的美好理想和凌厉无比的宏伟气魄。巨灵也就是人民群众的化身。

除去以上所谈的内容，《搜神记》中还有一些故事，虽未必有强烈的人民性和现实性，却有很高的艺术性，情节非常动人，能给读者以美感。如卷十四记豫章新喻县的一个男子，看见田里有六七个女人都穿着毛衣，他还不知道她们是鸟，偷偷地爬过去，把其中一个女子解下的毛衣藏起来，那个女子就不能再飞走，嫁他为妻。后来女子生了三个女儿，从积稻下寻得毛衣穿上飞走，并把女儿也都接去。这个美丽的故事和牛郎织女传说中的部分情节相似，可能有些关系；郑振铎认为这"便是世界上流行最广的'鹅女郎'的故事的一个。"⑪我们可以想象我国古代人民，也象今天一样地需要文化生活，说故事就是其中方式之一种。于是有不少故事就这样历代相沿地在人民的口头传说中保存、发展，丰富了内容；或者由一个母题演化为几个故事。毛女和牛郎织女的故事便是如此。

17

此外如卷一记葛玄吐饭变蜂，禁水得鱼，表现出丰富的幻想，也流露了征服自然的愿望。老君叫学仙的人拿着木钻去穿五尺厚的盘石，"积四十年石穿，遂得神仙丹诀"；事情虽是迷信，却含有"铁杵磨绣针，功到自然成"的教训意义在内。卷十一记养由基善射，抚弓未发，猿即"抱木而号"；古冶子入河斩鼋，"水为逆流"；是对英雄人物的赞美。卷十四记高辛氏的小犬盘瓠的故事似是有关古代异民族产生的传说；嫦娥奔月是有名的神话；夫妇化鹤是对爱情坚贞的人的歌颂；卷二所记天竺胡人断舌吐火的故事，又显示出《搜神记》受印度的影响；⑱各有不同的意义和趣味。

《搜神记》虽是志怪小说中较好的一部，但是其中也存在着大量的封建糟粕。因为鬼怪故事本身本不可能有很多的健康内容，加上干宝出身于封建剥削阶级，他又性好阴阳术数，对神仙鬼怪，都信其实有，正如《晋书》本传所说，他写这部书是"博采异同，遂混虚实"的，而且目的即在于宣传迷信；因此在所辑录的故事中，就贯串着他的观点、见解；使这部书不可避免的有着大量的封建糟粕。如卷十六记吴兴施续有一个门生，素持无鬼之论，忽然有一个黑衣白袷客来找他，谈及鬼神之事，客辞屈，就说明自己是鬼，前来捉他。经施续的门生一再哀求，鬼才答应把和他相似的一个人捉去替死。这个故事和同卷中阮瞻的故事，内容相近，正是用以"发明神道之不诬"的。干宝还在卷十二"临川间诸山有妖物"一条后面写道："……然则天地鬼神，与我并生者也。气分则性异，域别则形殊，莫能相兼也。生者主阳，死者主阴。性之所托，各安其生。太阴之中，怪物存焉。"这又明显地发挥了他那套阴阳五行的唯心论，以证实怪物的实际存在。本来在封建社会中，人们由于历史条件的限制，对自然现象和社会现象不能正确的理解，已经存在着"鬼神操纵人生，命运决定一切"的神权至上和宿命论思想，而统治阶级又有意识地加以宣

18

扬，来麻醉欺骗人民。人们迷信神鬼怪异，产生恐惧心理，以为万事都是命中注定，就不能认识现实生活的本质，产生安于现状逆来顺受的思想，麻痹了对统治阶级的反抗斗争的意志。这是对于统治阶级有利，对于人民不利的。上述《搜神记》中这类故事，就起着为统治阶级推助波澜毒害人民的作用。

和上面所谈一类故事有密切联系的是书中对宗教、对因果报应的说法的宣扬。干宝既信方术，当然对道教是赞美的。如卷十九记丹阳道士谢非，夜宿古庙，自称是"天帝使者"。于是到庙中来的妖怪都不敢进来侵犯，后来他还帮助居民，把这些妖怪杀死。这个故事和卷十八的"魏郡张奋"、"安阳书生"的故事，同出一源；但这却把主角写成道士，显露颂扬之意。干宝记录这个故事，也就表现了他对道士的态度。卷十五记羊祜在五岁的时候，叫他的乳母到邻人李氏的东垣桑树中取他前生遗留的金环；这正是佛家轮回之说的反映，由此可见魏晋一般好方术的文人，并不排斥释家之说；而道教原也是杂收儒释思想的。此外如卷二十记隋侯给一个受伤的大蛇上药，后来这个蛇就"衔明珠以报之"；东兴有人杀死一个小猿，以致猿母悲哀肠断以死；结果不到半年，这个人就满门遭疫而亡。这两条是宣扬因果报应的，把一切动物都认为有灵感神通，懂得感恩报怨，特别流露了"众生平等"、"仁心及物"的儒释合糅的思想。所以后来道教信徒，曾把这类故事编进《太上感应篇》之类的书内去，作为宣教之用。以佛道的灵异来传播荒诞不经的迷信思想，使人相信因果报应，并把"奖善惩恶"的责任寄托于本不存在的"天地鬼神"身上，因而消极颓废起来，削弱了在现实生活中为正义而斗争的积极性。可见这类的故事也是有毒素的。

除此之外，《搜神记》中谈卜筮则称管辂，谈术数则称郭璞，谈医术则称华陀，把这些人写得无所不能，驱妖、治病、预言祸福，甚至能掌握人的寿夭，还特别夸张了巫术的神异。如卷二记吴孙峻杀死朱主，埋在石子冈，后来打算改葬，而不能分辨是哪个坟；于是找来两个巫者，叫他们说出亡人的装饰，然后据以开冢改葬；就是一个例子。汉末以迄魏晋的迷信风气之盛，可于此见之。这些故事虽能反映出当时的一部分社会风习，但也是书中的糟粕。

《搜神记》里的一些民间传说，流传久远，一直为大家所喜爱。后世的小说、戏剧从它取材的很多。如唐人传奇中沈既济的《枕中记》、李公佐的《南柯太守传》皆渊源于《搜神记》杨林睡玉枕入梦的故事。牛僧孺《玄怪录》的"元无有"一条，述故杵、灯台、水桶、破铛四物变化为人，谈谐吟咏，为卷十八"吴郡张奋"内容的摹仿。《补江总白猿传》受到卷十二蜀猴盗取妇女的故事的一些影响。李朝威的《柳毅传》中记柳毅在龙女托他传书时所说"洞庭深水也……唯恐道途显晦，不相通达"的几句话和他到洞庭湖时，"向树三击"，就"有武夫出于波间"，引他进入龙宫的细节，显然是从卷四胡母班给河伯传书的故事中取来。冯梦龙、蔡元放的《东周列国志》第七十回"齐景公如晋"一段内采用了卷十一古冶子斩鼋的情节。明代短篇小说总集《雨窗欹枕集》内的《董永遇仙传》发展了卷一中董永的故事。《古今小说》卷十六《范巨卿鸡黍死生交》一回是用卷十一范巨卿、张元伯的故事编撰，惟改为范的阴魂去赴张之约和张弔范之丧，并且自刎殉友，是和原来情节不同的。蒲松龄的《聊斋志异》把卷一徐光种瓜的故事演化为《种梨》一篇，还模仿卷三韩友用皮囊收狐的情节，写了《狐入瓶》；作者自序中提到的"飞头之国"，也是《搜神记》里的故事。鲁迅的名作《铸剑》则是参考卷十一干将莫邪的内容写成的。《三国演义》中左慈、于吉、管辂、华陀等人故事的素材，也都来自《搜神记》。卷三记费孝先给王旻占卦、郡守据以辨雪冤情；卷十六记汉何敞为交州刺史，有女鬼向他诉冤，因此捕得杀人凶手。这正影响到后世"公案小说"中

20

的"摘奸发复，判断冤情"的故事，成为它们的先驱。在戏剧方面，元关汉卿的《窦娥冤》是以卷十一"汉孝妇周青"的传说作为蓝本的。元宫大用的《死生交范张鸡黍》杂剧，亦用范巨卿和张元伯的故事写成。今天地方戏中的《天仙配》也是由"董永"的情节发展而来；《相思树》则脱胎于卷十一"韩凭夫妇"的故事。京剧中的武旦戏《童女斩蛇》是用卷十九"李寄"的故事编制；《赵颜求寿》是以卷三管辂故事中的"颜超"一节写成。《搜神记》的影响之大，于此可见。它的故事情节不仅为小说，戏剧所取材，他往往被引用到诗文中去，作为典故；它的志怪体又给唐人传奇和后世的志怪小说开辟了创作的一条路径。有不少人重视这部书过于其他的志怪小说，是有道理的。

《搜神后记》及其他

《搜神后记》十卷，《隋书·经籍志》题为晋陶潜撰，或谓伪托，而无显证，以内容和文字风格而论，不象六朝以后的作品。且南朝梁释慧皎《高僧传》序云："宋临川王义庆《宣验记》及《幽明录》……陶渊明《搜神录》，并傍出诸僧，叙其风素，而皆是附见，巫多疎阙。"⑲则梁时此书已题为陶潜作，其出自渊明之手，非无可能。

《搜神后记》和《搜神记》不仅是一类的志怪书，内容也颇有相联系和重复之处。如《搜神记》卷一之"吴猛"、卷三之"郭璞"、卷五之"蒋山祠"与《搜神后记》卷二之"吴舍人"、"郭璞先知"，卷五之"蒋侯庙木象弯弓"等故事，俱有连续性。《搜神记》卷三"郭璞话马"的故事，亦见《搜神后记》卷二。唐宋人类书，注引《搜神记》的，往往是《搜神后记》中的文字，注引《搜神后记》的也常有《搜神记》里的故事，可见此二书内容之参错互见，由来已久。今本《搜神后记》之出于后人辑补，自不待言。

《搜神后记》亦杂记神鬼怪异之事，内容、体例，与《搜神记》大致相同，而较偏重于谈神仙。陶潜的《桃花源记》即被收入此书。如卷一第一条记辽东丁令威，在灵虚山学道，后化鹤归来，落在城门华表上，有少年欲射之，鹤乃飞翔空中而言曰："有鸟有鸟丁令威，去家千年今始归。城郭如故人民非，何不学仙冢累累！"然后冲天而去。这不同于一般白昼飞升的道教故事，而说明了魏晋一般人求仙的动机，是基于"人事无常"、"死生飘忽"的想法而产生的。仙人化鹤，千载重归，设想甚奇，与"沧海桑田"的感慨，颇为相近，同被后人引为谈资，用作典故。卷一还记有袁相、根硕两人进山遇见仙女，结为夫妇的一节，和《幽明录》内刘晨、阮肇入天台的故事，如出一辙，表现对美好幸福的生活环境的向往。这都特别符合于那个动乱时代的思想情况。值得注意的是这部书中记人物变化的，象人变为鼋，獭化为人之类的各史书五行志所载的怪异，比起《搜神记》已相对地减少，完整成片段的故事已较多，这无疑是一种进步的表现。但它既是志怪书，当然还离不开宗教与方术。如卷二有一条云："石虎邺中，有一胡道人，知咒术，乘驴作估客，于外国深山中行。下有深涧，窅然无底。忽有恶鬼，偷牵此道人驴下入绝涧。道人寻迹咒誓，呼诸鬼王，须臾即驴物如故。"⑳道人降服恶鬼，全仗咒誓，这是大力宣扬了法术的威力的。

这部书内也保存了一些美丽的民间传说。如卷五记"白水素女"，即是一个最有名的故事。内容叙述晋安帝时侯官人谢端，少丧父母，孤苦无依。十七八岁时，还没娶妻。有一次他偶然拾到一个大螺，养在瓮中。后来每天从地里回来，屋内都摆着做好的菜饭。他伏在篱外偷窥，才发现一个女子从螺壳中走出，替他执炊。这是天上的素女，奉天帝之命来给他服役的。素女因为形迹已露，复归天上，临走时还勉励谢端"勤于田作、渔采、治生"，以后谢端就过得很好，并娶了妻子。这就是民间口头流传的"螺女"的故事。谢端所以能得到素女的帮助，正因为他是个"恭谨自守"，"躬耕力作，不舍昼夜"的善良劳动人民。这个故事显示出民间传说中丰富的想象力，和《搜神记》中织女下嫁董永的主题和情节相近，都表现了对劳动人民的热爱。

应该特别提出的是这部书中某些故事，虽写神鬼，却有着强烈的讽刺意义。如卷四"襄阳李除"一条云："襄阳李除，中时气死。其妇守尸，至于三更，崛然起坐，搏妇臂上金钏甚遽。妇因助脱，既手执之，还死。妇伺察之，至晓，心中更暖，渐渐得苏。既活云：为吏将去，比伴甚多；见有行货得免者，乃许吏金钏。吏令还，故归取以与吏。吏得钏，便放令还，见吏取钏去。后数日不知犹在妇衣内。妇不敢复著，依事咒埋。"官吏得钱，就可以释放囚犯，这正是封建社会中政治腐败的表现。故事通过鬼吏贪污的情节，尖锐地揭露了官场的黑暗，这是以前的志怪书中所少见的。还有些关于狗的故事，如卷九记"乌龙"一条记晋时会稽张然在都服役，经年不归，养狗名乌龙，常以自随。有奴与然妻私通，于然返家时欲杀之，乌龙伤奴以救主；又"杨生狗"一条记晋太和中广陵杨生所养之狗，两次救主于危，正是后来笔记小说内义犬救主故事的先河。唐李商隐《戏赠任秀才》诗"遥知小阁还斜照，羡杀乌龙卧锦茵"，以乌龙事为典故，即出于此。

《灵鬼志》和《甄异传》各三卷，皆见《隋书·经籍志》著录，均早失传。《甄异传》题晋西戎主簿戴祚撰。《灵鬼志》只署荀氏撰，未题时代与作者名，但梁刘孝标注《世说新语》已引其文，当为晋人作品。根据鲁迅《古小说钩沈》所辑二十四条佚文来看，《灵鬼志》的特点是不谈神仙而多言鬼怪，如其书名，亦偶有谶纬之说。如记晋明帝时民谣两条，就是预言祸福的。其记巫蛊之术者，如"荥阳郡廖姓"一条，与《搜神记》卷十二所记无异；"沙门昙游"一条和《搜神后记》卷二的"昙游道人"一条亦同。其"石虎时胡道人"一则与《搜神后记》卷二所写，

23

也大致相近，只情节稍为复杂而已。《甄异传》的"乐安章沈"一条写天上神吏徇私受贿，接受金钏，和《搜神后记》卷四"襄阳李除"一条，内容也颇类似。大约有的是传说同出一源，不免重复，有的是转录前书故事，或经后人窜乱增益，互见数书，原因不一。

《灵鬼志》记太元十二年有外国道人善吞刀吐火诸术，因见某富翁不行仁义之事，即作法收其好马于五斗罂中，令作百人之食，周济穷民，始放马出；次日又把富翁的父母藏起，更令作千人之食以济众，才放出其父母。以法术破富人之悭吝，是一种快心的设想，表现了对剥削者的憎恨。

《灵鬼志》也写了一些有关佛法的故事，不过表现的态度是矛盾的。如记晋南郡议曹掾欧姓得病，巫医束手，赖沙门诵经驱妖而愈。这显然是颂扬佛法的广大。但另一条记"晋周子长"事，内容则恰好相反。它写一个佛弟子，被一群鬼给捉弄得狼狈非常，对鬼诵佛经，鬼也不怕。其中一段对话云："子长故复语后者曰：'寺中正有道人辈，乃未肯畏之？'一鬼小语曰：'汝近城东看道人面，何以败？'便共大笑。子长比达家，已三更尽矣。"鬼把道人（即和尚）的脸，也给抓破了，当然更不怕什么佛徒了。这又是对于释家大肆讥嘲的。由此可见，作者并非教徒，只是注重记述异闻，并非以此为辅教之书的。

（四）

通过以上的粗略分析，可以看出魏晋志怪小说以写神仙方术为主，夹杂着鬼怪和人物变化的故事。其中虽然已有释氏之说，但不过是把它当作方术的一种来看待，并没有什么特殊的信仰。下至南北朝而佛教大盛，天堂地狱因果轮回之说，广泛传播，信徒日众。不仅文人喜谈佛法，南北朝皇帝贵族，亦多信奉佛教。

24

如梁武帝即以佞佛著称，曾三度舍身同泰寺，还亲自注释佛经。北魏的宣武帝，也是虔诚的佛教徒，在洛阳修建了大批的佛寺，杨衒之的《洛阳伽蓝记》历史地记述了这种情况。由于统治阶级的倡导和文士的宣扬，南北朝的迷信空气较前更浓，于是志怪小说在魏晋原有的基础上更加发展。但出于教徒之手，以小说为宣教工具的作品，如南朝宋刘义庆的《宣验记》、南齐王琰的《冥祥记》、北齐颜之推的《冤魂志》之类，虽情节偶有可取，而现实性较之初期的志怪反而薄弱，内容也不免千篇一律，因之成就并不高。当以南朝宋刘敬叔的《异苑》、刘义庆的《幽明录》、苻秦王嘉的《拾遗记》、梁吴均的《续齐谐记》等为这一时期的代表作。《异苑》叙述，尚未脱"残丛小语"的形式，后三书则文章色采，远过前人，显示了小说艺术的进步。有些故事增强了时代感和人情味，也是南北朝优秀志怪的一个特点。

《异　苑》

　　《异苑》十卷，南朝宋刘敬叔撰。敬叔，彭城人，元嘉中官给事黄门郎。今本《异苑》虽非原书，尚大致完整，不象《博物志》、《搜神记》之由后人辑补而成。其中杂谈神鬼怪异，与《搜神记》之类魏晋志怪内容相近。最可取的是书内保存的一些古代传说和晋宋名流如陶侃、张华、温峤、郭澄之、宋处宗、谢灵运等人的轶闻。如卷一记屈原事云："长沙罗县有屈原自投之川，山明水净，异于常处，民为立庙，在汨潭之西，岸侧盘石，马迹尚存。相传云原投川之日乘白骥而来。"这条叙述，因罗县有屈庙，附会传说，指此为其投水之所，表现了当地人民对这位伟大的爱国诗人的敬意。卷二记魏时殿前大钟无故大鸣，众以为奇，就向张华请教，张华说："此蜀郡铜山崩，故钟鸣应之耳。"随后蜀郡呈报此事，果如华言。这是显示张华的博学多通，说明物性感应引起共鸣的道理的。"铜山崩洛钟应"，典故即出于此。其卷三

25

记宋处宗长鸣鸡一条云："晋兖州刺史沛国宋处宗，尝买得一长鸣鸡，爱养甚至，恒笼置窗间，鸡遂作人语，与处宗谈论，极有言致，终日不辍。处宗由此玄言大进。"魏晋小说，喜言物怪，如《搜神记》卷十八古墓斑狐变作书生与张华辩论之类，记载甚多。鸡作人语，设想更奇，妙在和当时的清谈之风结合起来，使人鸡对话，成为朝夕与共的谈友，结果是宋处宗得萧此而玄言大进。这个荒诞的情节，不仅表明了士流之重玄言，也显示了佛教的影响，把万物皆有灵感神通的说法曲折地表达出来。此外如卷一记武溪蛮人射鹿，进入石穴一条，乃"桃花源"型的故事。卷十记宋刘邕嗜食疮痂，以为味似鳆鱼，为"嗜痂"一语的出典，《宋书·刘穆之传》亦载之。又卷四记张华见海凫毛，慨叹天下将乱；卷七记温峤至牛渚矶，燃犀角以照水怪等传说；唐人修《晋书》已采入张华、温峤传中。

《幽明录》及其他

《幽明录》二十卷，南朝宋临川王刘义庆撰，《隋书·经籍志》列史部杂传类，新、旧《唐书》著录均作三十卷，书亡于赵宋；又有《宣验记》十三卷，亦已失传；鲁迅辑两书佚文入《古小说钩沈》。

刘义庆爱好文学，喜欢招聚文士，所撰以《世说新语》为最著称，《宋书》本传说他"受任历藩，无浮淫之过，惟晚节奉养沙门，颇致费损。"《宣验记》即其晚年佞佛宣教之作。如谓吴主孙皓因为不敬佛象，置之厕傍，便溺其上，而阴痛欲死；旋经洗象谢过，叩头求哀，即痛止肿消，于是受戒建寺，供养僧众。荥阳荀高，为杀人罪下狱，以发誓行善，专念观音，而枷锁自解，临刑刀断，遂被赦免。这都是用以表现佛的威灵显赫，能够为人祸福，必须崇敬。《幽明录》近于《异苑》，不象《宣验记》那样纯以宣教为目的，但其中有些故事，仍主奉佛。如"巴丘县巫师

26

舒礼"和"赵泰"两条，全写死后入"地狱"的情况，讲信佛诵经的好处；而地在泰山，神为泰山府君，乃道教所说的"冥司"和主者。后一条还提到泰山府君竟亦奉佛，来向菩萨作礼，看来这似乎把佛道二教的说法融合为一，不分彼此，实际不免抑道扬佛。舒礼以曾作巫师，用牲祭祀，被认为"侫神杀生"，在地狱受了"热熬"的酷刑，也正是佛教徒排斥异端的反映，为以前的志怪书中所没有的。

不过，《幽明录》之可取，主要还在于它保存了一些很好的民间传说，"刘晨、阮肇入天台"，是最为人乐道的故事，叙汉明帝时刘晨、阮肇二人入天台山采药，迷途粮尽，饥馁欲死，遇见两个仙女，邀至其家，作饭接待，随即分别和刘、阮结婚，环境既佳，生活也很幸福。二人因久住思乡，苦求还家。既归之后，则家乡完全变样，没有相识之人，原来已传到他们第七代孙子这辈了。随后刘、阮又离家远去，不知所终。

这个故事除去写刘、阮与仙女的遇合有些离奇，并显示他们是有"宿缘"这一点外，展现在我们面前的是深山中的宁静幸福的环境和生活：在大溪旁边，有两个女子住在竹屋之中，睡的是大床罗帐；吃的是胡麻，羊脯、牛肉、桃实；她们招待刘、阮，是那样情感真挚；女伴们携带礼物来道贺，也那样笑语可亲；处处表现这是现实社会内的普通人，几乎没有什么神怪的色彩。这样的环境和生活是在干戈扰攘政治黑暗的时代里的人民追求不得，只能寄诸遐想的。这个故事，就正包含着人民的这种情感和希望。结尾写刘、阮二人出山以后"亲旧零落，邑屋改异，无复相识"，虽然是在于说明"山中方七日，世上已千年"的意思，流露"人事无常"的感慨；也表现对于现实社会的不满；不能单纯地认为这是叫人去"求仙"。这个富于现实性和人情味的传说，是非常叫人喜爱的。又"汉时太山黄原"一条，叙黄原因追犬入穴得逢神女，与刘、阮天台和《搜神后记》中袁相、根硕的故事，情节寓意，都很相近。"卖胡粉女子"一条记某富家的男儿，看一个卖胡粉的女子美丽，无从接近，就每天来买胡粉，积久女感其意，夜至男家相聚，不料男儿喜极，把臂欢踊而死，女子不知所以，仓惶循去。男家根据其子所存胡粉，追踪询女，女子诉说了实况，并来抚尸痛哭，男儿竟"豁然更生"，遂为夫妇。这和《乐府诗集》所载南朝乐府《华山畿》的故事，情节类似，可能是同出一源的民间传说⑳。"鉅鹿庞阿"一条，叙石氏有女，心悦庞阿仪容，魂往庞家，誓志不嫁他人，终为庞妻。作为《幽明录》故事的另一类型，这两条又构思略似。复生离魂，虽皆属虚妄，但籍以表现男女爱情真挚，生死如一，执著相恋，不改初志的主题，还是使人感动的。又"楚文王好猎"一条记有人献鹰于王，神骏不凡，而不搏雉兔，后见云中有物，"鹰便竦翮而升，蠢若飞电；须臾羽堕如雪，血下如雨，有大鸟堕地，度其两翅，广数千里，众莫能识。时有博物君子曰：此大鹏雏也。"大鹏云云，当据《庄子·逍遥游》的鲲鹏变化而来，异采奇思，描摹生动，亦足见《幽明录》文字较前期志怪书之陈便概者，显有不同。

以宣传佛教为目的的志怪书，除去前谈的《宣验记》外，象南齐王琰的《冥祥记》，写因果报应、三世轮回、观音显灵等等，故事乏味，与他书重复亦多。北齐颜之推的《冤魂志》写冤鬼复仇事，如"徐铁臼"、"弘氏"诸条，还有一些社会意义。但情节殊乏变化，可取者少。当作小说来看，实在价值不高。

《拾 遗 记》

《拾遗记》（亦称《拾遗录》、《王子年拾遗记》）十卷。旧题晋（应作"前秦"）王嘉撰。梁萧绮曾加整理，于故事之后附加议论，称之为"录"。因此明胡应麟认为书即萧绮所撰而托名王嘉㉒。这种说法不过出于揣测，并无确据。按王嘉字子年，陇西安阳人，是前秦的一个能文的方士，《晋书·艺术传》述其隐居山

28

林，不食五谷，能知未来，且善隐形，异事甚多，俨同仙人。方士夸诞，喜谈神怪，因而著书，自在意中。

道家尊奉老子，以为教主。《魏书·释老志》云："道家之原，出于老子。其自言也，先天地生，以资万类。上处玉京，为神王之宗；下在紫微，为飞仙之主。"意谓天上和人间的神仙，都归老子统辖。《拾遗记》卷三记周灵王时，浮提之国献神通善书者二人，能隐形变化，佐老子撰《道德经》垂十万言，老子除其繁紊，存五千言。二人剖心沥血以代墨，钻脑取髓以代烛，及至经成工毕，二人亦不知所往。这段荒诞的叙述，似在夸张二人的异迹，实际是表现对老子的推崇，谓其德配天地，能够役使神人。王嘉能文，不同于一般的方士，其就《道德经》编造故事，不难理解，以此与《魏书·释老志》之说相印证，可以约略见其著书之旨趣。

《拾遗记》前九卷初自庖牺、神农至晋代帝王事，第十卷谈仙山异物，长生不老。融合神话传说，夹杂谶纬瑞应，为古代野史杂传之发展；《四库提要》谓其仿郭宪《洞冥记》而作，是不错的，而《山海经》、《博物志》之影响，亦随处可见。

古史无稽，多涉神异。《拾遗记》所述上古帝王传说，更是铺张扬厉，踵事增华。其记汉魏以下诸帝轶闻，虽或离荒怪，而事亦凭虚。如卷五谓秦始皇修冢，于其中为江海山岳之形，敛聚天下珍宝，并生理工人于冢内。汉初掘冢，发现工人未死，刻有"怨碑"。卷六谓汉成帝喜欢暗行，憎恶灯烛照明，于太液池起宵游宫，以漆为柱，器服乘舆，皆用黑色，宫中美女，俱服皂衣；汉灵帝于西园筑裸游馆，故意使宫女覆舟落水，观其"玉色"。这些叙述，皆于史无据，前所未闻，但秦始皇残暴，成、灵两帝荒淫，却是事实。由此可见统治阶级的迫害人民、沉迷酒色和人民对统治阶级的反抗和憎恨。另外，卷三记卫灵公听师涓所造新曲，而"情涵心感，忘于政事"，因蘧伯玉进谏，"乃去其声而亲政务"，师涓也悔其所作乖于《雅》、《颂》，退而隐迹。萧绮在"录"中赞颂此事说："一君二臣，斯可称美。"这又颇有点借古讽今以示规劝的意思。此书以故事为中心，借一点历史因由来驰骋想象，扩展演饰，似乎是有意在作小说。

通过一些美妙的幻想以显示某种社会理想和征服自然的愿望，也是《拾遗记》的部分内容。如卷二记周成王时的因祇之国，男子勤于耕作，一日锄地十顷，庄稼丰硕，一茎盈车；女工善织，以五色丝纳于口中，引而结之，则成文锦。农耕女织，致力农桑，是勤劳善良人民的本等；减轻劳动，提高生产，又为大家的共同目的。这里的叙述，虽出夸张，而朴实可喜。卷二又谓成王时有泥离国人来朝，其人称"自发其国，常从云里而行，闻雷霆之声在下；或入潜穴，又闻波涛之声在上。"这在现在看来，不算奇怪，坐飞机航行云际，乘潜艇深入海底，都是常事。但今天的现实，正是由当初幻想发展而来。这个故事，表现了古人征服海空，消除旅行障碍的美妙构思。

《拾遗记》卷一记古帝少昊之母皇娥与容貌绝俗的白帝之子宴戏，泛舟海上，游漾忘归，抚瑟清歌，互相赠答。虽托名于"圣母"和神仙，实际所写就是一对青年男女热恋同游的情景，丝毫不杂怪异。魏晋以来，文士放达，以直率任情为贵，极欲摆脱封建礼教的束缚，如晋阮籍之醉卧酒家女侧，即是一例。此条不以男女自由交往为大逆不道，认为古帝王之母和神仙一样有儿女之情，是有一定的思想基础的。卷四记秦赵高被秦王子婴囚入狱内，悬于井中，煮于汤镬，高皆不死。后来被杀，弃尸道路，竟有青雀从其尸出，直飞入云，原来是九转丹成，尸解登仙。此条不以赵高为奸佞，而附会神仙方术，把他视为炼丹成功的方士，也与一般文人的正统看法大有出入。所以清人谓此书的少昊之母与赵高两条，为"上诬古圣"、"下奖贼臣"的故事⑳。实际作者之别具手眼，正好于此见之。此外如卷六记汉刘向于成

30

帝时校书天禄阁，夜有老人扶青藜杖登阁而进，见向于暗中独坐诵书，因吹燃藜杖以照向，授书而去；也是有名的传说。又贾逵"舌耕"、何休"学海"、任末"经苑"、曹曾"书仓"等，皆述大儒勤学苦读之事，不涉神怪，俱有可取。

总之，《拾遗记》内容虽不免荒诞，却是一部颇富于想象力和文章辞采的书，所叙之事，大都情节委曲，描摹细腻，为唐传奇之先河，在南北朝志怪中，写作技巧是比较高明的。不谈因果报应，"残丛小语"式的琐屑记载，所馀无几，亦为其发展变化的一个方面。

《续齐谐记》

《续齐谐记》一卷，梁吴均撰。"齐谐"之名，取自《庄子·逍遥游》的"齐谐者，志怪者也"一语，言其为志怪之书。《隋书·经籍志》史部杂传类，著录有南朝宋散骑侍郎东阳无疑《齐谐记》七卷，已经失传。吴均之书，大约即续此而作。

吴均字叔庠，梁吴兴故鄣人，工诗能文，文笔清新，自成一家，时人效其风格，称"吴均体"。他这部《续齐谐记》辞采之美，可与《拾遗记》并称二妙。

《续齐谐记》共存十七条，其中故事较强的是"会稽赵文韶"和"阳羡许彦"两条。前一条记会稽赵文韶作东宫官属，住在清溪，秋夜思归，倚门歌唱，忽有女子偕两婢来访，弹箜篌作歌，留宿至四更别去，脱金簪以赠文韶。文韶亦以银碗、白琉璃匕回赠。天明后偶至清溪庙，在神座见到赠女之物，原来昨夜和他相遇的，就是清溪庙的女神。后一条叙阳羡许彦，于绥安山行，遇书生卧路侧，云脚痛求入鹅笼暂歇。彦许其请，书生遂入笼与双鹅并坐，笼不显大，人不见小，鹅亦不惊。行至树下，书生出笼，云将为许彦备食，即吐出一大盒，酒肴皆具，又吐出一女，一同饮宴。不久书生醉卧，女亦口吐一男相会。因书生要

31

醒，女吐锦帐庶之，入与共卧。男复吐出另一女子，伴其戏谑。其后闻书生有动作声，帐外的男子，把所吐的女人重新吞入。陪伴书生的女子出来，又吞了这个男人。末尾是书生把这个女子和一切器皿都吞入口中，留一铜盘赠许彦而别。这两个故事，一方面显示《续齐谐记》和魏晋志怪小说的渊源，一方面也表现南北朝志怪所受佛经流传的影响。赵文韶与女神相恋，正是魏晋志怪书中人鬼、人神结合，如《列异传》中的"谈生"、《搜神记》中"天上玉女"等一类内容的因袭；许彦遇见书生，所见辗转变化，则是采用印度《旧杂譬喻经》内梵志口吐妇人的故事改头换面使之中国化的。吴均并不信佛教，但作意好奇，故撰此篇以夸耀其想象和文采，遂为此时的志怪书增添了一些新内容。"阳羡鹅笼"从此亦被用为典故来表示"幻中生幻"的意思了。

《续齐谐记》虽篇幅寥寥，其中记叙却包括着多方面的材料。如"屈原五月五日投汨罗水"一条，记楚人于端午用竹筒贮米投水，以祭屈原，为涉及包粽子习俗之记载；"桂阳成武丁"一条记七月七日织女会牵牛的传说，为旧日的七夕故事所本；"汝南桓景"一条述九月九日登高，起原于避祸，和古人之迷信方术有关；又述晋武帝问三月三日曲水流觞之义，挚虞和束皙有两种不同的解答，后来考证"修禊"，即多据此。《荆楚岁时记》的注文，即曾引述此条及登高一条的说法。又"京兆田真"一条，述田真兄弟三人欲分家产，要把堂前的紫荆树破成三片，次日其树即枯，真等感悟，誓不分居，树复应声繁茂。后来宣扬维护封建大家庭的小说、戏剧、也用这个故事作为题材。其他如谓徐善夫工医，为鬼鍼治腰痛；徐景山善画，以板绘鲌鱼、招来水獭等等，意在称颂绝艺入神，不是宣扬怪异。

除去上述诸书之外，南北朝志怪，还有南齐祖冲之的《述异记》和旧题梁任昉的《述异记》两种，均较著名。祖书已亡，梁书今在，其记王质一条云："信安郡石室山，晋时王质伐木至，

32

见童子数人棋而歌，质因听之。童子以一物与质，**如枣核，质含之，不觉饥饿**。顷，童子语曰：'何不去？'质起视，**斧柯尽烂**；既归，无复时人。"遇仙片刻，人世多年，仙源既出，**再入迷路**，魏晋南北朝志怪中多有此类情节，大同小异，构思相近。不满现实，但逃避无门，求仙的虚妄和"人事无常"的感慨，又往往交织在一起；于此表现得最简单、最直截了当的就是这条烂柯的故事。

（五）

总起来说，由魏晋南北朝的志怪小说里，我们可以知道当时迷信风气之盛，看出很浓厚的宗教色彩，并且窥见那个**乱离黑暗**的社会影子，了解人民的思想感情。道教主张肉体永存，故多言服药求仙、丹鼎符箓之事，而以白日飞升为最高理想，释氏强调灵魂不死，故多谈因果报应，强调天堂地狱、三世轮回之说。而那许多神仙鬼怪的故事又各有不同的性质和作用：有的是宣扬迷信，证明鬼神之实有；或以神道设教，愚弄人民，维护统治阶级的利益。有的是以鬼怪作为烟幕来揭露统治阶级的丑恶，显示出人民的憎恨；有的是以鬼魂来象征人民顽强不屈的反抗精神和实现理想的伟大力量；有的是假神仙以表现对善良人民的同情，虽写神鬼，实际正是写现实社会中的真人，特别富有人情味。另外就是直接写人事的，往往也带一个富于浪漫色彩的神话结尾，起着鼓舞斗争的积极作用。这后四种故事大都来自民间传说，具有现实性和人民性。前者则是封建的糟粕，只能作为研究文学史的一种资料来看。但应该特别提出的是志怪小说本身就是不能和迷信严格分家的东西；它的作者又大都出身于封建剥削阶级，相信神鬼，喜好术数，有意识地宣传迷信。因此，这类小说中封建的糟粕，就多于民主的精华；而且糟粕与精华常常夹杂在一起。有的很难分辨。即使记录的是富于现实意义和人民性的民间传说，他往往由于作者的阶级出身与时代社会的限制，缺乏鲜明的倾向性，或者会同时存在着一些不健康的内容。所以我们阅读这些小说，必须根据每一个故事的具体内容去作具体的分析；在吸取精华的时候，也应该注意剔除糟粕；笼统轻率地肯定和否定，都是不对的。

魏晋南北朝之有志怪小说，和唐之有传奇，宋之有平话一样，是在一定的社会基础上，适应小说本身的自然发展而出现的。它给唐人传奇的产生准备了条件，为后来的志怪小说开辟了创作的路途。宋人的志怪传奇之作以及平话中"烟粉灵怪"的故事，显然也受着魏晋志怪小说的不小影响；而明人拟唐传奇之作如瞿佑的的《剪灯新话》等，仍旧带有志怪的色彩。直到清代纪昀追踪晋宋志怪的《阅微草堂笔记》；蒲松龄兼志怪传奇两体之长的《聊斋志异》出来，志怪的传统才算结束。但魏晋志怪小说中的一些民间传说，却一直为大家所喜爱，为后来的小说，戏剧的作者所取材，或被引用到诗文词曲中去，作为典故。

从写作方面谈，由于魏晋人只是喜欢记录异闻，尚无意于为小说，所以不仅张华的《博物志》之类是谈不到什么文章词采的"丛残小语"，即《列异传》、《搜神记》中的成片段的故事，一般也都是粗陈梗概，很少细致的描写。但其中一些优秀的民间传说，则往往写得很好。如《列异传》中的宋定伯卖鬼，《搜神记》里的干将莫邪、李寄等即是如此。尤其是后两个故事，全有完整的结构，细节的刻画，把人物性格表现得很突出。《搜神记》叙述"千日酒"故事，也描摹出了生动的场面。如记刘玄石酒醒时一段："……乃命其家人凿冢破棺看之。冢上汗气彻天，遂命发冢。方见开目、张口，引声而言曰：'快哉醉我也！'因问希曰：'尔作何物也？令我一杯大醉，今日方醒，日高几许？'墓上人皆笑之。被石酒气冲入鼻中，亦各醉卧三月。"

34

这里写刘玄石初醒时动作、语言，真是神态如见的。由此似乎也可以看出魏晋人写小说，惟重记事，不尚铺张。所以原来故事情节生动委曲的，就写得好；简单枯燥的就写得差。这是和唐人的有意识的创作不同的。

注释：

① 见《中国小说史略》第二篇《神话与传说》。

② 见高尔基《苏联的文学》，曹葆华译本。

③ 同注①。

④ 《后汉书·灵帝纪》记建宁三年春："河内人，妇食夫；河南人，夫食妇。"

⑤ 见《史记·秦始皇本纪》。

⑥ 见《史记·孝武本纪》。

⑦ 引文见《后汉书·光武帝纪》。谶纬，指谶记（又称谶录）、纬书（又称图纬）谶，以隐语预示吉凶。纬是经的支流，但解说经义，常常流于怪诞。

⑧ 见《史记·董仲舒传》和《汉书·刘向传》。

⑨ 胡应麟语，见《少室山房笔丛》卷二十九《九流绪论》下。

⑩ 《列异传》这条故事，即南朝宋裴松之曾引注于《三国志·魏书·蒋济传》内者。

⑪ 通行本《博物志》分三十九子目。黄丕烈"士礼居"本无子目，文字次第，亦与通行本异。本文引述，皆据此分目之本。研读此书，可用最近中华书局出版的范宁《博物志校证》。

⑫ 语见《中国小说史略》第五篇《六朝之鬼神志怪书》上。

⑬ 司马彪在干宝之前。《后汉书》中刘昭所注的志书，即司马彪《续汉书》的八志。可参阅开明书店本二十五史《后汉书》卷末清陈浩的附记和余嘉锡的《四库提要辨证》下册一一三五页。

⑭ 敦煌文库中有《董永行孝》叙事诗和《韩朋赋》，均系唐人著作，见人民文学出版社出版之《敦煌变文集》。郑振铎《中国俗文学史》第五章《唐代的民间歌赋》中亦有引文，可与《搜神记》内"董永"和"韩凭夫妇"的故事比较研读。

⑮ 见注⑭。

⑯ 王质烂柯事，详见本篇谈《续齐谐记》下面的叙述中。

⑰ 参阅郑振铎《插图本中国文学史》卷一、三十三页（旧版）。

⑱ 同注⑰。

⑲ 据日本大正新修《大藏经》第五十卷《史传部》二《高僧传》引。

⑳ 这里所谓"道人"，实指僧徒，并非道士，意思是"有道之人"。巫者有时亦被称为道人。

㉑　《乐府诗集》卷四十六"清商曲辞""吴声歌曲"："'古今乐录'曰：华山畿者，宋少帝时懊恼一曲，亦变曲也。少帝时，南徐一士子，从华山畿往云阳，见客舍有女子，年十八九，悦之；无因，遂感心疾，……气欲绝，谓母曰：'葬时车从华山度。'母从其意。比至女门，牛不肯前，打拍不动。女曰：'且待须臾！'妆点沐浴，既而出，歌曰：'华山畿，君既为侬死，独活为谁施？欢若见怜时，棺木为侬开！'棺应声开，女遂入棺。家人叩打，无如之何，乃合葬，乎曰神女冢。"按清马国翰所辑玉屏山房本《古今乐录》并无此条，想系佚文。又清蒲松龄《聊斋志异》中的"阿绣"一篇，即用《幽明录》"卖胡粉女子"的情节演饰而成。

㉒　见《少室山房笔丛》卷三十二《四部正讹》下。

㉓　语见《四库全书总目提要》子部小说家类三。

36

古 小 说 的 新 探 索

——《唐前志怪小说史》序

（一）

鲁迅先生的《中国小说史略》，为中国 小说史开 疆奠基，一举而定全局，厥功甚伟！继此而进行更深入细致的探讨，则有待于后贤。我以为编撰中国小说史，最好是群策群力，不必要求完成于一时一人之手，无妨先作分段的论述，专题划界，各就所长来攻其一端，如先秦、两汉、魏晋南北朝、唐、宋、元、明、清，按时代、体裁，作窄而深的研究。一俟条件许可，即开局修书，大家共聚一堂，各出所作，来商量编纂，贯串成编，亦为盛事！

凡事之有渊源者，皆应探源析流，以见演变之迹，中国古小说的研究，也是如此。不追溯先秦两汉的神话传说、魏晋南北朝的搜神志怪，就不能了解唐传奇产生的基础和宋平话中烟粉灵怪故事的由来；不分析受魏晋士 大夫的 清谈之 风 影响而出现的《世说新语》式志人小说的社会因素，就无法知道唐人的《隋唐嘉话》、《大唐新语》之类笔记体裁的沿袭和内容的演变，尤其是汉魏六朝的志怪小说，直接继承神话传说的传统而发展，形成一种独立的文学体裁，更应作为中国小说史前列的篇章。可惜的是近人研究古典小说，往往忽略这一段。展开中华书局出版的《中国古典文学研究论文索引》一看，从一九四九年到一九六六年六月间各报刊所载这方面的论文，不过寥寥几篇，而且其中还有的是为了配合当时的高中语文教材而写作，以供中学老师作教学参考的。据说某些大学教师，讲文学史到汉魏六朝一段，于志怪小说往往一字不提，原因不外是：（1）轻视，认为这类粗陈梗概的"丛残小语"，根本不算小说，（2）没有什么研究，恐讲述不得要领，所以干脆避而不谈。实际轻视的根源，还是没有研究。因为志怪小说内容非常复杂，牵涉到多方面的问题，把各种故事理出个头绪，就很不容易，更不要谈研究了。李剑国同志撰《唐前志怪小说史》，说明他重视古小说发展的现实，知道研究这一部分作品的重要性，致力攻坚，作新的探索，其不怕难的精神首先值得钦佩。

（二）

《唐前志怪小说史》，对于志怪小说的叙述，分三个时期，又概括为三个类型。三个时期是：（1）先秦：为志怪的酝酿和初步形成时期，有些"准志怪"小说，表现为史书、地理博物书、卜筮书的形式，尚属幼稚阶段，（2）两汉：为志怪趋于成熟的发展时期，多数作品仍带有杂史、杂传和地理博物的体式特征，题材多为神仙家言，（3）魏晋南北朝：为志怪的完全成熟和鼎盛时期，分魏晋与南北朝两段，此时志怪纷出，作者甚众，题材广泛，无所不包，且有由短幅演为长篇的趋势。

三个类型是：（1）地理博物体志怪小说：由汉人的《括地图》、《神异经》等到晋张华的《博物志》等，属于这一类，（2）杂史传体志怪小说：由汉人的《汉武故事》、《列仙传》到晋葛洪的《神仙传》、苻秦王嘉的《拾遗记》等，属于这一类，（3）杂记体志怪小说：由汉人的《异闻记》到晋干宝的《搜神记》、陶潜的《搜神后记》等，属于这一类。

38

这样分期归类，以两条线纵横交错，提纲挈领，条理分明，既显示了志怪小说形成的过程，合于史实；又使纷纭复杂的作品，各成系统，便于归纳分析。这是作为一部"史"书所应有的纲领。我平日讲魏晋南北朝志怪小说，总叫人着重读《搜神记》、《博物志》和《拾遗记》，就由于它们是三个不同类型志怪的代表作，可从此以概其余，分类与《唐前志怪小说史》是一致的。

　　神话传说，本出想象，古代史传，不乏怪异之谈，先秦诸子，也常以幻设之言，发挥哲理。志怪小说承多方之绪余而形成，实为神话传说寓言的继承和演变、史传的支流，又始终与宗教迷信有着密切的关系。自商代即重视的巫术，秦汉以来的神仙方术和阴阳五行以及汉代的谶纬之说等等，常常错出于志怪故事之中。汉末兴起的道教和由印度传来的佛教，对魏晋南北朝志怪影响尤大。佛道说法，有分有合，且常与儒家思想融为一体；加上不同时代的作品，又各有其反映时代要求的故事内容，情况至为复杂。所以研究志怪史，必须综括众因，作全面的探讨，才能说得源流清晰，演化详明。《唐前志怪小说史》的作者，没有孤立上述的各个环节，而力求其贯通，把它们当作一个整体来分析，是可取的。以"志怪叙略"为开宗明义的阐述，亦为体例上所必不可少。

　　读书治学，贵在能通能化，有独到的见解。不动脑筋地拾人牙慧，沿袭旧说，固为笨伯；对前贤研究的成果，视而不见，概加屏弃，亦属妄人。博览兼收，细加辨析，或驳或申，提出自己的看法，才是一种实事求是的科学态度。因为轻视小说的传统观念作祟，由来已久，昔人谈及志怪者甚少，片言只语，往往不成系统。明胡应麟《少室山房笔丛》于此时有胜解，但所论也不免自相矛盾。如既谓"汉人驾名东方朔，作《神异经》"，又云《神异经》为六朝赝作，前后两歧；说王嘉的《拾遗记》为给《拾遗记》作"录"的梁萧绮所撰而托之王嘉，亦仅出臆测，并无所

39

47

据。通行的说法，认为旧题汉人撰的小说，几乎都是伪作，六朝人依托之说，似乎已成定论。《唐前志怪小说史》，于《神异经》参酌清段玉裁、胡玉缙等及近人余嘉锡的考证，据《左传》文公十八年孔颖达疏指出东汉服虔注《左传》，已引用《神异经》的"梼杌，状似虎，毫长二尺，人面虎足猪牙，尾长七八尺，能斗不退"的解释，肯定书出汉人之手。又以《神异经》有不孝鸟的记载，而东汉许慎的《说文解字》也释"枭"为"不孝鸟"，足征"不鸟孝"传说，东汉流行，故补引《说文解字》此条，以为《神异经》确是汉代作品的旁证。可见作者对吸收前人的研究成果，有所抉择，能审慎、谨严地作出论断。

汉魏六朝志怪小说，由于时代久远和其他原因，散佚已多，现存之本，如《博物志》、《搜神记》等，又多出后人辑录，内容参错，一事数出，屡见不鲜；辨伪存真，也是研究这一段小说的重要课题。《唐前志怪小说史》作者，广采诸子史传，以及笔记杂书，荟萃众说，为志怪史的论述，打下了较坚实的基础。在考证作品的真伪、故事的来龙去脉、书籍的版本异同方面，也下了很大的工夫。资料丰富，应该算本书的一个主要特点。

战国志怪，前人甚少道及，两汉作品，又因为大部分被视为六朝依托，置论亦稀。《唐前志怪小说史》补充了这方面的缺欠，作者根据胡应麟的提法，以《琐语》(以出自汲冢，亦称《汲冢琐语》)为"古今纪异之祖"，以《山海经》为"古今语怪之祖"，来考索战国的志怪书。

《琐语》早亡，仅存佚文二十余则，作者按内容分之为记卜筮之灵验、记梦验、记妖祥神鬼、记其他预言吉凶四类，指出此书多载"卜梦妖怪"的宗教故事，体例颇类《国语》，如所引一条云：

　　初，刑史子臣谓宋景公曰："从今以往五祀五日，臣死。

40

自臣死后五年，五月丁亥，吴亡。以后五祀，八月辛巳，君薨。"刑史子臣至死日，朝见景公，夕而死。后吴亡，景公惧，思刑史子臣之言，将至死日，乃逃于瓜圃，遂死焉，求得，已虫矣。

宋景公虽属历史人物，但此事却为述异，而非纪实，作者谓其书为杂史体志怪，乃汉魏六朝志怪之先河，其说可信。此外，还举出《禹本纪》、《归藏》、《伊尹说》、《师旷》、《黄帝说》诸书，称之为战国准志怪。这些书，或近史传，或载传说，或谈卜筮，体例不一，但皆炫示怪异，足以表明后出志怪书之多方面的渊源。

在论及汉代地理博物体志怪小说时，《唐前志怪小说史》以不见著录久已失传的《括地图》与《神异经》并列，据《晋书·裴秀传》所引裴秀《禹贡地图序》，考证《括地图》为汉人作，并因张华《博物志》多采《括地图》说，班固《东都赋》有"范氏施御"语，用《括地图》的范氏御龙事，而推断书出西汉之末，乃摹仿《山海经》的作品，且屡采《山海经》的材料。作者以现存的佚文分析，指出《括地图》的某些条目，虽和《山海经》有联系，却较《山海经》同类传说内容丰富得多。如"禹平天下，会于会稽之野，诛防风氏"、"奇肱民善为机巧、设百禽，为飞车，从风远扬"、"大人国其民孕三十六年而生儿"诸条，均比《山海经》的贯胸国、奇肱国、大人国等所述详细。别的故事，或亦本《山海经》，而能出以新意，有波谲云委之妙，其中羿的传说，前此不见他书，原文如下：

羿年五岁，父母与入山。其母处之大树下，待蝉鸣，还欲取之，群蝉俱鸣，遂捐弃。羿为山间取养，羿年十二能习弓矢，仰天叹曰："我将射远方，矢至吾门止。"因捍即射，矢摩地截草，径至羿门，随矢去。

小说故事，是有时代性的，不同时代的人，往往出于各自的时代社会要求和欣赏心理，而赋与旧传说以新内容。这条故事中的羿，由射日的天神演化为射箭寻家的英俊少年，变征服自然的神话传说为富于人情味的故事，显然源出民间，保留着口头创作朴拙的生活气息。《括地图》之类的书，为以往谈志怪者所忽略，《唐前志怪小说史》征引及此，确有见地。发掘隐微，道前人之所未道，应该算它的另一个特点。

（三）

研究志怪，一直缺乏专书，《唐前志怪小说史》是这方面带有"垦荒"性质的第一部著作，现在南开大学出版社将为印行，剑国嘱作弁言，我很高兴，即书数纸。志怪由于多出想象，自较志人作品的小说成分更浓，而且古人把志怪视同写实，原有其思维基础与现实依据，因此，从志怪的历史发展中，寻求其演变进化的规律，增强对故事内容和人物典型的概括，就应成为进一步考虑的核心。于文字训诂的探讨，亦须相辅而行，不能偏废。如《异苑》卷八的"太元中吴兴沈霸"一条："我本以女与君共事，若不合怀，自可见语，何忽乃见耻杀，可以骨见还。"又一条："义熙中东海徐氏婢兰，忽患赢黄，而拂拭异常，共伺察之，见扫帚从壁角来趋婢床，乃取而焚之，婢即平复。"上一条内的"共事"，谓共同侍奉父母，指结为夫妇；下一条的"拂拭"，指女性装饰、打扮；各有特殊用法，都不能只照字面解释。不明词义，还容易造成断句的错误。如《古小说钩沈》的标点，即多有误，试看下面一条："青州有刘幡者，元嘉初射得一獐，剖腹以草塞之，蹶然而起，饿而前走。幡怪而拔其塞草，须臾还卧，如此三

42

焉，幡密录此种以求其类理，创多愈。"（人民文学出版社排印本一四八页末行至一四九页一行）按末二句标点应作"幡密录此种以求其类，理创多愈。"求其类，寻找同样的草，理创，治疗创伤。此句原标点者，就因为不知道"理"是治疗的意思而致误。

业精于勤，学无止境。剑国英年敏锐，读书甚多，今后就此深研，必将日有进诣，会不断提高著述的质量，充实《唐前志怪小说史》的内容，为编撰一部由先秦至明清的完整的志怪史而努力。

一九八三年七月写于北京

43

试 论《世 说 新 语》

（一）

　　魏晋以来的士大夫，行动趋于放荡，言语崇尚玄虚，"清谈"与"作达"①渐渐形成了一种风气。在这种风气的影响下，就有不少人掇拾名流的言行，编写成书。这就是那些专记士大夫轶闻隽语的笔记小说，而刘义庆的《世说新语》则是其中的代表作。

　　刘义庆（公元403—444年）是南朝宋武帝刘裕的弟弟长沙景王刘道怜的次子，后给道怜的弟弟临川王刘道规作嗣子，遂袭封了临川王。《宋书》卷51《刘道规传》附有刘义庆的事略，说他"为性简素，寡嗜欲，爱好文艺。文辞虽不多，然足为宗室之表……招聚文学之士，近远必至。"他手下的文人很多，有不少知名之士。《世说新语》这部书大概出于众手，不一定是刘义庆一个人写成的。他的作品还有《幽明录》和《宣验记》等志怪小说，久已散失。鲁迅的《古小说钩沉》里辑有这两部书的佚文。

　　梁刘孝标给《世说新语》作注，引用了四百多种古籍，其中有不少书后来失传了。他的注不仅丰富了这部书的内容，在保存古书的佚文方面也很有功绩。

　　这部书的名称和卷数今昔不同，《隋书·经籍志》小说类著录《世说》八卷，刘孝标注本分为十卷；都只叫"世说"，"新语"二字不知道是什么时候加上去的。唐人还把这书叫作《世说新书》。对于这一点，鲁迅曾推断说，"殆以《汉志》儒家类录刘向所序六十七篇中，已有《世说》，因增字以别之也。"

44

现在我们看到三卷本，每卷各分上下，是从宋人董弅的刻本开始的，内容和注都经过剪裁了。我写这篇文章时所用的《世说新语》，是清光绪十七年长沙王益吾(先谦)重刻的思贤讲舍本。这个本子有王氏所作的"校勘小识"和叶德辉所编《世说新语》注引用书目"及从唐宋人类书中辑录出来的"《世说新语》佚文"，可供参考。

由于这部书大部分是采集汉魏以来的旧闻轶事编撰而成，并非出于创作，所以内容和其它这类小说(如晋裴启的《语林》、郭澄之的《郭子》)有相同的地方。叶德辉在他所辑"《世说新语》佚文"的序言中曾经提到唐宋人类书中所引《世说新语》与《幽明录》的故事，往往参错互见于二书，如《幽明录》中的"折臂三公"和"雷震柏木"二事，也见于《世说新语》的《术解》篇，因此，他怀疑刘义庆编写《世说新语》时，其中也羼杂有神怪的内容，后来才把这东西分出来编成《幽明录》。

(二)

《世说新语》按内容分类系事，有德行、言语、政事、文学等，凡三十六篇，记的是汉末到东晋时期名流的言行。其中大部分是魏晋的故事，东汉的也不少，只有"规箴门"的东方朔、京房，"贤媛门"的陈婴母、王嫱、班婕妤等五条是东汉以前的事情。下面试对全书内容的几个主要方面，作一初步的探索。

魏晋士大夫特别注意于人物的品评，这是继承汉末的风气而发展起来的。如汉末的郭太(林宗)、许劭(子将)两个人都以善于品评人物出名。曹操曾强迫许劭给他下个评语，许劭说他是"清平之奸贼，乱世之英雄"。结果，曹操深为满意，"大悦而去"。[②]这是大家所熟知的故事。在《世说新语》中有不少篇幅是记载对人物的品评的，《识鉴》、《赏誉》、《品藻》、《容止》诸篇，都有这类内容。

本来东汉士人作官是可以走征辟一途的。有高名的人，皇帝有时直接召请，给以爵位，乃至有由布衣不次超擢而至卿相的。因此，士人都很重视声誉，愿意和名流交往，或请他们品评，借增身价，以为仕进的资本。如《德行》篇记李膺很负时誉，"后进之士有升其堂者皆以为登龙门"。这不只表现大家推崇李膺，也正说明了攀附名流可以抬高自己。《品藻》篇记晋温峤是被当时名士品评为"过江第二流之高者"的，当大家谈论快把第一流人物说完而没提到他时，他竟不觉"失色"。可见当时士人是多么重视品评。另一条说诸葛瑾、诸葛亮、诸葛诞兄弟，"于时以为蜀得其龙，吴得其虎，魏得其狗。"龙虎狗的比喻是对他们兄弟三人才具大小的评语。

　　魏晋人注意品藻，和崇尚清谈、讲究仪表的风气有关，并不全是为了仕进。从《容止》篇的一些故事中可以看出魏晋贵男子一方面傅粉薰香，以女性化为美，希望博得女人欢心，恣情纵欲；一方面注意仪表的儁爽，以表示出人头地，不同凡俗，希望获得别人的好评。王羲之见杜弘治，叹曰："面如凝脂，眼如点漆，此真神仙中人。"这种赞美纯粹是从当时对女性的审美角度出发的。"妙有姿容"的潘岳在山门的时候，被女人包围，更为士大夫们所艳羡。至于说王羲之"飘如游云，矫若惊龙"，则是叹赏他的风度潇洒的。《识鉴》篇有一条谈到褚裒在很多人当中认出了谁是孟嘉："褚眄睐良久，指嘉曰：'此君小异，得无是乎？'庾（亮）大笑曰：'然。'"从这里可以想象孟嘉一定是装束特别，在举止上大概也有许多矜持做作之处，所以和他素不相识的褚裒才能认出他来。我们由上述的一些材料内，可以看出这些士大夫们在锦衣玉食地享受之余，只有靠这**些**"闲情逸致"来排遣无聊的时光，而这正是他们生活的空虚、腐朽的一种反映。《容止》篇还有一则记曹操接见匈奴使者，自嫌"形陋"，让美风仪的崔琰装作自己，而自己"捉刀立床头"。这也是有名的故事。一世枭雄对于这点亦未能免俗，足见当时这种重仪表的风气之盛。

《世说新语》中反映出来的魏晋士大夫的颂赞隐逸，崇尚清谈，思想消极，行为放荡，是有现实的原因的。东汉末年，士流常常公开地批评政事，指责朝廷；但在党锢之祸后，谈论或参与政治活动的名士都受到了残酷的镇压。于是大家遂由谈政治转向谈玄虚的哲理。汉末到东晋这二百多年间是历史上的大混乱时代。汉王朝随黄巾起义而崩溃，接着是三国割据的形成和魏晋篡夺的继续，加上饥荒瘟疫，异族入侵，政治的黑暗，人民的痛苦实在是到了极点。当时不仅人民命如鸡犬，即士大夫阶层也感到生命没有保障，于政局对个人前途都非常悲观。而魏晋的统治者对参与政治或有才能的文人又特别猜忌，文人常常惨遭杀害，有名的如孔融、祢衡、杨修、嵇康、潘岳、陆机、陆云等都是被杀而死的。士人们在怵目惊心的现实下，不能不考虑避祸保身之计。他们精神苦闷，无所寄托，消极的情绪极易产生，老庄学说中的虚无思想就成为他们崇尚玄学的依据。道教佛教也因为可以作为逃避现实的乌托邦和解脱生死问题的锁钥而盛行起来。于是士大夫们不是隐居避世，寄情山水，就是耽溺酒色，谈道参禅。

栖隐山林，不出来作官，不只是对现实的不满和逃避的表现，也是对统治阶级消极反抗的一种手段，含有"明哲保身"的意思。如《栖逸》篇记嵇康到汲郡山中游玩，遇见了道士孙登。临分别时，孙登和他说："君才则高矣，保身之道不足。"而嵇康是个怎样的人呢？据王戎说："与嵇康居二十年，未尝见其喜愠之色。"③可见他是非常深沉、谨慎的。但这样的人仍然不能免祸，终于被杀；则当时统治阶级对文人迫害的残酷自不待言，魏晋人的崇尚隐逸也更见深意了。另一条记范宣一直不入公门，"韩康伯与同载，遂诱俱入郡"，结果他还是"于车后趋下"，逃走了。在那社会混乱、政治黑暗的情况下，不愿和官吏同流合污，甚至连官府都不肯涉足，这是可取的。

47

至于魏晋人的饮酒则不只为了享乐，麻醉自己，也有避祸的意思。阮籍是最爱喝酒的，他曾因为"步兵校尉缺厨中有贮酒数百斛"而要求作步兵校尉，以便去喝酒，在遭母丧时还照常"坐进酒肉"。④ 但他的沉酣麯糵并不是没有用意的。《晋书·阮籍传》："文帝初欲为武帝求婚于籍，籍醉六十日，不得言而止。钟会数以时事问之，欲因其可否而致之罪，皆以酣醉获免。"靠着一醉来解纷弭祸，是多么无可奈何的事！我们从这里可以体会到阮籍的愤懑和当时的罗网之密。

在生活方面，魏晋士大夫是以狂放、颓废为尚的，大部分人的言行都带着很浓厚的浪漫气息，而刘伶、阮籍这两个人更是典型。《任诞》篇说："刘伶恒纵酒放达，或脱衣裸形在屋中。人见讥之，伶曰：'我以天地为栋宇，屋室为裈衣，诸君何为入我裈中？'"这种狂态真是"咄咄逼人"的。阮籍邻居的卖酒妇人很美，他常去饮酒，醉了"便眠其妇侧"；他又不顾"嫂叔不通问"的限制，在他嫂子回娘家时，和她话别。这种撕掉假面具，天真任性的举动，的确有可爱之处。这是蔑视礼法，要求思想解放，希望摆脱儒家名教束缚的一种表现。

阮籍自己虽然行为不检，但当他的儿子阮浑长大，也要"作达"时，他却加以阻拦说："仲容（阮咸）已预之，卿不得复尔。"这就表明了阮籍的放荡原是伤心人别有怀抱，带着愤世嫉俗的意思。他怕阮浑不了解这一点，借着"作达"的幌子堕落下去，所以不让他效法自己。不过，我们也应该了解，魏晋士大夫们的提倡"放达"，实际上也有掩饰自己腐化没落生活的目的在内。

从另一方面看，《世说新语》中有很多故事流露出魏晋士大夫的时光飘忽、生死无常、叹老嗟衰的感觉。《文学》篇记王孝伯在服了长生药之后，出去散步，当走到他的弟弟王睹门前的时候，就问王睹，"古诗中何句为最？"王睹听了这个突如其来的问题，一时不知所对。王孝伯就自己念出"古诗十九首"中的"所

48

遇无故物，焉得不速老"两句，说："此句为佳。"《任诞》篇记张翰在回答别人劝他注意"身后名"之时说："使我有身后名，不如即时一杯酒。"刘伶"常乘鹿车，携一壶酒，使人荷锸随之，云：'死便掘地以埋。'"⑤《言语》篇记桓温见到从前种的柳树都已长大，就"慨然曰：'木犹如此，人何以堪？'攀枝执条，泫然流泪。"这些人从各个不同方面表现了那时文人受时代和社会影响而形成的灰色人生观。无论是怕死而服药求长生，又因为感到无法摆脱老和死的威胁而苦闷，或是及时行乐，不问生死，以及触物伤怀，易滋悲绪，都是在一个社会基础上产生的虚无、颓废思想。

魏晋以来，清谈成了士大夫生活中不可缺少的一部分。老庄玄学、《易经》哲理以及佛教禅机，是他们谈论的主要材料。《文学》篇记何晏、王弼都曾为《老子》作注；桓温招集名士，共讲《易经》，支遁讲《庄子·逍遥篇》能标新立异，殷浩在"被废徙东阳"时"大读佛经"；殷仲堪"精覈玄论"，甚至说"三日不读《道德经》便觉舌本闲强"。可见谈论这些东西的风气之盛。东晋名臣如王导、谢安、庾亮等都崇尚清谈；一般文士也不少此中健将，甚至有的人是因为善于清谈受到赏识才得官的。清谈竟成了仕宦的捷径，可见其风靡一时。但士大夫阶层也并不全赞成清谈。《言语》篇记王羲之对谢安说："夏禹勤王，手足胼胝；文王旰食，日不暇给。今四郊多垒，宜人人自效，而虚谈废务，浮文妨要，恐非当今所宜。"这几句话指出了清谈之害，主张每个人都应该勤勉地为国效劳，是有远见切合实际的。《政事》篇记王蒙、刘惔和支遁去访何充，何充正看文书，不理他们。王蒙叫何充"摆拨常务，应对玄言"；何充回答说："我不看此，卿等何以得存？"意思是说我若不办正事，你们这些闲人怎样生存呢？这正是对清谈的有力否定，尖锐的指责。不过当时有这样见解的人究竟是少数的，正如鲁迅所说："有违言者，唯一二枭雄而

49

57

己。"⑥

由于魏晋士大夫的人生观大都是灰色的，又崇尚玄虚的清谈，所以有的人对政局感到一筹莫展，有的人对自己的职务不负责任，以简傲为高。《言语》篇记东晋的许多名士在新亭饮宴，因为"风景不殊，正自有山河之异"，大家见景伤情，相对痛哭；王导变色说："当共戮力王室，克复神州，何至作楚囚相对？"他是主张努力报国，以实际行动收复失地，而不赞成这样消极的。《简傲》篇记王徽之作桓冲的骑兵参军，根本不知道自己做的什么官，管的什么事。当桓冲问他的时候，他却居然靠几句所谓"隽妙"的空话应付过去。这两件事具体地反映出当时士大夫悲观消极的生活态度；后一件还暴露了官场的腐化。《方正》篇记韩康伯因为看到谢家有好多人都作了高官，就叹息说："此复何异王莽时？"这正表现出他对于当时政治黑暗、贵族专权深为不满，说明名士并不能忘情于社会现实。

值得注意的是当时崇尚清谈的人不一定都是行为放荡的，而作达的狂士也不一定都喜欢清谈。《德行》篇记乐广是清谈的健将，他对王平子、胡毋彦国等人的脱衣裸体的放荡行为就很不赞成。他说："名教中自有乐地，何为乃尔也？"而阮籍则纯以任性、天真的实际行动来表示自己的放达，不仅不以清谈著名，而且非常慎言，"未尝臧否人物"。但这两种不同的态度实际上还是一个问题的两个方面，都是由于逃避政治迫害而产生的行为。

魏晋人因为注重清谈，所以说话特别讲究词令。在谈论问答之际，说得或尖锐、或含蓄、或比喻精微，或针锋相对，不仅说的人自觉得意，听的人也愿加欣赏。《世说新语》中就有不少表现所谓"魏晋风度"的名言隽语。如《文学》篇："人有问殷中军（浩）何以将得位而梦棺器；将得财而梦矢秽，殷曰：'官本是臭腐，所以将得而梦棺尸；财本是粪土，所以将得而梦矢秽污。'"这个比喻是反映出魏晋一些人鄙视仕宦金钱的看法的。但讲究说话，并

50

不单纯是由于当时的好尚，也是统治者的压制言论和士大夫之间关系的复杂所造成。《言语》篇记"晋武帝每饷山涛恒少，谢太傅（安）以问子弟。车骑（谢玄）答曰：'当由欲者不多，而使与者忘少。'"这两句话用给山涛戴高帽的办法，替晋武帝解嘲，说得十分巧妙，两不得罪。这正反映出了当时士大夫畏惧政治迫害，恐怕以口舌贾祸而采取的圆滑态度。另一条写刘桢因为"失敬"被判罪，魏文帝问他为什么不谨守法制，他回答说："臣诚庸短，亦由陛下网目不疏。""网目不疏"这四个字表面上似还含蓄，实际却是非常尖锐、直率地指责了魏文帝故意加罪于他，不够宽厚。此外，如记徐稚小时候，在月下玩耍，有人问他："'若令月中无物，当极明邪?'徐曰：'不然！譬如人眼中有瞳子，无此必不明。'"这个有趣的答案表现了徐稚的聪慧、敏捷、善于应对。至《排调》篇写："顾长康噉甘蔗，先食尾。问所以，云：'渐至佳境。'"则又是富有风趣、寄托的妙语。

在《世说新语》这部书里，魏晋贵族的豪奢淫佚和统治者的凶残丑恶也在一定程度上被描绘出来了。《汰侈》篇记晋石崇让装饰华美的婢女在厕所侍列，入厕的人出来都要换上新衣；他还用蜡烛当柴烧饭。而王武子也是饮食服御样样讲究，甚至用人乳喂猪，连在他家吃过蒸猪肉的晋武帝都对他的豪侈感到不满。可见这些人穷奢极欲，浪费民脂民膏，实在是已经到了惊人的地步。另一条写石崇每次宴客都叫美人劝酒，如果客人"饮酒不尽"，就把美人杀掉。可是有一次，参加宴会的大将军王敦偏偏不喝酒。石崇连杀了三个美人，王敦还是不肯举杯。当在座的丞相王导责备他时，他回答说："自杀伊家人，何预卿事?"今天我们读这段文字时，都会觉得所沃冰雪，为之悚然。而石崇居然能那样作，王敦也居然能那样无动于衷地看着杀人，这就突出地表明了统治阶级的残忍、嗜杀、灭绝人性。还有《贤媛》篇记曹丕在曹操死后，把曹操宠幸的宫女都取来自侍。当曹丕病危时，他

51

的母亲卞太后来看他，见到这些宫人，问明原委，于是就不再到曹丕跟前去，并且叹息说："狗彘不食汝余，死固应尔。"这一条可和司马迁的《史记》中的"吕后本纪"所写吕后残害戚夫人的事情合看。吕后把戚夫人斩断手足，去眼辉耳，扔在厕所内，并且名之曰："人彘"，叫自己的儿子孝惠帝去看。孝惠帝看了之后，悲愤成疾，派人去告诉吕后说："此非人所为，臣为太后子，终不能治天下。"这两个故事一个由母亲口中说出"狗彘不食汝余"，一个从儿子嘴里提到"此非人所为"，都有力地暴露了统治阶级荒淫、凶暴的丑恶面目。

（三）

除去以上所谈内容外，《世说新语》也从生活细节上表现了那时名流的好的一面，如庾亮不卖"妨主"的的卢马，是怕移祸他人；殷仲堪任荆州刺史时，饮食俭朴，不糟蹋一粒米；王恭作了好几任官，但是"身无长物"，连坐的簟子也只有一条；陶侃则把木屑竹头都收集起来，储以备用。在那贵族生活奢侈成风，人人自私的时候，这些优点是值得表扬的。还有的故事写出一些可敬爱的人物。这里试就荀巨伯、管宁、郗超、周处四个人的故事分析一下这类内容，并简单地谈谈《世说新语》的艺术性。

荀巨伯的故事说，荀巨伯因为朋友有病，远来探望。但当他到了朋友家里的时候，恰值胡贼攻城，朋友劝他离去，他说："败义以求生，岂荀巨伯所行邪？"坚决地要与朋友共患难。贼人来了，问他为什么不走，他就毅然回答："友人有疾，不忍委之，宁以我身代友人命。"他不惜牺牲自己以保全朋友，感动得胡贼"班军而还"，使一郡皆安。这个故事只有一百十六个字，却结构完整，故事具有开头、发展、高潮、结尾各部分，还有生动的对话，语言是精炼的。开头一句"远看友人疾"，就已经写出了荀巨伯对朋

52

友的关怀。下面又从情节的发展中，**通过他和朋友和胡贼的两处对话，逐步把他的重义轻生、笃于友谊的崇高品质表现出来，使人感到非常真挚**。特别是从贼人口中说出当时他是在"一郡尽空"的恐怖情况之下留在那里，就更显得难能可贵。荀巨伯的高尚行为不只保全了朋友和自己，也保全了一郡。结尾所写胡贼对话和撤兵的举动，是对这个人物的有力的赞扬。

管宁的故事说，管宁和朋友华歆在园里锄菜，看到地上有一片黄金。管宁根本没把它放在眼里，"挥锄与瓦石不异"；华歆却禁不起黄金的诱惑，故意克制自己，"捉而掷去之"。这已经说明两人对金钱的不同态度。另一次，他们在读书，有乘轩冕的贵人从门前经过，管宁"读如故"，华歆却"废书出看"。这又进一步地表现了两人性格和见识的优劣。管宁通过这两件事的观察，看出华歆不配作自己的朋友，于是得出"子非吾友也"的结论，和他"割席分坐"。管宁蔑视金钱和权贵的高尚品质，从他的严于择友的谨慎态度中明确地表现出来。这一节短文把能突出两人的性格品质不同的两件小事组织在一起，用对比的方式，生动地加以刻画。仅仅用了六十一个字，却有事实的叙述，动作的描写，还记了人物的语言；相当地紧凑精彩。

郗超的故事说，符坚意欲灭晋，已经占了不少地方，威胁着江南的安全，朝廷决定派谢玄去讨伐。但大家对谢玄能否胜任却还有怀疑，意见不一。在这紧急关头，用人不当是会造成严重后果的。郗超本来和谢玄不睦，但这时他不仅不计私怨，反而独排众议，从以前和谢玄共事时的观察中，断定谢玄必能"立勋"，让晋朝统治者没有因"人间颇有异同之论"而动摇对谢玄的信任，使他得成大功，挽救了国家的危难。这个故事，在符坚"狼瞰梁岐，又虎视淮阴"的危急情况下，通过郗超本人的语言把他的"不以爱憎匿善"的爱国精神刻画出来；又从谢玄战胜后大家对郗超的赞誉，说明他有知人之明，有力地表现了这个人物。

周处的故事说，周处是个凶悍、粗暴、为患乡里的人，和水底长蛟、山中猛虎，一齐被称为"三横"。大家甚至认为他比蛟虎还凶。后来有人劝他去杀虎斩蛟，目的是想把"三横"去掉两个。周处本来就有些侠气，而且勇猛好胜，听了这话以后，立即刺死猛虎，并且入水斩蛟。当他连着三天三夜和蛟在水里恶斗的时候，大家认为他已经死了而互相庆贺。周处斩蛟以后，知道了这种情况，才认识到自己为大家所憎恨，有意改过，又怕年岁大了，无所成功，于是就去找陆机、陆云兄弟请求指点。陆云告诉他，只要立志，还有前途；他就积极改过，终于成了一个好人。作者以极短的篇幅写出了这个故事的复杂的情节和矛盾，深刻地描绘了人物的性格。一开头就提出周处和蛟虎并称"三横"，而周处为害"尤剧"，可见他和人民矛盾的尖锐。但当乡人劝他去除"二横"时，他毫不犹疑地去杀虎斩蛟，又表明他是豪爽、直率，愿为大家除害的；他的横行乡里，是性情粗暴，不识自己错误的缘故，并非有心为恶。杀虎斩蛟本是对乡里有益的事，大家却在他和蛟搏斗的时候，认为他已死而"相庆"；这就从侧面更有力地刻画出周处为患乡里的程度的严重。他和蛟恶斗了三日三夜，终于斩蛟而出，而且闻过之后立即下决心悔改，这又非常突出地表现了这个人物猛悍无比的英雄气概和勇于改过的优良品质。

魏晋人的清谈原是以"言约旨远"为贵的，这个特点也表现在《世说新语》的文字上。由以上这几个故事的分析中可以看出这部书的艺术价值在于语言简炼，而表达力很强，叙事实，记词令，描写人物，说明道理，都能抓住突出的有代表性的部分，以精炼确切的文字，给人生动鲜明的印象。

（四）

《世说新语》在内容上是记叙轶闻隽语的笔记小说的先驱，

54

在形式上则是短小精悍的小品文的佳作。它对后世的文学作品是有影响的：第一是使后来摹仿它的笔记小说发展起来。如唐有王方庆的《续世说新书》；宋有王谠的《唐语林》，孔平仲的《续世说》；下至明、清，更多作者。近人易宗夔亦有《新世说》一书，步趋刘义庆之作。其次是其中的许多故事为后来小说、戏剧所取材，或引用到诗文词曲中，作为典故。如曹操捉刀，谢道韫咏絮，郑玄婢女吟诗，王徽之雪夜访戴以及韩寿偷香，荀粲掉亡等等，都很有名。祢衡击鼓，周处除三害的故事，今天还出现在舞台上。杨修解"黄绢幼妇"之词，曹操叫军士"望梅止渴"和曹植七步成诗等情节则被罗贯中写进《三国演义》中去。至于这部书里的一些辞语如：登龙门；漱石枕流；渐至佳境；一往有深情；会心处不必在远；不可一日无此君；千岩竞秀，万壑争流；芝兰玉树，生于阶庭；未能免俗，聊复尔耳；飘如游云，矫若惊龙；乘兴而来，兴尽而返，小时了了，大未必佳，未免有情，谁能遣此，从山阴道上行……使人应接不暇等等，已成为后来文章中常见的成语，沿用久熟，遂忘出处。不过大家说的时候在文字上或小有变动而已。

　　鲁迅评论《世说新语》和刘孝标的注说："记言则玄远冷俊。记行则高简瑰奇，下至缪惑，亦资一笑。孝标作注，又征引浩博。或驳或申，映带本文，增其隽永。"[⑦] 这是说这部书的写作是有相当的成就的。刘孝标的注确实也对《世说新语》的内容有补正的作用。如《识鉴》篇记"曹操少时见乔玄"一条，说到乔玄认为曹操是"乱世之英雄，治世之奸贼"，这是许劭的话。刘孝标在集注中指出了刘义庆的错误。《德行》篇中"管宁、华歆共园中锄菜"一条下，孝标引《魏略》说："宁少恬静，常笑邴原、华子鱼（歆）有仕宦意。及歆为司徒，上书让宁。宁闻之，笑曰：'子鱼本欲作老吏，故荣之耳。'"这补充得很好，和刘义庆所写的故事意思一致，能使读者更深刻地体会管宁和华歆思想品质的不同。

55

但是，这部书所记人物言行，不少是带有传说性质的故事，而且经过作者夸张、渲染了的；并不全合史实，不能当人物传记来看。从客观效果上说，它所描绘的汉末到东晋士大夫阶层的思想与生活的面貌，还相当有代表性，在一定程度上反映了当时的社会现实，暴露出豪门贵族的荒淫、残暴、颓废、豪奢。因此，可以作为研究魏晋思想史的部分资料。

更进一步来谈，我们应该知道，《世说新语》虽有一定的价值，它却完全是以封建士大夫的观点、立场写成的作品。作者对书中那些人物的放荡、颓废、奢侈、淫靡甚至是残忍、凶暴的言行，往往是以同情或欣赏的态度写出的；对某些似乎是他所不赞成的事情，也不能有什么认识或批评。我们从刘义庆所标的篇目中，就可以看出他的褒贬的意思。不过，他所欣赏、赞誉的东西，常常正是我们所要批判、扬弃的东西而已。如前面谈过的王子猷作桓冲的骑兵参军，而不知所司何事，刘义庆赏其"简傲"而不计其废弛公务，对石崇滥杀行酒美人的残暴行为，也只认为是"汰侈"，他和石崇一样不把处于奴婢地位的女子当作人来看待。这都能证明我上述的论点。下面再举出几点，谈谈作者思想的一些主要倾向：

刘义庆对封建伦理道德是极力赞美的。如《德行》篇记王祥十分孝顺后母，后母经常叫他守着院中的李子树。有一次"风雨忽至"，王祥怕损坏了后母所爱的东西，就"抱树而泣"。后母还曾在夜里到王祥床前，想把他砍死，因为王祥不在床上，没有砍着。后来王祥知道这事，就跪在后母面前请死，于是后母感悟，从此"爱之如己子"了。这个故事无非是说明无论父母怎样不好，作子弟的都应当绝对顺从，极端孝顺，就是父母叫自己去死，也不准许反抗。而在封建社会中，孝母与忠君原是一回事情，使人一味驯顺，不敢反抗，是有利于统治者的，因此"忠孝"就被认为是封建道德的最高标准。刘义庆记叙王祥的故事正显示了他的观

56

点带有鲜明的阶级烙印。此外象 记王戎、 和峤居 丧哀 毁逾恒等等，也从赞扬封建伦理道德 的角 度出发。《规箴》篇写陈元方在居父丧时，由于母亲给他盖了锦被，招致物议，甚至"宾客绝百所日"；则又是由反面来表示遵守"礼教"的重要的。《世说新语》中这类封建糟粕，占着一定的比重。

和上述内容有密切关系的是他迷信术数，宣扬宿命论。这虽不是书中的主要内容，却是作者 思想倾 向的一个 主要方 面的反映。如《术解》篇有两个故事，一个记有人相羊祜父亲的墓，认为风水很好，"后应出受命君"。于是羊祜故意"掘断墓后"，破了风水。可是相者一看，认为还能出"折臂三公"。不久，羊祜"坠马折臂，位果至公"。这个故事不仅是强调 宿命论， 说明羊祜之位至三公是祖坟风水所致，还显示了羊祜对皇帝的"忠诚"。另一个故事记郭璞替王导卜卦，指出王导将有"震厄"，叫王导截取柏树放在床上来代替自己；后来柏树果然被雷震碎，王导的灾难因此解除。这除去说明"命中注定一切"的意思之外，也宣扬了术数的灵异。另外，《德行》篇记陈太丘（寔）带着三个儿子去访荀朗陵（淑），荀让自己的八个儿子应门行酒， 招待陈氏 父子。这时，"太史奏真人东行"。这又是以荒诞不经的说法，夸张陈荀的才德，可见作者的迷信的。

由于刘义庆本身就是贵族，对士大夫有深厚的感情；因此，在《世说新语》中所写人物的言行，往往就不免于有意无意地予以美化。如《简傲》篇记王子猷喜欢看竹，见到吴中一个士大夫家里的竹子极好，于是自己"肩舆径造竹下， 讽啸良久"。 主人坐在客厅上等着招待他，他根本不理；看完竹子就要出门。因为主人忍受不了这种难堪，"便令左右闭门，不令出"；他反倒以此激赏主人有风趣，"留坐尽欢而去"。这种乖张、怪僻，不近人情的行为，刘义庆也以饱含喜爱的笔调写出，就可见他对士大夫们的态度如何了。

另外，对士大夫门阀的高贵，刘义庆也在着重地夸耀。本来从魏晋以来，士庶是不通婚姻，界限极严的。而一般士大夫也特别愿意攀附比自己门阀更高的贵族，以达到某种政治目的。如《贤媛》篇记周浚有一次行猎遇雨，到汝南李氏家去暂避，看中了李家的女儿络秀，想娶她为妾。络秀的父兄不愿意这样作，她自己却说："门户殄瘁，何惜一女！若连姻贵族，将来或大益。"于是他的父兄才答应了周浚。后来络秀还和自己生的儿子周伯仁兄弟说："我所以屈节为汝家作妾，门户计耳。汝若不与吾家作亲亲者，吾亦不惜余年。"结果，周氏兄弟是不得已而同意了。

络秀为了和豪门贵族联姻，以提高自己家里的社会地位，不惜牺牲自己去给人作妾，而且还用"死"来威胁自己的儿子，叫他们和自己母家结亲，这就见出崇尚门阀对婚姻自由的阻碍是多么严重。刘义庆津津有味地记叙了这个故事，把络秀归于"贤媛"之列，当作正面人物来赞扬她的"卓见"，正说明了他站在封建贵族的立场，夸耀"高门"的可贵。

由于这样，刘义庆的轻视人民，也就表现得很明显。《方正》篇记刘真长和王仲祖一同出门，天晚了还没吃饭，有刘真长相识的"小人"送了很好的菜饭，真长谢绝不要，并和仲祖说："小人都不可与作缘。"刘孝标注指出了这话正是孔子的"唯女子与小人为难养"的意思。刘真长所谓"小人"，则是指普通的老百姓。他宁肯挨饿，也不愿和"小人"打交道，可见他是多么好摆臭架子，轻视人民；也反映出贵族和人民的矛盾的存在。刘义庆认为刘真长的态度"方正"，说明他和刘真长的看法相同。"小人"只能作奴婢，被统治；不接受"小人"的好意，是惟恐降低自己身份的"高贵"。

从上述的内容来看，我们也可以说，《世说新语》之所以能够长久流传，固然是由于它本身有存在的价值；但从前它的得到较高的评价或过分的愉扬，未尝不是和它投合封建士大夫的口味有

58

不小的关系。因此，我们在阅读这部书时，加强分析、批判是非常必要的。

注释：

① "作达"见《世说新语·任诞》，是学作放达行为的意思。
② 《后汉书》卷九十八许劭传。
③ 《世说新语·德行》。
④ 《世说新语·任诞》。
⑤ 《文学》篇刘孝标注引《名士传》。
⑥⑦ 《中国小说史略》第七篇"世说新语与其前后"。

邺下风流在晋多

一读《世说新语》散记

（一）

《世说新语》为魏晋轶事小说的代表作，自少喜读，至老不衰。名画家张大千曾谓："写《鹤名》（指《瘗鹤铭》）如画松，人各有一种风骨，不拘拘于一格也。"（《当代名人书林》1932 年中华书局出版）于《世说新语》，也不妨各有一种读法，从不同的角度着眼，就有不同的体会。"横看成岭侧成峰"，不须要求全面。曩屡撰文，谈其梗概，兹又信手掇辑，成此短篇。忽忆元遗山《论诗》绝句中的"邺下风流在晋多"一语，与此切合，即拈来以作标题。汉末曹操为魏王，定都于邺，魏晋风流肇源于此，故遗山云然。

《世说新语》所写的为历史上的真人，而每采传说，时加演饰，着重从琐屑情节上，以片言只语表现人物，虽大致不违真实，体例应属小说，其史料价值，似乎不及文学成份浓厚；但所记叙的各方面的内容，却能生动地反映当时的社会面貌，所刻画的形形色色的人物，也成为多种的典型；可以当作魏晋名士的速写画看，其史料价值，又并不因其为小说而减低。

（二）

《世说新语》的三十六篇，为品评人物之分类标目。如德

60

行、方正、雅量、识鉴、捷悟、豪爽等等为一类；轻诋、**假谲**、汰侈、谗险、惑溺等等为一类；褒贬之意，一望而知。不过作为**南朝宋临川王之刘义庆的观点**，和今天我们的看法自然有很大的**差异**，我们不会完全依照他的品目去理解书中的内容。兹举数例，以见晋代名士风流之一斑。

怎样才算名士？王孝伯（恭）说："名士不必须奇才，但使常得无事，痛饮酒，熟读《离骚》，便可称名士。"王子猷（徽之）居山阴，于雪夜独酌，咏左思《招隐》诗，忽然想起住在剡地的戴安道（逵），就连夜乘小舟往访，经宿方至，却不入门而返，人问其故，王曰："吾本乘兴而来，兴尽而返，何必见戴？"阮嗣宗（籍）邻家妇有美色，当垆酤酒，阮常从妇饮，醉便眠其妇侧（俱见"任诞"篇）。以无事为贵，以痛饮为快，藉读《骚》以抒积郁；这是王孝伯的名士观。虽然突出一点，不免片面，却有一定的代表性。王子猷之冒雪放舟，造门不入，虽似怪僻，实见真率。至于阮嗣宗之放诞不羁，则显示了他的襟怀坦荡，不拘形迹。冲决两汉以来的礼法束缚，要求个性解放，为魏晋名士风流的一个方面。但这只能从魏晋特定的时代环境中去理解，不妨视为嘉话，却是摹效不得的。

此外，"言语"篇记晋代高僧支遁（字道林，亦称支公、林公），豢有双鹤，翅长欲飞，支乃铩其羽翮，以至鹤难再飞，顾翅垂头，如有懊丧之意。支曰："既有陵霄姿，何肯为人所作耳目近玩。"于是"养其翮成，置使飞去。"适应天性，听其自然，不愿屈物以就己，老庄与儒释之说，初无异同。支遁虽在方外，而多与名士往还，实亦为文苑胜流，其放鹤之举和郑板桥（燮）主张种树以养鸟，反对捕捉入笼的意思一样，思想境界是很高的。

从容镇定，喜怒不形于色，为晋人特别重视的一种风度。如"雅量"篇所述谢安诸事：

（1）谢太傅盘桓东山时，与孙兴公诸人泛海戏，风起浪涌，孙、王诸人色并遽，便唱使还。太傅神情方王（旺），吟啸不言。舟人以公貌闲意说，犹去不止。既风转急浪猛，诸人皆喧动不坐，公徐云："如此，将无归？"众人即承响而回。于是审其量足以镇安朝野。

（2）谢公与人围棋，俄而谢玄淮上信至，看书竟，默然无言，徐向局。客问淮上利害，答曰："小儿辈大破贼。"意色举止，不异于前。

谢安在泛海遇风，人皆惊扰之际，神态悠闲，徐表归意；谢玄已破苻坚，传来捷报，他也若无其事，继续下棋；时流认为谢安"足以镇安朝野"，就是通过这类小事作出的品评。观人于微，首重神态，以魏晋时此风为盛，亦略见于斯。《晋书·谢安传》说谢安闻淮上破贼之讯，下完围棋，进入内宅时，在门坎上碰折了屐齿。可见他本来激动非常，所以不露喜容，乃出于矜持矫饰，但我们却不能不佩服他这种控制感情的修养，担当大事，确实是应该有些雍容气度的。"雅量"篇又记桓温伏兵设馔，欲杀谢安和王坦之。坦之见温，惶恐现于颜色，谢安则临危不惧，依旧从容暇豫，一如平日，以致桓温亦"惮其旷远"而解兵。王谢本来齐名，于此始判优劣。"赏誉"篇述王济素不重视其叔王湛，后来无意中发现王湛辞采不凡，骑姿甚妙，于是叹其难测。当晋武帝问他"卿家痴叔死未"时，就盛称其美，帝问："谁比？"济答曰："山涛以下，魏舒以上。"指其才具上比山涛不足，下比魏舒有余。可见通过具体比较，以评定时流的高下，为魏晋人常用的"品目"方式。所谓品目，亦称"题目"，或单说"目"，就是对人物的德才、仪表等等品评鉴定，给予概括的考语。这种"品目"盛行于朝野之间，为魏晋清谈的一项主要内容。朋友晤叙，往往用作话题，互相品目，有时对此，有时自评。如"品藻"篇顾劭问庞士元（统）：

"闻子名知人，吾与足下孰愈？"答曰："陶冶世俗，与时浮沉，吾不如子；论王霸之余策，览倚仗之要，吾似有一日之长。"庞统真有知人和自知之明，而且话说得极有分寸，所以顾劭心服其言，以为中肯。"豪爽"篇："王大将军（敦）自目高朗疏率，学通《左氏》。"为自我品目之一例。不过王敦是一个野心勃勃的武夫，哪里说得上什么"高朗疏率"，这只是高自标置的门面话而已。

魏晋清谈，以"言约旨远"为贵，应对咄嗟，每多妙谛。如"文学"门的一条：

> 庚子嵩（敳）作《意赋》成，从子文康（庾亮，谥文康）见。问曰："若有意邪，非赋之所尽；若无意邪，复何所赋？"答曰："正在有意无意之间。"

"正在有意无意之间"，寥寥八字而含蕴甚丰，推广之于一切文艺创作，无所不宜。有意，即著迹象，难于超脱空灵；无意，则内容散漫，无所统属，不能集中一点。惟在有意无意之间，才能不即不离，若即若离，神而明之，恰到好处。八字真言，实开后来无数法门，非襟怀高旷、不滞于物并且文学修养很高的人，说不出这句话来。

"排调"篇述王异枕周伯仁（颛）膝，指其腹曰："卿此中何所有？"答曰："此中空洞无物，然容卿等数百人。"虽属一时谐谑，而其语锋锐刺人，但王导并不以为忤，亦见器量。苏东坡《宝山昼睡》绝句云："七尺顽躯走世尘，十围便腹贮天真。此中空洞浑无物，何止容君数百人。"即用此典。又记康僧渊目深而鼻高，王导常以此对他嘲笑，僧渊曰："鼻者，面之山；目者，面之渊，山不高，则不灵；渊不深，则不清。"趣语解颐，亦见文采。读此可知《陋室铭》的"山不在高，有仙则名；水不在深，有龙则

63

灵"二句，实本僧渊语略加变化而成。

《世说新语》叙事简明，精炼生动，为小品文之典范，词汇之丰富，远远超过其他笔记小说，对后代的文学作品有很大的影响，所记清谈场面，往往描摹如画，使读者若临其境，若见其人。"文学"篇记孙安国（盛）与殷中军（浩）共谈，往复辩论，不暇用餐。左右侍者一再重温冷饭，而两人只顾奋挥麈尾，争锋口舌，以至麈尾脱落，布满餐饭，抵暮犹未进食。最后情急，竟至反唇相稽。殷谓孙："卿莫作强口马，我当穿卿鼻。"孙谓殷："卿不见决鼻牛，人当穿卿颊。"彼此以"口"、"鼻"讥嘲，皆从辩论出发，读之失笑！一时热烈气氛，活跃纸上，《世说》所写，真善传神。"排调"篇记王文度（坦之）与林法师（支遁）讲析义理，林每欲小屈，孙兴公（绰）曰："法师今日如著敝絮在荆棘中，触地挂阂。"说理以通达为贵，一有滞碍，即难成胜解，孙之诮林，恰当无比。"轻诋"篇记庾亮谓周颠："诸人皆以君方乐。"周问："何乐，谓乐毅邪？"庾曰："不尔，乐令耳。"乐令，指乐广，为当时以清谈著称的名士，周颠认为以他相比，是贬低了自己。就说："何乃刻画无盐，以唐突西子也！"无盐，丑女；西子，美人；美丑攸分，不宜相拟，设喻亦妙。又"政事"篇的"桓公在荆州"一条，叙桓温治荆州，政贵宽和，耻用威刑，桓温的第三子桓式（即桓歆）见令史受杖，仅从朱衣上擦过，即谓温曰："向从阁下过，见令史受杖，上捎云根，下拂地足。"意思是讥诮刑杖没打在人身上。桓温是否真这样政简刑轻，姑置不论。"上捎云根"言举杖之高；"下拂地足"，谓着地多，着人少；措语形容，巧用夸张，可见晋人之善于辞令。

《世说新语》中的名言隽语，层出不穷。如"德行"篇记郭林宗称黄叔度（宪）："叔度汪汪如万顷之陂，澄之不清，扰之不浊"，谓其气量深广，不为物牵；"赏誉"篇记王夷甫（衍）称郭子玄（象）"如悬河泻水，注而不竭"，谓其辞采缤纷，议论不穷；"容止"篇

64

记山巨源（涛）称嵇叔夜（康）："嵇叔夜之为人也，岩岩若孤松之独立；其醉也，傀俄若玉山之将崩"，谓其风神俊异，潇洒出众；"文学"篇记孙兴公（绰）于潘安仁（岳）、陆士衡（机）二人之文谓："潘文烂若披锦，无处不善；陆文若排沙简金，往往见宝"。对比恰当，评价极公；"言语"篇记顾恺之描摹会稽山川之美说："千岩竞秀，万壑争流，草木蒙笼其上，若云兴霞蔚"；这些话全都形象鲜说，比喻精妙，能把丰富的内容概括为极其精炼的文学语言，给人以深刻、具体的印象。又"言语"篇记晋简文帝（司马昱）入华林园，顾谓左右曰："会心处不必在远，翳然林水，便自有濠濮间想也，觉鸟兽禽鱼自来亲人。"谓胸襟开阔，则无往不适，随处怡悦，觉万物无不可亲，其意既含哲理，语亦神韵悠远，令人领略不尽。

魏晋人以啖牛心为贵，"汰侈"篇记王君夫（恺）有牛名八百里駁，凤所珍爱，王武子（济）与君夫赌射得之，"却据胡床，叱左右速惏牛心米，须臾炙至，一脔便去。"又述王右军（羲之）少时，尝在周侯（颛）末坐，割牛心啖之，于此改观。刘孝标注云："俗以牛心为贵，故羲之先食之。"此虽琐屑，足见一时风习，故《晋书·王羲之传》亦录及之，惟云"颛先割啗羲之"，为小异耳。

读《世说新语注》

南朝梁刘孝标（峻）为《世说新语》作注，以博赡著称，论者谓可与南朝宋裴松之《三国志注》、唐李善《文选注》媲美。征引之书计经史别传三百余种、诸子百家著作四十余种、别集二十余种、诗赋杂文七十余种、释道之书七十余种。所采《晋书》，即有王隐、虞预、朱凤、沈约等所撰，俱为已佚之书。引及之小说，如晋裴启的《语林》、郭澄之的《郭子》和佚名之《孙盛杂语》等，亦均失传①。在保存古籍的佚文方面，刘注已经功劳不小，而且其注重在增广故实，阐发文意，与只解说字词训诂的注疏不同，实际等于另一部《世说新语》，足与原书相辅而行。

唐刘知几于刘注颇为推崇，而对《世说新语》则大有微辞，他在《史通·杂说》的《诸晋史》一节中说："近者宋临川王（刘）义庆著《世说新语》，上述两汉、三国及晋中朝江左事，刘峻注释摘其瑕疵，伪迹昭然，理难文饰，而皇家撰《晋史》，多取此书，遂采康王之妄言，违孝标之正说，以此书事，奚其厚颜。"②这里抑《世说》而扬刘注，持论未免过偏，且于唐人修《晋书》采及《世说》亦致不满，而不知义庆所云，虽间或失实，亦多有据，非出虚构。唐初修《晋书》时，前人所撰旧史犹存，如臧荣绪《晋书》，即被用为蓝本，其取《世说》故事，亦参校他书，未必尽从。如《世说·假谲》的"王右军年减十岁时"一条，记王羲之幼时夜卧王敦帐中，闻敦与钱凤谋逆事，孝标注云："按诸书皆云王允之事而此言羲之，疑谬。"《晋书·王允之传》也以为王允之事，未采《世说》的说法，可见唐人的去取是有选择的。

66

明郎瑛曾指出《世说》记事之谬，如《容止》篇记陶侃谓苏峻作乱事乃由庾氏诸人引起，欲诛庾亮等，温峤劝庾亮径往晤陶自解，陶一见其姿貌，遂改观与之谈宴，甚为爱重；"假谲"篇同述此事，而云亮从峤计，见陶便拜，深自逊谢，陶即释然；与前条所说，不免两歧。这是因为《世说新语》乃刘义庆集门客为之，和《吕氏春秋》一样书成众手，抵牾自所难免。按《晋书》陶侃、庾亮两传，分载此节，说亦不一。可见失于参照，所在多有③。

刘孝标注《世说新语》，有的阐释原文的意旨，发其含蕴；有的订正原文的内容，纠谬补缺；对后来读者，确实大有裨益。如"豪爽"篇："晋明帝欲起池台，元帝不许。帝时为太子，好养武士，一夕中作池，比晓便成，今太子西池是也。"刘注据《丹阳记》曰："西池，孙登所创，《吴史》所称西苑也，明帝修复之耳。"这就比正文说得更加确实可靠。按《丹阳记》为山谦之撰，隋时已亡，故《隋书·经籍志》卷二仅著录其《吴兴记》三卷、《南徐州记》二卷，亦未言其生平，大约是晋宋之间的人。清王谟辑《汉唐地理书钞》，内有《丹阳记》佚文，即采及刘注所引。"忿狷"篇"王大、王恭尝俱在何仆射坐"一条，注谓佛大为王忱小字，使我们知道王大是指王忱。否则这类称呼，时人皆晓，后世难明，阅读到此，不免要大费查考。孝标具有注家手眼，故能于必要时加注。又"谗险"门"王平子形甚散朗，内实劲狭"一条注云："邓粲《晋纪》云：刘琨尝谓澄曰：'卿形虽散朗而劲狭，以此处世，难得其死。'澄默然无以应，后果为王敦所害。刘琨闻之曰：'自取死耳。'"《世说新语》此条叙王平子（澄）事，只有十一个字，孝标征引《晋纪》，补充正文内容，亦为史笔。

可惜的是现在通行的宋人董弅刻本《世说新语》，正文和注都已经过剪裁和改动，非复本来面目，注文中还杂入了后人的校语。如"假谲"篇"温公丧妇"一条，记温峤续娶其从姑刘氏之女，"既婚交礼，女以手披纱扇，抚掌大笑曰：我固疑是老奴，果如所卜"下注云："按《温氏谱》峤初取高平李暅女，中取琅邪王诩女，后取庐江何邃女，都不闻取刘氏，便为虚谬。谷口云：刘氏政谓其姑尔，非指其女姓刘也。孝标之注，亦未为得。"这里前为刘注，"谷口"以下，为宋人的校语。孝标注据《温氏谱》考证温峤未尝娶刘氏女，本无乖舛。宋人校语，乃滋笑柄。清李慈铭即指出："既谓其姑，必仍温姓，何得云刘？宋人疏谬，往往如是。"④温峤的从姑，当然姓温，不过姑既适刘，其女正应称刘氏，越缦之说，亦未周密⑤。

又"尤悔"篇："刘琨善能招延而拙于抚御，一日虽有数千人归投，其逃散而去，亦复如此。所以卒无所建。"注云："邓粲《晋纪》曰：琨为并州牧，纠合齐盟，驱率戎旅，而内不抚其民，遂致丧军失土，无成功也。敬徽按：琨以永嘉元年为并州，于时晋阳空城，寇盗四攻，而能收合士众，抗行（刘）渊、（石）勤，十年之中，败而能振，不能抚御，其得如此乎？凶荒之日，千里无烟，岂一日有数千人归之？若一日数千人去之，又安得一纪之间以对大难乎？"按《晋书·刘琨传》，亦谓"琨善于怀抚，而短于控御，一日之中，虽归者数千，去者亦以相继"，与《世说》及刘注意同，大约是因为刘琨功业未成，含恨枉死，故寻其所短而论之。但敬徽按语，分析当时形势，实近情理，足备一说。敬徽，景宋本《世说新语》作"敬胤"。近人余嘉锡据汪藻《考异》谓为刘孝标以前人，孝标并不采敬胤注，而独有此一条，盖宋人所附入。⑥

另外，"文学"篇"僧意在瓦官寺"中一条注云："诸本无僧意最后一句，意疑其阙。庆校众本皆然，惟一书有之，故取以成其义。"李兹铭谓"庆"应作"峻"，盖传写者不知孝标名峻，误为义庆自注⑦。余嘉锡云："作'庆'固非，作'峻'亦未安。惟宋本作'广'，妙合语气。庆与广字形相近，因而致误耳。"⑧此说

68

近是。

注释：

① 思贤讲舍本《世说新语》附有叶德辉《世说新语注引用书目》，详列书名，可供参考。

② 《四部备要》本《史通通释》卷十七、180 页下。

③ 郎瑛语见《七修类稿》卷二十三《世说新 语记事 多谬》。中华书局排印本 347 页。

④ 李慈铭语，见王利器辑《越缦 堂读书简 端记》272 页，天津 人民出 版社出版。

⑤ 说见佘嘉锡《世说新语笺疏》假谲篇笺疏引程炎震语。中华书局排印本 857 —858 页。

⑥ 见《世说新语笺疏》尤悔篇校文及 笺疏。中华本 898—899 页。

⑦ 见《越缦堂读书记》下册 930 页。商务印书馆 1959 年排印本。

⑧ 见《世说新语笺疏》文学篇笺疏。中华本 239页。

唐 代 传 奇 小 说 概 述

（一）唐传奇的诞生

　　唐代是诗歌的发展与昌盛期，又是小说的创新与定型期。被鲁迅誉为"特绝之作"的传奇小说，在文坛上露出异采，与唐诗并举齐称。所谓传奇，本来专指这种形成于唐代的短篇文言小说，后来宋元戏文、诸宫调以及元杂剧之取材于唐传奇小说的，有的也称传奇；明清人为了和北杂剧区别，亦呼以唱南曲为主的戏曲为传奇。所指各异，先要分辨清楚。

　　传奇小说，主要是唐代商业经济和都市生活繁荣的产物，也是小说体裁发展的结果。隋朝统一全国，结束了自汉末到南北朝的长期战争、分裂的混乱状态，得到一个时期的休养生息，经济生产渐渐恢复。唐初延续着和平局面，生产不断提高，手工业相应地发达起来，"富甲天下"的扬州，成为繁华热闹的都市的典型。那里有各行各业的作坊和多种精巧的工匠，商店林立，市肆栉比。许多产品，不仅供应本国，而且远销异国。南北物资的交流，海外贸易的兴盛，更促进了经济的繁荣，工商业市民阶层，因而空前地壮大起来。传奇小说之描写城市生活、反映市民阶层的思想意识，即适应这种时代社会的要求而出现。

　　传奇小说，虽然源出志怪，但其内容和形式，都受到当时的市民文艺、特别是"俗讲变文"和"说话"的影响。"俗讲"是唐代寺院中一种通俗文艺形式，韵文和散文相间，有说有唱，多

70

取佛经故事，亦采民间传说、历史琐闻。其讲唱的底本，叫作"变文"，也单称"变"。"说话"以讲故事为中心，略似后来的评书。唐元稹在《酬翰林白学士代书一百韵》诗中曾经提到听《一枝花》故事的"说话"，时间很长。佛教大行于六朝，至唐犹盛，藉讲唱以宣教，因多为传奇所取材。"说话"的铺陈细节，又为传奇的描写提供了借鉴，这自然都对传奇的发展，起了推动的作用。加上唐代文士，有意识地进行小说创作，和魏晋人之只重记述怪异的不同，在多方条件具备的情况下，短篇小说的体裁遂趋于成熟，有了完善的规模。

基于正统观念而轻视小说，由来已久。唐人小说之被称作"传奇"，亦含贬义，说它不能和高文典策相比。可是唐代倡导古文运动、主张"文以载道"的韩愈、柳宗元，也一样写小说。如韩愈的《毛颖传》，写的是毛笔，以物拟人，借蒙恬造笔的传说，编出一套很生动的故事，谓秦始皇本来重视毛颖，和它接近，后以其发已秃，摹画不能中意，而加屏弃，末尾说"赏不酬劳，以老见疏，秦真少恩哉"，点明讽喻之意，颇有幽默感。柳宗元的《河间传》，述河间某妇，初能洁身自爱，坚守贞操，后以遭人设计，用暴力污辱，竟变节成为荡妇，前后判若两人。这也是藉以针砭世情，暴露官场丑恶的，其细腻入微地刻画人物，比《毛颖传》更象传奇。另外，唐代举人在京拜谒前辈显官，都把作品写成卷轴，带去投献，称为"请见"。过几天，再带文卷往见，叫作"温卷"。意思是希望自己的姓名和笔路，为主司所知，先有个好印象，便于科举考试录取，而在文卷上写传奇小说，最容易表现自己的史才、诗笔和议论；且可省阅卷人的时间，于是，投卷者，竞撰传奇，这种体裁就和科举考试有了关联，成为实用的工具。可见唐代传奇的兴盛，有多方面的原因。

71

（二）唐传奇的内容

　　传奇小说，出现于隋唐之间，王度的《古镜记》，就是这一时期的作品。它和缺名的《补江总白猿传》，显示了唐初的传奇作品，都还带着较浓厚的志怪色彩。《古镜记》，写隋时汾阴侯生以古镜赠给王度，度与其弟王勣先后持镜游行各地，到处降妖伏怪，灵异非常。遇着妖魅，用古镜一照，立即现形而死。后来王勣还河东，镜在匣中悲鸣，良久失去，故事遂完。全篇许多小片断，以古镜为中心，连贯起来，虽情节未脱志怪的窠臼，而记叙错综，可见由志怪到传奇的演进的痕迹。《补江总白猿传》，写梁将欧阳纥作战至长乐，深入溪洞，其妻被一白猿掳去。他虽经寻访，刺死白猿，救回己妻，可是妻已怀孕，生子即似白猿。后来欧阳纥为陈武帝所杀。其子由江总抚养成人，擅长文学书法，知名于时。因为唐初以文学书法著称的欧阳询，貌丑似猿，所以有人认为这篇小说是炫示怪异，对欧阳询进行人身攻击的。还有武后时张鷟所撰的《游仙窟》，唐时流传日本，清末始有抄本，写游山遇女，与崔氏十娘谈宴调笑的爱情故事，中间穿插着彼此赠答的许多诗句，以抒情表意。全篇叙述委曲，词藻华艳，文多骈俪，风格犹近六朝。在初唐传奇中，这是一篇内容和形式都比较特殊的作品。

　　就小说体裁的进化谈，初唐还是由志怪到传奇的过渡阶段，开元天宝以后，传奇才到了成熟和兴盛时期，不仅单篇佳作，指不胜屈，专集亦多名著。象牛僧孺的《玄怪录》、李复言的《续玄怪录》、牛肃的《纪闻》、薛用弱的《集异记》、袁郊的《甘泽谣》、裴铏的《传奇》、皇甫枚的《三水小牍》等，俱为大家所熟知。段成式的《酉阳杂俎》内，也有传奇小说。大致说来，唐传奇可以分为三种类型：第一是继承志怪传统的神怪故事，但或作

72

寓言，或有指斥，多与魏晋人的作品异趣。第二是反映现实的爱情故事，比例较大，最受重视。第三是表现阶级矛盾和统治阶级内部矛盾的侠义故事，虽然数量不多，也有一定的代表性。不过，后两类中的故事，亦常带神怪成分，与第一类难于严分界限。此外，写其他题材者尚夥。传奇所展示的唐代社会面是相当广泛的。

神怪故事如沈既济的《枕中记》，述开元间得神仙术的吕翁息于邯郸旅舍，遇少年卢生既叹困苦，倦而思睡，乃授以枕而卧。卢生梦见自己中了进士，任京兆尹，拜帅破敌，继为中书令，有贤相之称。其后遭诬贬斥，又得昭雪，复蒙宠任，富贵五十余年而卒。卢生睡时，店主正蒸黄粱作饭，醒后黄粱还没有蒸熟，因而明白了宠辱之道，穷达之理。续出者，有李公佐的《南柯太守传》，记贞元间东平淳于棼，常与友人共饮于宅南的大槐树下，一日因沈醉致疾，二友扶他回家，使之暂卧，将濯足以俟其少愈而去。生见大槐安国国王遣使相邀，配以公主。命为南柯太守，郡中大治，百姓歌颂，为之建碑立祠，续升高位。其后出师战败，公主病死，王宠亦衰，因命人送生还家，乃恍然梦醒，见二客正濯足于榻，斜日未隐于西垣，倏忽之间，已历一世。回忆所经，与二客共掘槐下蚁穴，知即梦中所至之大槐安国。这和《枕中记》意义相近，情节类似，如出一辙；指出功名富贵之转眼成空，不能长久，用意亦同。可以解释为官场失意之人，解嘲自慰；也可以说是对热中利禄的人加以嘲讽；但所表现的都是道家的消极出世思想。后来的"黄粱梦"、"一枕南柯"等语，出典即在此二篇。按晋干宝的《搜神记》和南朝宋刘义庆的《幽明录》，已有杨林以玉枕入梦的故事，《枕中记》等两篇寓言式的传奇，即据此演饰而成。

托名牛僧孺撰的传奇小说《周秦行纪》，以僧孺自述口气，叙其于贞元中举进士落第，夜经鸣皋山，至一大宅，遇汉文帝母薄太后，并见汉高祖戚夫人，元帝王嫱，唐玄宗杨贵妃，南齐东昏侯潘淑妃，晋石崇姬绿珠等，共同宴饮，以诗唱和，后由王嫱伴**寝**，次早别去，情节极为离奇。按牛僧孺为唐德宗贞元元年进**士**，与李德裕各结朋党，相争经历数帝，旧史称"牛李党争"。据近人考证，《周秦行纪》，实出李德裕门人韦瓘之手，用以攻击僧孺之大逆不道的，藉传奇进行诬蔑，亦为唐人有意识地创作小说之一例。

但《周秦行纪》虽出伪托，《玄怪录》（宋人改称《幽怪录》）却确为牛僧孺炫耀其才思、文笔之作。其中较著名的"元无有"一篇，叙肃宗宝应年间，元无有春日独行维扬郊野，日晚遇雨，入空庄暂避，须臾雨止月出，独坐窗前，见四人衣冠皆异，由西廊至月下，相与谈笑，并各吟诗自道，迟明始归旧所。无有在堂中寻求，见故杵、灯台、水桶、破铛四物，知四人即此物所为。这个故事，比魏晋志怪小说中禽兽化人的记叙，更为荒诞，但用意不在于宣扬怪异，而是藉以表现自己的想象和辞藻，标题"元无有"，即暗示人物故事的本出虚构。其他谈神仙灵异、鬼怪作祟、人物变化等等的故事，反映佛道两教思想在唐代士大夫中间的影响，不过魏晋志怪的余波，只是描绘细致，辅陈曲折而已。

写爱情的传奇，如蒋防的《霍小玉传》、白行简的《李娃传》、元稹的《莺莺传》，刻画三个不同性格的女性，为婚姻自由的追求与斗争，都有较深刻的现实性和较强的典型性。

《霍小玉传》叙霍王的小女小玉，为侍婢所**生**，才貌非常，霍王死后，被驱出门，沦为娼妓。陇西李益少年登**进士**第，来到长安，和小玉结识，同居二载。小玉自知身分低贱，不能与李**益**匹配，感到悲伤，李益指誓山河，写了盟约给她，表示永不变心。后来李益选官，将要赴任，小玉请求他暂缓出仕，再留八年，以毕一生欢爱，然后剪发出家。李益以虚词相慰，拒绝所请而别去，另娶了出自甲族的卢氏之女，与小玉断绝，屡邀不至。

74

小玉日夜涕泣，悲愤致疾，遇黄衫豪士，强拉李益来与小玉相见。小玉自起更衣，念怒凝视，痛斥李益的薄情，并云死后必为厉鬼，使其妻妾不安。言毕，长号数声而绝。李益因此得了心疾，猜疑妻妾，甚至杀人，终身痛苦。李益的负义背盟，遗弃小玉，使她饮恨而殁，应该受到严厉的谴责，但造成小玉爱情悲剧的根源，却是封建道德和门阀观念、等级制度。我们从作品的描述中，可以体会这一点。

《李娃传》的故事系据本文第一节提到的唐代说话《一枝花》的情节演饰而成，女主角李娃，也是长安的娼女，常州刺史荥阳公郑某的公子因与李相恋，寄寓其家，整天狎戏饮宴，以致"资财仆马荡然"，靠为凶肆作"挽歌"而生活。他父亲认为他"污辱吾门"，用马鞭把他打昏，弃之荒野。李娃笃念旧情，收留公子，供其衣食，督促读书，得以登科举，授官爵。这时公子的父亲，又"抚背痛哭移时，曰，吾与尔父子如初"，并命公子备六礼迎娶李娃为妻，后来李娃还被封为汧国夫人。父子感情，以穷通为转移；夫妻姻好，视门阀为离合；这在封建社会，丝毫不足为奇。李娃笃于爱情，始终如一，而且挽救公子，使之成才立业，表现出崇高的品质和对婚姻幸福的执着追求，作品是以叹赏的笔调来刻画这个人物的。她与霍小玉俱为娼女，身分相同，处境相似，却没有象霍小玉那样酿成被遗弃的悲剧，凄惨身亡，而得个大团圆的美满结局，可能是出于作者的好心安排，以显示打破封建门阀观念和等级制度的意思的。

《莺莺传》所写崔莺莺，能文工琴，是一个美丽多才的少女。张生在游蒲东普救寺时，曾加救护，免为乱军所扰，一见莺莺就惊其美艳，投诗表示爱慕。莺莺虽亦有心，但初恋时又喜又惧，心内充满矛盾，几度思量，才打消顾虑，不惜作封建礼教的叛逆者，和张生私订终身。不幸张生有文无行，轻薄成性，在骗得莺莺的爱情之后，对她改变态度，若即若离。后来张生准备赴京应试，相对愁叹，莺莺已经预料他将一去不返，还委曲求全，陈述夙愿，希望张生不要"始乱终弃"。张生应试落第，留在京师，还虚情假意地写信安慰过莺莺，莺莺回信，表示别后的**忧思**和至死不渝的心意，说自己"骨化形销，丹诚不泯"，并以玉环一枚，答张生的花胜、口脂之赠，以示永好。张生看到这封缠绵悱恻、哀感动人的信，并没有回心转意，还给莺莺扣上罪名，说她是个"尤物"，"不妖其身，必妖于人"（大意是说：不害自己，必定要害别人）；自己"德不足以胜妖孽"，所以和她断绝。过了一年多，莺莺别嫁，张亦另娶。有一天，张生经过莺莺的门口，要求相见，莺莺拒绝了，而悄悄地赋诗以赠："自从别后减容光，万转千回懒下床。不为旁人羞不起，为郎憔悴却羞郎。"嗣后数日，又赠一诗，叫张生勿再想望："弃置今何道，当时且自亲。还将旧时意，怜取眼前人。"（这首诗的大意是说：你把我遗弃了，现在还有什么可说的呢？不过当初我们是曾经相爱的。那么，你就把从前的相爱之情，移去爱你自己的妻子吧！）这两首诗，语意凄婉，表现了深切的哀怨。我们可以想象这时莺莺虽然似对张生余情未断，实际她已经最后觉醒，看透了张生卑鄙丑恶的灵魂，深悔自己当初的幼稚和轻率，拒见是坚决的，而她内心的痛苦，将永久不能消除。

《莺莺传》就以赋诗拒见而结束了，可是莺莺的形象，似乎仍在读者的脑际萦回，对她的遭逢不幸，无限同情，对张生的负心薄倖，十分痛恨。仔细推究一下，张生之遗弃莺莺，除去他道德败坏存心不良之外，好象还有封建门阀观念作祟的成分。崔氏母女，即使出身世族，孤孀门第，大概也无法和当权的豪贵之家相比。为了向上爬，张生想另选高门，而扔掉莺莺，可能还是合于唐代社会现实的猜测。由于作品的主题，达到了一定的深度，耐人寻思的地方是很多的。

此外如陈玄祐的《离魂记》，写张镒的幼女倩娘和王宙相爱，而张镒把她许嫁了别人，因而抑郁成疾，她的灵魂随王宙远去，结婚生子；李朝威的《柳毅》，写洞庭龙女远嫁泾川，因被丈夫厌弃、公婆虐待，而在道傍牧羊，因柳毅仗义传书，才得解除痛苦，获得幸福；都以暴露封建婚姻制度给妇女造成的痛苦和冲破旧礼教的束缚为中心，情节虽稍涉神怪，内容还是现实的。又陈鸿的《长恨歌传》，写唐明皇纳杨贵妃始末，安禄山作乱，明皇南下，道次马嵬亭，六军不进，乃赐贵妃死。其后明皇思念不已，有道士求之仙山，见到贵妃言明皇之意，贵妃以钿盒金钗，交道士还报，并述当年七夕密语，以证其不诬。明皇闻信震悼，不久亦卒。元和元年白居易为此写《长恨歌》，陈鸿作《长恨歌传》，诗文并行，由来已久。这篇传奇，在史实的基础上，附会传说，加以演饰，既展示了开元、天宝间政局的场景，又通过艺术加工，增强故事的悲剧效果，写得是很成功的。

唐初仅在边郡设节度使，带兵以防外敌侵入，其后遍置于内地诸郡，各领数州甲兵，并掌管土地、人民、财赋等大权，称为藩镇，形成地方割据势力，与朝廷发生尖锐的矛盾。各节度使之间，亦多利害冲突，并常蓄养刺客，进行暗杀。唐传奇中的侠义故事，如袁郊《甘泽谣》内的《红线》、裴铏《传奇》内的《聂隐娘》两个故事，就反映了这样的社会现实。

《红线》叙述唐肃宗至德以后。朝廷命潞州节度使薛嵩和魏博节度使田承嗣，结为儿女亲家，可是田承嗣野心不死，仍在广募武士，将要侵占潞州。薛嵩为此，日夜忧闷。婢女红线，探知薛嵩的心事，表示自己可以夜入魏博，观其动静，一更起程，三更即回，从田承嗣床头取来一个金盒。薛嵩派人把金盒送还以示威，田承嗣明白既有异人能取走金盒，杀他更是易如反掌。所以非常恐惧，赶紧遣使者向薛嵩送书谢罪，并献缯帛和名马，不敢再作吞并潞州之想。红线却功成身退，辞别薛嵩入山了。《聂隐娘》叙述贞元中魏博大将聂锋的女儿隐娘，幼年从一尼姑入山，学成剑术，后嫁一磨镜少年为妻。元和年间魏帅任用隐娘，派她去刺杀陈许节度使刘昌裔。昌裔能算，预知隐娘夫妇将乘白驴黑驴各一匹而来，遣衙将往迎，隐娘即留在刘处不回，并击毙魏帅派来行刺的精精儿，用计退击继之而来的妙手空空儿，保卫了刘昌裔。后来亦辞昌裔入山，不知所终。这两个故事，反映出当时藩镇的拥兵跋扈和彼此之间的猜忌以及蓄养刺客暗杀异己的风气之盛，题材近似。红线和聂隐娘，各展神术，为主人排难解纷而去，结局亦同，表现的只是"各为其主"和"士为知己者用"的观念，但红线消弭了一场内战，值得赞扬。至于其中的神怪描写，则是道家的神仙方术传说的具体化。

《传奇》中还有一篇《昆仑奴》，叙述大历中崔生的昆仑奴磨勒，因为崔生爱慕权臣一品的红绡妓，无法接近，就夜入一品的府中，打死看门的猛犬，带崔生进府与红绡会晤，并背负二人飞越高墙十余重而出。两年之后，一品查明原委，派甲士五十人去捉磨勒。磨勒手持匕首飞去，疾加鹰隼，乱箭攒射，皆未能中，顷刻之间，不知所往。一品因此又悔又怕，严加戒备地防卫了一年才停止。这个故事，说明权势和暴力于武艺高强的侠客都无可奈何，显示了对擅作威福的统治阶级的蔑视，比聂隐娘的故事有积极意义。唐人称南洋马来一带的人为昆仑。富家多以昆仑为奴。当时海外交通发达，于此可见，而红线和磨勒这两个大侠客，一个是婢女，一个是奴仆，其出奇的本领，正反衬出统治阶级的无能。如此安排，不妨视为市民阶层的进步意识对封建思想的一种冲击。

杜光庭的《虬髯客传》，为另一类型的侠义故事。述隋炀帝时李靖谒见司空杨素献策，侍侧的一个执红拂的女妓张氏，看出李靖不凡，夜往投奔，与之同去，将归太原，止宿旅舍，来一赤髯如虬之人，取枕欹卧，看张梳头，张氏知为豪杰，即与认作兄

78

妹。虬髯客谓李靖闻太原有异人（传中称为"文皇"，指唐太宗李世民），愿意一见，见面之后就告诉李靖："真天子也"，表示难与争锋，即把家财赠给李靖，叫他辅佐真主，以定天下，此后十年，自己将于东南数千里外建立功业。贞观十年，有乘海船千艘，带甲兵十万，入扶馀国，杀其主自立者，就是虬髯客。作者刻画虬髯客最有生气，豪爽磊落，英雄气概；写张氏虽着墨无多，亦足显示她的聪明果断，慧眼识人；李靖平平，只处于配角地位。全篇的中心在于宣扬"天命有归"、"君权神授"，说明即为英雄豪杰，也不能对天下有野心妄想，依然是维护封建统治的滥调。但故事久被传为美谈，后代的文艺作品常以此为题材，或称李靖、红拂和虬髯为"风尘三侠"。

其他如李公佐的《谢小娥传》，写十四岁的少女谢小娥，父亲和丈夫在乘船出外行商时，被强盗所杀，自己也伤胸折足，漂流水中，经人救起，暂住尼庵，立志复仇。后来化装男子，往来江湖间，经过几年寻访，终于找到强盗，入其家佣工，乘机杀死盗首，得邻人协助，全擒余党，报了冤仇。作品表现小娥刚毅义烈的复仇精神，非常感人。陈鸿的《东城老父传》，写老翁贾昌，生于唐玄宗开元元年癸丑，自幼即为玄宗掌管斗鸡的事，天下号为神鸡童，备受荣宠。安史乱后，遭受兵掠，家业破败，出家为僧。到宪宗元和庚寅，已经九十八岁，回忆既往，对照目前，叙述自己的一生经历，反映开元以来由盛而衰的政局。可见战乱是由于统治阶级的荒淫腐败所造成，有较强的现实性。作者选择的题材及其表现手法，使这篇传奇显示出独特的风格。

（三）唐传奇的写作技巧

我所以称唐代为小说的创新与定型期，是指唐传奇的出现，使我国的短篇小说迈入了一个创新的阶段：扩大了题材范围，增强了现实性；提高了写作技巧，增强了艺术性；把六朝以来粗陈梗概的"丛残小语"，演化为情节曲折、结构完整、辞采生动、形象鲜明的故事；进一步发展了现实主义和浪漫主义相结合的表现手法。从此，小说才正式成为一种独立的文学体裁。

文人作意好奇，有心创作，是唐传奇发展的一个原因。广泛地观察社会现象，选取题材，使作品具有时代色彩；积极地驰骋想象，丰富故事情节，使作品具有典型意义，是唐传奇内优秀作品的共同特点。例如前面提到的《柳毅》，写路过泾阳的柳毅，由于"鸟起马惊，疾逸道左"的偶然缘故，碰见牧羊的龙女，龙女托他给父亲带信，为故事的开头。分别时，柳毅和龙女的"他日幸勿相避"与"当如亲戚"的问答，给后来两人的结合伏下了线索。柳毅进入洞庭送信，龙女的叔父钱塘君救回龙女，是故事的发展。接着写龙宫盛宴答谢柳毅的场面，钱塘君劝柳毅娶龙女，遭到拒绝，造成故事的波澜。可是柳毅临行，心情不无眷恋，而且"满宫凄然"；这样，他和龙女的结合，似乎已经无望了。但他回家之后第三次续娶的范阳卢氏之女，竟就是那个龙女托名的，遇合非常，以喜剧结尾，叙述得极其曲折有致，富于浪漫的色彩。中间用洞庭水府的描绘，钱塘君出战的形容，穿插其间，作侧面的映衬，有声有色，十分生动。虽涉神奇，读后并无怪异感。觉得柳毅是一个仁爱正直、见义勇为的侠士；龙女是一个温柔美丽、善良多情的女性；龙女的父亲洞庭君，是一个慈祥温和的老人；钱塘君是一个刚直勇猛、摧毁暴力的英雄；俱为现实社会中的常见的真人；龙女误嫁恶夫，受到虐待，又为日常生活中所常见的实事；其具有普遍意义，使人感动，即在于此。在唐传奇中，这篇作品的安排结构，刻画人物、描写背景，都相当完美。《长恨歌传》写杨贵妃的爱情悲剧，所以能千古流传，也在于运用现实主义与浪漫主义相结合的表现手法使主题深化，取得成功。

塑造人物，着重揭示其心理状态，也是唐传奇的一个特点。

80

如《莺莺传》写莺莺初见张生的赠诗，就赋诗回答，"待月西厢下，迎风户半开。拂墙花影动，疑是玉人来。"表现的感情，相当大胆、炽烈、暗示约期来晤，意思很明显。但当张生逾墙到来时，她却"端服严容"地说张生无礼，痛斥一番，"言毕，翻然而逝"。于是张生不知所措，认为绝望了，可是过了没几天，红娘竟在晚间携衾枕而至，莺莺又突然到来，和他成亲了。这里于莺莺的前后言行的矛盾，并无一字解说。可是我们从具体的描述中，可以体会到这个初恋少女思想感情错综复杂的变化，看出作者刻画人物性格的卓越才能。

（四）唐传奇的影响

唐传奇的内容和形式对后代的小说、戏剧，都有深远的影响。作为一种典型的短篇小说体裁，其传统自宋至清，始终未断。如宋人乐史撰《绿珠传》和《杨太真外传》，秦醇撰《赵飞燕传》，即皆摹仿唐传奇。直到清蒲松龄写《聊斋志异》，虽兼志怪、传奇两体之长，仍以传奇为主。传奇故事，为后人所取材者尤多。如牛肃《纪闻》的吴保安事，明冯梦龙用之编成《喻世明言》的《吴保安弃家赎友》一回；李公佐所写《谢小娥传》，明凌濛初用之编成《初刻拍案惊奇》的《谢小娥智擒船上盗》一回，清王夫之又演之为《龙舟会》杂剧；薛用弱《集异记》述王维事，明王衡之用之撰《郁轮袍》传奇；裴铏《传奇》的《聂隐娘》，清尤侗用之作《黑白卫》传奇；元稹《莺莺传》故事之为后出的金董解元的诸宫调《西厢记》（俗称《董厢记》）、元王实甫的杂剧《西厢记》所取材，更为众所熟知。如此甚多，不能备举。

研读古典小说，应把唐传奇作一个重点。但在吸取精华的同时，不能忽视扬弃糟粕。因为传奇内宣扬宗教迷信、封建思想的

81

内容，也占着不小的比重，一篇之中，往往玉石杂陈。我们既要根据其时代背景，去理解故事内容，不能以今天的观点立场去要求古人；也要以马列主义为指针，作具体的分析，使认识水平不断提高。

82

略谈《补江总白猿传》及与其
有关的故事

（一）

唐人传奇《补江总白猿传》，作者不详。故事叙述梁将欧阳纥因为作战到了长乐，深入溪洞，其妻被一白猿掠去。欧阳纥多方寻访，才发现白猿的洞穴，见着自己的妻子。他虽得到被白猿抢去的其他妇女的帮助，刺死白猿，救出众人。可是他的妻子已经怀孕，一年后生子，形状就象那个白猿。后来欧阳纥被陈武帝所杀，和他交好的江总，收养其子；其子长大成人，擅长文学书法，知名于时。因为欧阳询象貌丑陋，好象猿猴，且以文学书法名世，所以古今研究这篇小说的都认为这是好事者或者忌恨欧阳询的人写来攻击他的。除去新旧唐书的欧阳询传外，根据之一是孟棨的《本事诗》内"嘲戏第七"中所记：

> 国初长孙太尉见欧阳率更姿形么陋，嘲之曰："耸膊成山字，埋肩畏出头。谁言麟阁上，画此一猕猴。"询亦酬之曰："索头连背暖，漫裆畏肚寒。只缘心混混，所以面团团。"太宗闻之而笑曰："询此嘲曾不为皇后耶？"（此句实有夺误，原文当作"询此嘲曾不畏皇后闻耶？"叶秋注）

刘悚的《隋唐嘉话》里也有同样的记载。另外，罗烨的《醉翁谈录》丁集卷二有一条云：

83

刘文树口卞（疑为"辩"之简体），善奏对，明皇每嘉之。文树髭生颔下，貌类猿猴，上令黄幡绰嘲之。丈夫切（同"窃"）恶猿猴之号，乃密赂幡绰勿言之。幡绰许而进嘲曰："可怜好文树，髭须共颏颐一处。文树面孔不似猕猱，猕猱面孔酷似文树。"知（"知"字上疑有"上"字）文树遗赂，大笑之。①

这里记皇帝叫黄幡绰嘲弄刘文树，幡绰也就抓住文树貌类猿猴这一点来取笑，可见当时士大夫间是习惯于互相讥讽的，以猿猴嘲人也是常有的事。②加上唐代"假小说以施诬蔑之风"很盛，③有人写一篇《白猿传》来骂欧阳询，当然很有可能。至于标题写"补江总"的意思则是说江总知道这事而没有作传，或者有记载而已经失传，因此补之；这很明显的是一种借口假托之词。鲁迅说："托言江总，必无名子所为也。"④是有道理的。

由于这篇传奇的作者失名，它的产生年代就更不易确定，有人从写作技巧上看，认为是初唐的作品；有人根据故事来源推断，认为它的时代不会早于中唐以前。⑤因为缺乏考证的材料，两说都尚难成定论。但故事情节却是源远流长的。魏晋六朝以来的迷信风气和志怪小说中关于人生角，人变成鼋，獭化为人，马化为狐之类的人物变化的异闻，显然给这篇作品以一定程度的影响。而猿猴盗取妇女，生子如人，也是早有的传说。如晋张华的《博物志》，干宝的《搜神记》对此均有详细的记载，两书文意亦大致相同。今引《搜神记》卷十二文字一段如下：

蜀中西南高山之上，有物与猴相类，长七尺，能作人行，善走，逐人；名曰猳国，一名马化，当或曰玃猿。伺道行女，有美者，辄盗取将去，人不得知。若有行人经过其旁，

84

皆以长绳相引，犹故不免。此物能别男女气臭，故取女，男不取也。若取得人女，则为家室。其无子者，终身不得还。十年之后，形皆类之，意亦迷惑，不复思归。若有子者，辄抱送还其家。产子皆如人形。有不养者，其母辄死，故惧怕之，无敢不养。及长，与人不异……。⑥

这正是《补江总白猿传》的原始情节。此外，如题作梁任昉著的《述异记》卷上也有"猿五百岁化为玃，玃千岁化为老人"的记载。⑦而这篇传奇中所写白猿，正是个"美髯丈夫"的样子；并且在它临死以前曾和诸妇女说过"吾已千岁而无子"的话，可见这点也有所本。因此，我们可以说，《补江总白猿传》的作者是把欧阳询貌似猿猴，老玃窃人妇生子，猿能变人，寿可千岁等等传闻、旧说，牵合一起，演饰而成此篇的。从作品的浓厚的神怪色彩这一点看，它仍是六朝志怪小说的承袭，说它是初唐的作品，似还比较可信。至于它究竟是骂欧阳询还是骂那些权贵，虽难肯定，但由所写白猿的住处是"四壁设床，悉施锦荐"；"搜其藏，宝器丰积，珍馐盈品，罗列几案，凡人世所珍，靡不充备"等等方面来看，好象是反映统治阶级的穷奢极侈的享受。豪门贵族的尽量摧残妇女来满足自己的淫欲，不是也和白猿的摄取美女来进行采补一样么？白猿最后之不免于被杀，而且自己说是"此天杀我"，则是强调它的神异，非人力所能除，说明被杀之出于"天意"，含有宣扬宿命论和因果报应的意思；但似乎也是要暗示作恶者是自知必有这样的下场的。写白猿有子，"厥状肖焉"，又仿佛是讽刺当世显要人物的残民以逞，有如"沐猴而冠"。足见作者原来可能有些讽世的企图，但写得却极不明显，以致浓厚的神怪气息把仅有的一点现实意义也给掩盖上，很难使读者体会到什么。这篇传奇的内容是无足取的。

从另一方面谈，《补江总白猿传》虽然还是六朝志怪的余波，却不再作平铺直叙的简单陈述，而有了完整的情节，生动的描写，谨严的结构，具备了小说的条件；对白猿性格的刻画，尤其鲜明、突出。比起六朝志怪小说来，在写作技巧方面，确实表现了较大的进步；可以当作由志怪到传奇的发展过程中的一篇显示进化痕迹的有代表性的作品来看。因此，我们在文学史上还提到它。

（二）

《补江总白猿传》内容是荒诞的，可是后来的小说的作者，有的还从此取材。如宋人平话《陈巡检梅岭失妻记》，即据此演饰而成。这篇平话见于明洪楩所编的《清平山堂话本》。冯梦龙所编的《喻世明言》（即《古今小说》）中也收有这个故事，题为《陈从善梅岭失浑家》。文字和洪本所收，大同小异，但中间穿插的诗句，被删掉不少。开头"入话"诗的前四句和结尾的"虽为翰府名谈，编作今时佳话，话本说彻，权作收场"等等几句"说话"的套语亦被略去，改用了一首七言绝句收束全文。这正见出了由供讲唱用的"话本"变成供阅读的文学作品的演变的痕迹。

这篇平话叙述陈辛被委为广东南雄的巡检，准备带着妻子张如春一齐去上任。由于路途险阻，要找个仆从同去，这时仙人紫阳真君怕陈辛夫妇遇见妖精，派罗童前去护送，张如春却嫌罗童故作痴顽，中途遣走。后来行经梅岭，号称齐天大圣的猢狲精申阳公，看见如春美貌，就用妖法幻化，把她摄入洞中，欲加污辱；如春坚拒不从，惹怒猴妖，"罚去山头挑水"，每天吃苦受罪。

陈巡检失妻之后自去上任，在梅岭下遇见杨殿干，请仙占卦，断定"孺人有千日之灾"。后来三年任满，陈巡检离开沙角镇，到红莲寺见着旃大慧禅师。禅师提起申阳公的来历，并说他

86

常到寺中听讲佛法，可以相机劝解。但当申阳公来寺，禅师劝他放回如春的时候，他却表示不能轻放，陈巡检用剑砍他，其剑反着自身。后来虽经禅师指点，到梅岭山头见着如春，仍然无法救回。还是等紫阳真君同罗童下降，差神将擒住申阳公，夫妻才得团圆。

从这些内容上看，可见这篇平话，虽由《补江总白猿传》衍出，却与原来的情节有了很大的出入：它着重赞扬的是张如春的坚强、贞节，"宁死而不受辱"的精神，和《补江总白猿传》写欧阳纥妻子遭污怀孕的结果迥异。这正因为两篇作品的重点有着不同。在南宋那个异族侵扰，妇女饱受凌辱的时代来说，这篇平话肯定反抗强暴的一面，是有意义的；而且人不愿与异物为偶，更是情理之常。所以我们对其中写张如春被申阳公摄去后，和劝告她的金莲所说"烈女不更二夫"一语，就不应单纯地认为是强调"夫权至上"的封建思想。其他方面象在《补江总白猿传》里写白猿之攫取妇女，只是由于好色贪淫，欧阳纥妻子的被掠，乃出于偶然；最后是靠欧阳纥的勇敢和众妇人的智谋刺杀了它。这篇平话写张如春遭申阳公摄去，则说是由于她有千日之灾，宣扬了"命由天定"的宿命论思想；陈巡检尽管武艺高强，还得仰仗紫阳真君的神力，降妖救妻，而紫阳真君所以肯保佑陈巡检，乃是因为他"奉真斋道，好不忠诚"；这无疑是大力地渲染了道教的灵异，使人崇奉的。还有值得注意的是紫阳真君擒住申阳公，不杀不打，而令神将把他押入"酆都天牢"问罪。这虽然也不过是反映出作者迷信思想的严重，但在客观效果上却起了维护封建君权的作用。因为天上有玉皇，地下有阎罗的说法，正为巩固封建君权而设。

总之，这篇作品虽然人物增加了，情节复杂了，可是内容可以肯定的地方并不多；写作技巧也很平常。只是它的某些情节对后来的小说还有过影响而已。如其中写申阳公常去红莲寺，听长老讲经，原有宣扬佛法无边，可以普渡众生的意思。吴承恩的《西游记》第十六回叙述黑风怪和观音院的和尚有往来，即与这个情节类似，或有借鉴之处。⑨至于这篇平话写那申阳公"弟兄三人，一个是通天大圣，一个是弥天大圣，一个是齐天大圣，小妹便是泗洲圣母。这齐天大圣，神通广大，变化多端，能降各洞山魈，管领诸山猛兽，兴妖作法，摄偷可意佳人，啸月吟风，醉饮非凡美酒，与天地齐休，日月同长"那一段，可能是《西游记》里写孙悟空与牛魔王等结拜，自称齐天大圣等等情节的依据；可见后代小说家对这篇平话，还是相当注意的。

（三）

由《补江总白猿传》、《陈巡检梅岭失妻记》发展下来的故事，据我所知还有两个：一个是明瞿佑的《剪灯新话》中的《申阳洞记》；一个是明凌濛初的《初刻拍案惊奇》中的第二十四回"盐官邑老魔魅色，会骸山大士诛邪"。

《申阳洞记》的故事是说陇西李生德逢善骑射，有胆勇，流落桂州，日以射猎为事。其地大姓钱翁在一个"风雨晦冥"之夜，失去十七岁的爱女，寻求半载，竟无音信。有一天李生出城射猎，逐獐迷途，晚间在山顶一个古庙中暂时休止，"未及瞑目，忽闻传导之声，自远而至"，于是他就伏在梁间窥视，见一妖神"顶三山冠，绛帕首，被淡黄袍，束玉带，逐据神案而坐。从者十余辈，各执器仗，罗列阶下，仪卫虽甚整肃，而状貌则皆猴玃之类也"。李生知道这是妖怪，就取箭射中坐者之臂，群妖溃散。他循着血迹寻至一个大穴，失足坠入，见一石室，榜曰："申阳之洞"；由守门者口中得知申阳侯卧病，自称知医，见到那个"偃卧石榻之上"的老猕猴，假说带有神药，不仅治病，且能长生，把"淬箭镞"用的毒药给群妖服下，趁它们仆地昏眩之际，全部杀死，"凡戮猴大小三十六头"。洞中有三个美女，其中一个就是钱翁的女儿。李

88

生虽杀死群猴，但无法走出洞外，原来住在洞中被妖猴驱走的一群老鼠精因感念李生替他们除去强敌，就钻穿洞穴，放出李生和三个女子。李生把钱女送回之后，钱翁即纳他为婿。那二女之家，也都把女儿嫁给了他。

这个故事的情节，显然渊源于《白猿传》而综合了《失妻记》；妖猿叫作申阳侯，当是袭用了《失妻记》的称呼。可是这里并没宣扬什么"真君"的道力降魔，而着重刻画和歌颂了为民除害的李生的智勇，给这个英雄人物安排了一个"一娶三女，富贵赫然"的美满结局，和《白猿传》有些相近。其中写白衣老鼠精对李生说申阳侯的死亡是"盖亦获咎于天，假手于君耳。不然，彼之凶邪，岂君所能制耶?"与《白猿传》写白猿临死时，对欧阳纥所说："此天杀我，岂尔之能"这两句话如出一辙，含有宣扬宿命论和因果报应的意思。至于最后写"复至其处，求访路口，则丰草乔林，远近如一，无复旧踪焉。"又明明是在摹仿陶渊明的《桃花源记》的"太守即遣人随其往。寻向所志，遂迷，不复得路"的结尾，故作波澜。这篇作品，虽然显示了作者是在以全力来摹仿唐人传奇，但全篇意境，实甚平庸；可见明初这类小说，大都蹈袭陈言，没有什么新的内容；不过文字则尚精炼，描写得也还委曲细致；足以说明由唐人传奇到兼志怪传奇之体的《聊斋志异》的出现，中间是有明代这类的作品作为桥梁的。

"盐官邑老魔魅色，会骸山大士诛邪"一回的故事是说明代洪武年间浙江盐官邑会骸山中，有一个道人打扮的老者，不治生业，知书善咏，日常醉歌于市间，大家只以"老道"相呼。离山一里之外，有个大姓仇氏，夫妇年过四十，尚无子女，却都非常好善，家里供着观音大士像；又因杭州上天竺的观音大士最灵，就在观音诞辰，连着三年到上天竺焚香祈嗣，后来就得了一个女儿，取名夜珠。夜珠长到十九岁时，"工容兼妙"，还没许配人家。这个老道竟亲自上门求聘，并威胁仇氏夫妇说事在必成，否则后悔无及，结果被仇氏夫妇斥骂，驱逐出来。但过了两天，夜珠就遭一双大蝶挟着飞到一个山窟内洞穴之中，原来就是老道用妖法把她摄去的。洞里有二十多个人面猴形的妖怪和许多美妇、丫环伺候老道。老道要奸污夜珠，她坚拒不从，"将头撞在石壁上去，要求自尽"；"老道略来缠缠，即便要死要活，大哭大叫"；心里还暗地祷告观音菩萨，请求救拔。仇氏夫妇，一方面出榜寻女，一方面"日日在慈悲大士像前，悲哭拜祝"；可是一连多日，仍无消息。后来有一天，会骸山岭上忽然竖起一根旗竿，上面挂着东西。经秀士刘德远寻上山去，发现洞穴，看见老猴数十，全身首异处，那旗竿上挂的乃是一个老猕猴的骷髅；另有十几个妇人昏迷在地。刘德远通知仇姓，报告县令，派兵接回众妇女，仇夜珠果然即在其内。仇氏夫妇因感谢刘德远的好处，就把夜珠嫁他为妻。原来这天，老妖道正要强奸仇夜珠，观音显灵把它斩了。那个挂骷髅的旗竿，正是上天竺大士殿前之物。

　　这篇小说虽然也赞美了仇夜珠的坚贞不屈，但着重宣扬的还是佛法的广大，观音菩萨的灵感；末尾的"若非大士慈悲力，夜珠难免失其贞"这两句诗，就明显地说出这一点。它的主题与夸张道教其君威力的《陈巡检梅岭失妻记》是异曲同工的；刘德远"入赘仇家，成了亲事"，"夫贵妻荣"的大团圆的收场，则和《申阳洞记》一样，在相当程度上歌颂了好义助人的英雄。应该特别提出的是这篇作品以道士为否定的对象，把害人的妖精写成道士的装束，除去描写了这个老道的妖异之外，还在求亲那一段中生动地勾画出他的近乎恶霸流氓的凶狠卑鄙的丑恶面目。这也正显示出了作品的时代特色，表现出人民的爱憎。因为明代有好几个昏庸的皇帝都非常崇信道教，不仅建坛设醮，糜费财力，增加了对人民的剥削；而被封为"真人"的道士，往往也和奸臣宦官勾结作恶，所以当时人民和一般有正义感的士大夫对祸国殃民的道士都很憎恨。吴承恩《西游记》里的否定道教，揶揄道士，就是基

90

于这一点的。⑨凌濛初在这篇小说中对道士的态度 正 和吴承恩相同，曲折地反映了人民的情感。

　　总起来说，《陈巡检梅岭失妻记》、《申阳洞记》、《盐官邑老魔魅色》等三篇小说，虽由《补江总白猿传》演化而来，但其中所描写的妖猴，完全消失了《补江总白猿传》里的白猿的鲜明的性格特征，成为三个不同的有妖术的人。尽管其中还保留着《补江总白猿传》的某些情节，实际已是不相干的另外三个故事，无论内容和形式，都不能有超越《补江总白猿传》的地方。《陈巡检梅岭失妻记》和《盐官邑老魔魅色》两篇，被作为宣教 的工 具而出现；则更是"末流愈下"了。⑩

注释：

① 古典文学出版社本，43页。
② 《史记》项羽本纪写有说者讥诮项羽是"沐猴而冠"；可见讽刺人象猿猴，由来已久。
③ 鲁迅语，见《中国小说史略》第八篇上。
④ 鲁迅语，见《唐宋传奇集》中的"稗边小缀"。
⑤ 宋周去非《岭外代答》卷十有《桂林猴妖》一条，和《补江总白猿传》的情节很相似，可能是同一来源的。兹附录原文于下："静江府叠彩岩下，昔日有猴，寿数百年，有神力，变化不可得制，每窃美妇人；欧阳都护之妻亦与焉。欧阳设方略杀之，取妻以归；余妇人悉为尼。猴骨葬洞中，犹能为妖。向城北民居，每人至必飞石；惟姓欧阳人来，则寂然；是知为猴也。张安国改为抑山庙。相传洞内猴骨宛然，人或见眼忽微动，遂惊去矣。"1957年4月2日人民日报副刊杨宪益《关于白猿传的故事》一文，亦 曾 将述及此，可以参阅。
⑥ 据《百子全书》本《搜神记》引。
⑦ 据《百子全书》本《述异记》引。
⑧ 明李昌祺的《剪灯余话》里的《听经猿记》，叙述后唐天成年间，有修禅师道行高尚，有一老猿常来听经，后变人身，成正果；也和这篇平话中写申阳公听红莲寺长老讲经，用意相同。
⑨ 参阅《西游记研究论文集》中 高 熙曾的《〈西游记〉里的道教和道士》一文。作家出版社出版，153页。
⑩ 写此文时，曾参考鲁迅《中国小说史略》和刘开荣《唐代 小 说 研 究》中谈《补江总白猿传》的部分。

91

读唐传奇《柳毅传》

（一）

唐代的文学作品，可与诗歌并举，在文坛上露出异彩的，是被鲁迅称为"特绝之作"①的传奇小说。这种作品主要是在唐代商业经济和都市生活发达的基础上产生、发展的。当时的市民文艺，特别是"变文"、"俗讲"和"说话"，直接影响到传奇的内容和形式，助之成长；古文运动对它也起了推进作用；又有古代的小说和史传作为它的借鉴，流行的民间故事丰富了它的题材。于是传奇小说才开放了灿烂的花朵。

本来魏晋的"志怪"和"逸事"笔记还只是粗陈梗概的丛残小语，没有真正具备小说的条件。唐传奇则继六朝以来的小说传统而发展，从志怪趋于写实，由短幅变为长篇，显示出鲜明的演进的痕迹。主题和题材的范围扩大了，现实性增加了，而且有了生动的人物，复杂的情节，完整的结构。从唐代开始，一般文人才有意识地创作小说；中国的短篇小说也由此始有相当成熟而完整的形式，走上独立发展的路途。鲁迅说："传奇者流，源盖出于志怪，然施之藻绘，扩其波澜，故所成就乃特异，其间虽亦或托讽喻以纾牢愁，谈祸福以寓惩劝，而大归则究在文采与意想，与昔之传鬼神明因果而外无他意者，甚异其趣矣。"②这话指出了传奇的渊源及成就，并说明了唐代人写小说的意图、态度和从前也有了不同。传奇不能不算是一个长足的进展。

92

唐代有许多优秀的传奇，根据美丽的传说，展开丰富的想象，反映出深刻的社会内容。这是中国古代小说传统中现实主义与浪漫主义相结合的典范，对后来的小说和戏曲的演进有重大的影响和推动作用。《柳毅传》就是这些优秀作品中一直为人民大命所熟知所热爱的故事。

（二）

《柳毅传》见于宋李昉所编的《太平广记》，原题《柳毅》无"传"字。作者是陇西李朝威，生平不详。这篇作品大概是他根据当时流传的故事演饰而成的。内容是：洞庭君的小女嫁给泾川龙王的次子，因被丈夫厌弃，公婆虐待，而在道旁牧羊。书生柳毅在应举落第后，路过泾阳时遇见她。她就托柳毅带信给她父亲诉苦。龙女叔父钱塘君，性情刚暴，勇猛过人，听说这事，立即飞往泾阳，吃掉泾川的次子，救回龙女。钱塘君很感激柳毅，又喜欢他的行为高尚，因而强迫他和龙女结婚。柳毅很反对这种以势压人的强迫方式，严词拒绝。但临别之际，他看见龙女有依恋不舍的意思，也很觉难过。柳毅回家之后，两次丧妻。第三次娶来一个姓卢的姑娘，长得跟那个龙女一样，原来那就是洞庭君的女儿，彼此说明衷曲，更加相爱。后来移居洞庭，在仙宫中过着幸福生活，长生不老，世人就见不到他们的踪迹了。

这个故事通过柳毅的侠义行为的描写，暴露封建婚姻制度给妇女造成的痛苦，反映人民的反封建和对于婚姻自由的愿望。作者成功地塑造出三个人物的形象：柳毅是一个仁爱、刚直、见义勇为的侠士；钱塘君是一个直率、勇猛、摧毁暴力的英雄；龙女则是一个善良、多情、渴望自由的少女。作品所写龙女的痛苦，正是古代一般妇女常有的痛苦；赞美柳毅的信义，也是从同情龙女的角度出发；而靠柳毅传书、钱塘君动武来解除不合理的婚姻关系，就更加有力地表现出封建道德对人民束缚的严重和人民反抗情绪的强烈。钱塘君在宴请柳毅时所唱歌中的"此不当妇兮，彼不当夫"这两句，已指出了夫妇失和是因为婚姻不出于自由的选择，而柳毅不肯在钱塘君的威逼下娶龙女，龙女不愿违背"心誓"改嫁给"濯锦小儿某"，也都表明结合应该自愿的意思。另外，洞庭君在看罢来书，知道女儿受苦的事情后，就"以袖掩面而泣"，非常悲痛，一方面责备自己，觉得对不起女儿；一方面对柳毅的热情援手，表示感德；说完话，"又哀咤良久"。这已显示出他是一位慈祥温和的老人。后来龙女不愿改嫁"濯锦小儿某"，他也并不勉强，让龙女能够找机会和柳毅结合，满足心愿；又说明了这个威灵显赫的龙君，也和人间的一般父母一样，是很疼爱女儿的。而尊贵的龙女不仅和平常妇女一样受翁姑丈夫的虐待，甚至在和柳毅结婚之后还说出"妇人匪薄，不足以确厚永心"的话，希望借孩子来巩固丈夫的爱情。这又反映出当时妇女地位的卑微到了什么地步。龙女的遭遇，正表现了封建社会一般妇女受虐待、被迫害的普遍命运。全文的描写，使人亲切地感觉龙君、龙女正是现实社会中真人的化身，从美丽的故事内体会到深刻的社会意义。而浪漫色彩与现实性密切结合，也正是唐人传奇的特点。

作品写柳毅与龙女的遇合，非常曲折，富有戏剧性，能给人新奇、紧张的感觉。柳毅路过泾阳，由于"鸟起马惊，疾逸道左"的偶然缘故，遇到牧羊的龙女，龙女托他带信，这是故事的开头。临别时，他和龙女的"他日幸勿相避"和"当如亲戚"的问答，给后来两人的结合伏下了线索。柳毅进入洞庭，钱塘君救回龙女，是故事的发展。这时龙女的痛苦已经解除，柳毅传书的责任也已经尽到，情节紧跟着就有了转折。作者以生动的笔触把读者带入龙宫盛宴的场面中去，由钱塘威逼，柳毅拒婚，造成故事的波澜。柳毅临归的时候，不仅自己"殊有叹恨之色"，而且"满宫

94

凄然"。这样，他和龙女的结合，似乎已经无望了。但他回家之后，第三次续娶的妻子竟就是那个龙女。这个喜剧的结尾，不仅特别富于浪漫的色彩，使读者感到欣悦，而且叙述得还很曲折有致。柳毅在婚后，觉得妻子好象那个龙女，就和她谈起传书的往事。妻子却说人间不会有这种事，直到生子逾月之后，才说明自己就是那个洞庭君的女儿。又由两人的对话中，生动地补叙出他们结合前的心情与想法，这就更丰富了故事的情节，委曲尽情，饶有感人的力量。末尾薛嘏在洞庭湖遇见柳毅那一段，则从薛嘏眼里写出柳毅所处的仙境，显示他因正义行为而获得的幸福生活。这虽是文章的余波，却也表现了这篇传奇颂扬柳毅这个人物的主题。

这篇传奇不只描绘细致，结构谨严，颇见组织剪裁之妙，对人物性格的刻画也非常生动。如写柳毅在听了素不相识的龙女诉苦之后，立即允为寄书，并且表示"恨无毛羽，不能奋飞，"不顾水府幽深，去洞庭君那里送信，还当面传达了龙女所说的话，说明自己对龙女的"风鬟雨鬓"的不忍。这充分表现出他的见义勇为，急人之难的可贵的品质。龙女回宫，洞庭君、钱塘君向柳毅致谢奉觞，他是"拚退辞谢，俯仰唯唯"，"踧踖而受爵"；大家送他珍宝，他是"笑语四顾，愧揖不暇"；可见他很谦逊，觉得传书之举是分所应为，并不自以为功。钱塘君的勇悍粗暴，是他亲眼得见，曾经"恐蹶仆地"的；可是他在钱塘君威逼他和龙女结婚的时候，既不肯违背仗义救人的心愿，"杀其婿而纳其妻"，更不肯违背平日坚持真理的原则，"屈于己而伏于心"，而义正词严地斥责，根本不考虑自己的安危，这又是何等的刚强、正直。但当龙女以人间女子的身份嫁他之后，他就打消了一切顾虑，和龙女非常亲爱，流露出他的诚笃、多情。这个人物性格的各个方面，是从情节的发展中逐步深入地描绘出来的。

作品写龙女，虽然着墨无多，也刻画得神采奕然，活跃纸

95

103

上。她因为受着舅姑夫婿的严重虐待，遇到柳毅能够锐身急难，为她解除痛苦，于是非常感激，对柳毅就产生了爱情。尽管回到龙宫，柳毅拒绝了钱塘君的议婚之举，和她分离，后来洞庭君还曾叫她改嫁别人；但她一直坚持自己的心意，几经波折，终于达到了嫁给柳毅的目的。关于龙女对美满幸福的婚姻的积极争取与婚后的复杂的心理活动，作品集中地从她生子弥月后和柳毅那一段对话中交代和描写出来。她爱柳毅，婚后还担心柳毅知道她是龙女而不爱她，所以直到有了"爱子"这个保障，才向柳毅说明自己的身份与追求爱情的过程，表示"获奉君子"，虽死无恨；可见她是何等地情深义重。而她说这话时，一方面感到吐露衷曲的欣悦，一方面仍然存在着怕柳毅变心的忧虑；不免于喜惧交并，以致呜咽流涕。可是，同时她也忍不住想问问柳毅当初"附书之日"的想法如何，拒婚之时的心情怎样；想借此窥探一下丈夫现在的态度。等柳毅回答"从此以往，永奉欢好"，劝她不必顾虑之后，她又"深感娇泣，良久不已"，这又看出了她的感情是多么激动。

这里写龙女的谈话，既是女子口吻，也符合这个人物的身份与当时的心理，真仿佛听到她娓娓而谈，十分真挚感人；情状的描摹，也极为细腻。作品中还有三处写龙女的神态，很好地反映出她的环境和心情的变化。牧羊时是"蛾脸不舒，巾袖无光"，表现忍受沉重痛苦的憔悴可怜形象，回宫时是"若喜若悲，零泪如丝"，显示出复杂矛盾的心理状态，与柳毅结婚后，则"逸艳丰厚"，过于从前，说明了她的愉快和幸福。这就是一个善良多情的普通少女的形象，而又"偶见鹘突，知复非人"。③ 另如说龙女所放的羊是"雷霆之类"，"矫顾怒步，饮龁甚异"；柳毅和龙女分别后，"回望女与羊，俱亡所见矣"，都生动地绘出了她的神异。

甚于钱塘君，则作者先从洞庭君制止宫中人恸哭，说"恐钱塘所知"，并告诉柳毅"其勇过人"这几句话中，为他的出场创造了紧张的气氛，后面又用柳毅的"恐蹶仆地"来作侧面的衬托。特

96

别是随着"语未毕"三个字，飞出钱塘君，就突出地表现了他的来势迅疾。而那一段正面文字更是有声有色，非常惊人：

> 语未毕，而大声忽发，天坼地裂，宫殿摆簸，云烟沸涌。俄有赤龙长千余尺，电目血舌，朱鳞火鬣，项掣金锁，锁牵玉柱，千雷万霆激绕其身，霰雪雨雹一时皆下，乃擘青天而飞去。

这把钱塘君的猛烈真是表现无遗了。但他所以这样暴怒，乃是由于"刚肠激发"，救人心切。而在见柳毅时却是"尽礼相接"，后来受到柳毅的指责，还能"逡巡致谢"，承认错误；又可见他的坦白直爽。作者很成功地刻画出了这个人物性格的两个方面。还有钱塘君和洞庭君谈话的一段，也写得很好。摘引如下：

> 君曰："所杀几何？"
> 曰："六十万。"
> "伤稼乎？"
> 曰："八百里。"
> "无情郎安在？"
> 曰："食之矣。"

这里的话都很简短，使读者可以想见两个人问答时的急促的语气和紧张的神情，也表现了钱塘君的英勇而卤莽的性格。此外，洞庭君在凝碧宫宴请柳毅那一段，从奏乐、设酒、宾主酬酢以至宴会终了大家向柳毅投赠珍宝，很细致地写出盛大宴会的过程与热闹的场面。"钱塘破阵"的乐舞，能使坐客心惊；"贵主还宫"的乐舞，又让坐客泪下。这不只是写坐客对乐舞的反应，也侧面表现出钱塘的勇猛与龙女的悲怨。而洞庭、钱塘、柳毅所唱的歌又

97

各显示他们的性格和当时心境的不同。这些都是写得相当成功的。

这篇传奇基本上是用流利晓畅的散文写成的，但多少还带一些骈文气息。如"雕琉璃于翠楣，饰琥珀于虹栋"就是很整齐的对偶句。有的地方又杂有韵语，如"俄而祥风庆云，融融怡怡，幢节玲珑，箫韶以随。红妆千万，笑语熙熙。后有一人，自然蛾眉，**明珰满身，绡縠参差**"，就是四言韵语。唐人本来善于灵活地运用四言句，而韵散合糅，原是中国早有的文学形式，这些句子又写得很自然、成熟，因此并不影响全篇的散文风格，而且增强了抒情的成分，确实是很好的。至于结尾的"陇西李朝威叙而叹曰"那几句类似赞论的评语，则是仿司马迁的"太史公曰"，没有多大意思，只是表明唐人写传奇也曾以古代传记文学为借鉴而已。

《柳毅传》无论内容和形式都显示出唐人的"有意为小说"，④而写作技巧也有较高的成就。它的故事则成为后世很流行的戏曲题材。**演为剧本的有元尚仲贤的《柳毅传书》**，李好古的翻案之作《张生煮海》，明黄说仲的《龙箫记》以及近人所编京剧《龙女牧羊》、评剧《张羽煮海》，都从这里取材。小说方面，如明冯梦龙编撰的《醒世恒言》第七卷"钱秀才错占凤凰俦"里，大尹判词中就有"两番渡湖，不让传书柳毅"的话，用柳毅的故事作为典故。清蒲松龄的《聊斋志异》中的《西湖主》，叙述陈明允救了湖君的妃子，后来复舟洞庭，得配湖君之女，故事情节也正是从《柳毅传》演化而来。而末尾写陈明允的故交梁子俊经过洞庭，遇见明允乘画舫闲坐，登舟共饮，临别时明允赠以明珠等等，更明显地露出摹拟的痕迹。

（三）

在封建社会中，"男女七岁不同席"，受着严格的封建礼教的限制，是没有恋爱和婚姻的自由，不能正常的交往的。因此，在

98

古典小说戏曲里所写的青年男女，往往是"一见钟情"，进而"幽期密约"；或是"私订终身"，然后"携手同逃"；这也是一定的真实情况的反映。《柳毅传》的情节，虽和一般的恋爱故事有着不同；但写龙女之于柳毅，也没有摆脱"一见钟情"的公式，而且相当严重地强调了"报恩"的观点。龙女婚后对柳毅说她要嫁柳毅是出于"衔君之恩，誓心求报"，钱塘君在向柳毅逼婚时，亦曾提出"使受恩者知其所归"的话；洞庭君夫妇也因为龙女得嫁柳毅，遂了"报恩"的心愿而感到高兴；这都说明了这一点，使人觉得她和柳毅结合的爱情基础未免薄弱。当然，我们不能否认，当初龙女受着翁姑丈夫虐待的沉重苦痛，是靠着柳毅传书而解除的；她之感激柳毅，正是情理之常。可是一个女人，受了男人的好处，并不一定非得"以身许之"不可。作者这样地处理题材，正反映出他的重男轻女的封建思想和对爱情的狭隘片面的看法。尽管这是作者所受时代阶级出身的限制所造成，我们不应拿今天的标准去要求古代的作家；在阅读时却不能忽略对这一点的批判。

　　另一方面，自魏晋以来，士大夫结婚是特别讲门阀、重财势，不以真挚的爱情为基础的。《柳毅传》也表现了这种思想。其中所写柳毅不过是个普通的落第士人，龙女则是个异类；他们这样结合，是不符合作者所认为美满婚姻的标准的。于是作者安排了这样的情节：柳毅从龙宫得来无数珍宝，到广陵宝肆卖了一点，就变成了亿兆富翁；龙女则化为范阳卢氏之女，假托豪门贵族，提高了社会地位；这就弥补了缺陷。作者为这两个人的结合所创造的条件，也是他的封建的庸俗的婚姻观点的表现。这也是应该批判的。

注释：

①② 《中国小说史略》第八篇。
③ 鲁迅论《聊斋志异》的描写，见《中国小说史略》第二十二篇。
④ 鲁迅的话，见《中国小说史略》第八篇。

宋平话《碾玉观音》

（一）

宋平话在中国小说史上的地位，是与唐传奇双峰并峙的。它继承了唐代讲唱文学的韵散合糅的形式和传奇小说的现实主义与浪漫主义相结合的创作方法，并在一定程度上受了六朝志怪的影响；而"而取材多在近时"，① 着重反映当代的现实。它的这些内容和形式的特色，显示着小说体裁演进的痕迹。

"说话"本来并不始于宋代，唐朝市民文艺中已有由艺人说故事的"市人小说"；清末敦煌千佛洞出现的《唐太宗入冥记》、《孝子董永传》、《秋胡小说》等五代人抄录的俗文故事，已带有很浓厚的白话成分。但是真正"以俚语著书，叙述故事"②的 短篇白话小说，还是到宋代才产生。"平话"就是当时的知识分子替说话人记录或编写的说话底本，所以也叫做"话本"。

宋代的"说话"是随着农业、手工业的发展所造成的商业与都市的繁荣而成长的。当时由于市民阶层的兴起，市民文艺特别是"说话"就盛极一时。不仅说书的艺人很多，家数和门类也分得很细。宋人灌圃耐得翁的《都城纪胜》提到"说话"共有四家，其中"小说"一家又分三类。一类是"银字儿"，包括讲爱情故事的 "烟粉"，讲神仙鬼怪故事的"灵怪"和讲逸事奇闻的"传奇"。③"说话"人所说人物、 故事和所表现的思想意识大多属于市民阶层，因此，反对封建制度、封建思想，要求个性解放、人身和婚姻自由，

100

就成为"平话"的主要内容。从《碾玉观音》中就可以看出这一点。

(二)

《碾玉观音》为南宋时的作品。它是《京本通俗小说》的第十卷，明晁瑮的《宝文堂书目》写作《玉观音》；冯梦龙编的《警世通言》第八卷《崔待诏生死冤家》也就是这个故事。它写的是爱情而有鬼魂出现，按前面的分类说，应该属于"小说"中的"烟粉"而兼"灵怪"。

《碾玉观音》写秀秀和崔宁的爱情悲剧，反映当时的市民和封建统治阶级的矛盾，暴露统治阶级凶残丑恶的面目，表现了市民阶层女子的追求婚姻自由的坚强意志和斗争精神。

南宋统治阶级在江南偏安一隅，不思抵御外侮，收复失地，却一方面厚颜无耻地向金人纳贡称臣，苟延残喘；一方面加紧剥削和奴役劳动人民，营造宫室，蓄养百工，聚敛珍宝，过着穷奢极欲，荒淫放荡的生活。当时劳动人民特别是一般处于奴婢地位的妇女不仅没有人身自由，生命也毫无保障。象这篇平话中所写的咸安郡王，就是统治阶级的代表人物。他家里养着崔宁这样的碾玉待诏，为他制造精巧玩物；看见秀秀这样年轻美貌的女子，立刻要她"入府中来"，而璩公就不得不赶紧"写一纸献状"，把亲生女儿送到王府。崔宁有碾玉的本领，他琢出的玉观音能使"龙颜大喜"；秀秀擅刺绣的技巧，她绣出的花朵"引教蝶乱蜂狂"。这两个人不仅都善于工艺，而且年貌相当，所以别人全说他俩是"好对夫妻"。咸安郡王虽曾对崔宁说过，将来要把秀秀嫁给他，但只是偶然高兴的空话。当秀秀和崔宁逃走后，郡王"出赏钱寻了数日"，一知道秀秀的踪迹，立刻派人捉来，拿刀要杀，"咬得牙齿剥剥地响"。他认为秀秀是他的奴才和玩物，私自逃走

101

是对他的"尊严"的蔑视，所以这样暴怒。后来虽然听了夫人的话，把雇佣的崔宁送往临安府"断治"，用"身价"买来的秀秀却被拉入后花园活活打死了。他对秀秀可以凭一时的喜怒来驱使或杀害，这就深刻地揭露了封建制度与统治阶级的罪恶；而豫公说的"老拙家寒，那讨钱来嫁人？将来也只是献与官员府第"，更可表明在南宋"繁华"的大都市里，靠手艺为生的市民生活是怎样的贫苦。

秀秀是裱画匠的女儿，她聪明、能干、热情、大胆，渴望自由，富有反抗精神。她的性格鲜明地标志着新兴市民阶层进步的思想意识。她见过崔宁，又听到郡王许嫁的话，本来"指望"着这事。可是她知道郡王不可靠，所以遇到机会就"提着一帕子金珠富贵"走出府来。她早已决定去找崔宁，由府堂里出来时，还"自言自语"地盘算，因此撞看崔宁，立即要求带她"去躲避则个"。接着，她见崔宁既肯让她到住处"歇脚"，又肯为她买酒压惊，知道崔宁对她也是有情，就乘着薄醉责问崔宁怎么忘了郡王许嫁的话和别人的"好对夫妻"的"喝采"。她不容崔宁躲闪，紧跟着就提出"何不今夜我和你先做夫妻？"这是何等热情、大胆、蔑视礼教！她了解崔宁虽也爱她，但性格懦弱，胆小怕事，就胁迫崔宁："你如道不敢，我叫将起来，教坏了你……。"这是多么机智、爽快、口角犀利！当崔宁同意做夫妻，建议马上逃走时，她毫不犹豫地说："我既和你做夫妻，凭你行。"这又是何等的坚决！

郭排军尾随崔宁到家，秀秀曾"安排酒请他"，嘱咐他"千万莫说与郡王知道"。秀秀不顾生命危险，和崔宁逃跑，是为了追求自由幸福，这时她希望郭排军不来破坏他们的好事，是完全合乎情理的。被捉之后，崔宁把责任都推到秀秀身上。作者并没有写秀秀在这生死关头表现怎样，但从她以前的言行和被打死的结果来看，她一定是大无畏地承担了一切，不曾求饶。甚至可能斥骂过郡王，至于惨死之后，魂灵仍然追随崔宁到建康，还关心父母，派人接来同住，正说明她是怎样地热爱生活，笃于伉俪，而且孝敬双亲。

二次见到郭排军，她尖锐地斥责他"坏了我两个的好事"，并且告诉他"今日遭际御前，却不怕你去说！"这时她已深知这种狗奴才的卑鄙无耻，没有人性，一定还会去向郡王献媚告密，所以不再向他求情乞怜，也毫不惊慌失措，而是坚定地展开斗争。当郭排军又来捉她时，她非常镇静地答话，梳洗，换衣服，上轿，还"分付了丈夫"。这和汉乐府"孔雀东南飞"中所写刘兰芝在被休弃，离开焦家时，还加意地"严妆"，并且彬彬有礼地向焦母辞行时的心情一样，对郡王和郭排军表现了性格的坚强和极端的蔑视。轿子到了王府，打开轿帘，不见人影，使得"郡王焦躁，把郭立打了五十背花棒"。这不仅是对郭排军报了仇，也是对郡王的嘲讽，让他尊严扫地，无所用其淫威。

秀秀和崔宁本来是"好对夫妻"，却活活被郡王拆散，崔宁发遭建康，秀秀惨遭打死，璩公璩婆也因此跳河身亡，可见郡王是怎样的残酷。而秀秀的鬼魂去和崔宁团聚时，依然不免于受迫害，以致"容身不得"，这就更加深刻地揭露了封建统治阶级的滔天罪恶。但究竟还有个"地下"存在，所以秀秀就扯着崔宁"和父母四个一块儿做鬼去了"。这样，郡王也就无可如何。秀秀鬼魂的出现和故事的这样结束，强烈地表现了人民的愤慨。这是对双手沾满人民鲜血的刽子手的有力抨击，也是含着血泪的极沉痛的控诉。

我们可以说秀秀的反抗精神和坚贞爱情是统一的：她有追求自由幸福的决心，所以勇敢地冲破网罗而逃走；后来爱情生活受到破坏，就坚决地起来反抗、斗争，由人而鬼，始终不懈。她和《搜神记》中的吴王小女紫玉，《醒世恒言》中的周胜仙都是我国古小说中可贵的妇女形象。紫玉、周胜仙都执著地爱一个人，因为父亲阻碍他们结合，悲愁而死，鬼魂却和情人成为夫妇，还显灵替丈夫解脱罪名，她们对爱情的生死不渝与秀秀是一致的。④从这几个故事里可以看出我国人民在不同时代内一直进行着反封建、追求婚姻自由的斗争。而秀秀因为破坏了封建秩序，被统治者打死，正是这种事件在那个社会中发展的必然结果，充分显出了这篇平话的现实主义精神。

（三）

这篇平话的情节、结构很能引人入胜。全篇以郭排军和玉观音这一人一物作为故事发展的线索。郡王为了答谢官家的战袍之赐，让崔宁碾了玉观音，引出他和秀秀的遇合。由于郭排军送钱到潭州碰见崔宁，造成秀秀的死亡。皇帝到偏殿赏玩宝物，弄掉玉观音上的铃儿，从建康找崔宁来修理，崔宁和秀秀又搬回"行在"居住，这就使郭排军看到秀秀的鬼魂有了可能，展开了后面的情节。这种在现实基础上的"巧合"，丰富了作品的故事性。至于秀秀和璩公璩婆的死亡，都不在前面交代，最后才分两回点明三个人都是鬼，这不仅使读者感到惊奇而去回味前面的疑窦，也特别让人觉得他们变成鬼的可哀，增强了悲剧的效果。

在形式方面，《碾玉观音》也具备一般平话的特点。全篇分作上下两回。由郡王游春发现秀秀，到郭排军去潭州遇见崔宁，是上一回。这里以十一首咏春的诗词开头，导入郡王游春的情节，由抒情转为叙事。那些诗词是用文字贯串，一首一首地引出来。如说这首词不如另外一首好，苏东坡、秦少游说如何，附带着交代了作者。这一部分叫做"入话"，是起着吸引听众注意，增加兴趣的作用的。有的平话在诗词后面还附着一个小故事，与正文内容或正或反的配合映衬，这篇却是以诗词作"入话"接上正文，没再另加故事。由刘两府咏怀词引出郭排军送钱到故事完结是下一回。这里按下前面的话头，又从刘两府词说起，不仅可以看出故事是分作两回说，也见出说话人在情节紧张时故作顿挫的惯技。最后四

104

句韵语是结尾，归纳一下全篇的故事，提出了说话人和一般市民对书中四个人物的看法，而后两句"璩秀娘舍不得生眷属，崔待诏撇不脱死冤家"也表现了秀秀和崔宁对爱情的主动被动的不同态度。

除去开头结尾之外，全篇中间还穿插了一些诗词、对句或骈文，这又各有不同的作用。如上一回写郡王看见秀秀，叫虞候去找时，那里有个对句是"尘随车马何年尽？情系人心早晚休"。它暗示的郡王见色起意的心理和他后来杀秀秀的原因，也是故事的一个小停顿。下面又用三个对句形容秀秀的美丽，一首《眼儿媚》词来夸张她刺绣的本领。王府失火时，以骈文来描绘情景；秀秀到崔宁家里后，用"三杯竹叶穿心过，两朵桃花上脸来"的对句，来写她的神态，等于预告读者她将趁着酒意向崔宁提出结为夫妇的话。"谁家稚子鸣榔板，惊起鸳鸯两处飞"是上回书的收场语，用象征的诗句点出崔宁夫妇将要遭遇的悲惨结局。还有开头的"说话的因甚说这春归词？"明是说书的口吻，自问自答，引出下文。后面的"饥餐渴饮，夜住晓行"以及"时光似箭，日月如梭"等等，也是说书常用的套语，后世的旧小说里一直沿用。

《碾玉观音》的人物描写有两点值得一谈：第一点是能够把故事情节的演进和人物性格的发展密切地结合。如秀秀的性格就是在不同的环境和与其他人物的不同矛盾中表现出来的。这就使得形象容易突出，远胜静止的描写。第二点是着重通过动作和对话来刻画人物。如写秀秀的鬼魂坐轿赶到北关门喊崔宁时，崔宁明明听出是秀秀的声音，却"不敢揽事，且低着头只顾走"，连夫妻情分都不顾，可见他的怯懦、自私。秀秀向他要主意，问"我却如何？"他不敢回答而反问了一句"却是怎地好？"秀秀说明已经被处分过了，要同他到建康去，他才松了一口气说："怎地却好。"这里深刻地显示出他的心理状态，表现了由他的手工业者的卑微社会地位与和豪门贵族的依存关系所造成的性格。

105

这篇平话的内容也存在着一些重大的缺陷。我们由故事的描述中可以明白地看出秀秀、崔宁惨死的结局和璩公璩婆自杀的悲剧，都是暴虐、凶恶的咸安郡王所造成。这个统治阶级的代表者，把秀秀、崔宁这类奴婢和"小民"的性命视同土芥，随意杀害、处置。由于秀秀的行动破坏了封建秩序，影响了统治者的尊严，所以郡王一再地要下毒手，非把她置之死地不可。这正反映出封建制度的残酷和统治者对人民迫害的严重，平话虽然也曾提到郡王"性如烈火，惹着他不是轻放手的"，说明他是个怎样的人；并在捉回秀秀时，写出他拿起杀番人的刀，"睁起杀番人的眼儿"要杀害秀秀的狠象；但对他却有着尊敬和原谅的意思。如说郡王"是个刚直的人"，认为他的发遣崔宁还很宽大；就说明了这一点。作者在最后还把郡王的杀害秀秀说成是"捺不住烈火性"，因为性情暴躁而产生的偶然过失，轻轻地开脱了郡王的罪恶。这就更掩盖了事物的本质。尽管我们可以解释说，作者生活在当时的封建社会中，恐怕触怒统治者，不敢把郡王作为攻击的主要对象，所以没有痛加鞭挞；但作者认识的模糊，似乎还是主要的原因。

作品情节的安排还容易使人产生这样一种错觉：秀秀逃走，郡王并没有着急搜寻，如果不是郭排军多嘴，秀秀可能不被杀害；上层统治者还比较厚道，反倒是他们的手下的走狗特别可恶；因而把愤怒都集中在郭排军身上。这也是作者处理题材主次不明的结果。大约这位作者的认识正和一般封建社会中的作者的憎恨贪官污吏，却希望皇帝来革新政治，肃清贪污的看法一样，是把本末倒置，而不知追究根源的。作为统治者代表的郡王的势力，既然笼罩着整个封建社会；那么，即使秀秀不被郭排军发现，也会让其他官吏发现，终归逃不出统治者的魔掌；因而杀害秀秀的凶手还是郡王，而不是郭排军。作者不能认清这一点，所以没有明显地表现故事中的主要矛盾。

106

平话对于郭排军的罪恶，仅仅说成是"禁不住闲磕牙"，也显示了作者认识的局限性。郭排军冷酷、卑鄙、没有一点人性，是一个封建统治者的忠实奴才的典型。他和秀秀、崔宁虽然素无仇怨，而为了讨好主人，就不管别人的死活，去向郡王揭发秀秀和崔宁结合的事。尽管秀秀曾经安排酒食款待他，请他代守秘密，他也满口应承；但见了郡王，依旧和盘托出，以致要了秀秀的性命。后来发现秀秀鬼魂和崔宁同居，又去告知郡王，甚至为了要证明秀秀的存在，居然敢勒下军令状。作者在这里写道："郭立是关西人，朴直，却不知军令状如何胡乱勒得！"实际上他是充分了解勒军令状的严重性的。由于要对郡王表示他的"忠诚"，所以甘心用头颅作赌注。这只是更露出了他的丑恶的奴才性，并不是说明他的什么朴直、无知。作者这样描写，显然也是一种歪曲。

因为作者没有把郡王作为攻击的主要对象，所以写秀秀的斗争性也就受了很大的限制。秀秀所痛恨的只是郭排军，而不是郡王，结果也不过是使郭排军抬走一顶空轿，挨了郡王五十背花棒，就认为是"已报了冤仇"。这不免显得没有力量，降低了秀秀这个人物的形象的光辉。

另外，平话对主要人物（象秀秀和崔宁）缺乏必要的心理描写，没很好地在读者面前展开他们的内心活动，使人物性格的发展缺乏鲜明的线索，这也是由创作方法上所产生的缺点。

最后我想简单地谈一下"鬼"的问题。除去志怪小说中作怪害人的鬼而外，在古小说和戏剧里出现的鬼，基本上是人们幻想"复活"的人，象本篇的秀秀和他父母的鬼，都充满人情味。而这种鬼的形象，一般说来是有两种意义的：一是作为幸福的化身，摆脱束缚，实现理想，如前面提到的紫玉和周胜仙；一是作为复仇的力量，伸张正义，大快人心，如唐传奇中惩罚李益的霍小玉，元杂剧里活捉王魁的桂英。⑤这两种形象全具有斗争精神，寄托着人民的思想情感：希望自己敬爱的人精神不死，志愿得偿。秀秀鬼魂的象征意义，也是这样。因此，我们可以说，文学作品的鬼虽是幻想的产物，却有现实的基础。

注释：

①② 鲁迅的话，见《中国小说史略》第十二篇。

③ 《都城纪胜》"瓦舍众伎"条，见古典文学出版社出版的《东京梦华录（外四种）》，95页。

④ 吴王小女紫玉的故事见晋干宝《搜神记》卷十六，周胜仙的故事见明冯梦龙《醒世恒言》卷十四《闹樊楼多情周胜仙》。

⑤ 霍小玉事见蒋防《霍小玉传》。鲁迅《唐宋传奇集》及汪国垣校录的《唐人小说》都收有此篇。元尚仲贤的《海神庙王魁负桂英》杂剧，佚名的《王魁负桂英》戏文，都写桂英活捉王魁的故事。可参看谭正璧《话本与古剧》中的《醉翁谈录所录宋人话本名目考》和《宋元戏文辑佚》中的《王魁负桂英》。后二书皆古典文学出版社出版。

108

宋平话《郑意娘传》

（一）

北宋灭亡后，南渡的统治者局促一隅，苟且偷安，杀戮抗敌将士，信任卖国奸臣，以致北方的广大国土长期陷于金人之手，使人民受着前所未有的灾难。和议既成，人民的恢复中原的愿望，虽更不能实现，但沦陷区的百姓仍然日夜焦盼着国家的军队驱逐金人；在江南的志士亦不能忘情于中原，渴思杀敌立功。从南宋的大诗人陆游、辛弃疾的诗词中，就可以看出这种情绪。平话《郑意娘传》也反映了当时的部分现实，流露出人民的绵邈的故国之思。

《郑意娘传》和同时的另一篇有名平话《碾玉观音》一样，写爱情的题材，有鬼魂出现，是"烟粉灵怪"的故事。它叙述宋人韩思厚的妻子郑意娘在靖康之难中因金房肆虐，与丈夫分散，被敌酋撒八太尉掳去，坚贞不屈，自刎而死。但是她的鬼魂仍然出现于人间，后来因流落在燕山的杨思温遇到了她，就引韩思厚来和她见面，思厚把她的遗骨运回江南，后因违背誓言，负心别娶，被意娘活捉而死。这个故事虽带着神怪的色彩，却有些现实的意义。它歌颂了郑意娘的贞节、坚强、反抗异族迫害，宁死不屈的崇高品质；也由侧面反映出在异族侵扰时广大妇女遭受残酷凌辱的悲惨情况与反抗精神，显示沦陷敌区的人民怀念祖国的心情，使读者看到那个乱离时代的影子。

这篇话本，明晁瑮的《宝文堂书目》题作《燕山逢故人郑意娘传》，即明冯梦龙所编《古今小说》卷二十四的《杨思温燕山逢故人》一回。宋洪迈的《夷坚志》丁志卷九有"太原意娘"一节，除故事中的意娘姓王，杨思温作杨从善，韩思厚作韩师厚，以及末尾写意娘因师厚负心别娶，托梦谴责，致使师厚愧怖得病而死，与平话中"活捉"的结果微异外，其余情节几乎全部相同。但平话却在杨思温身上表现浓厚的故国之思，让郑意娘坚贞不屈的性格也更为突出。平话中还曾提到"按《夷坚志》载，那时法禁未立，奉使官听从与外人往来"云云；又有"至绍兴十一年，车驾幸钱塘，官民皆从"的话，可见这是南宋人的作品，作者曾涉猎《夷坚志》；所写郑意娘故事，或即取材于此。另外，元钟嗣成《录鬼簿》载元沈和有《郑玉娥燕山逢故人》杂剧（今佚），又证明了这个故事，在元代已盛传一时。郑振铎评这篇话本说："其风格极为浑厚可爱；叙及祖国的远思，更尽缠绵悱恻之能事。当为南渡后故老之作无疑。"①这话是可信的。

（二）

　　这篇话本用一首"传言玉女"词和一段北宋宣和时元宵盛况的叙述，表现当日东京的繁华、热闹，作为"入话"；紧跟着就以描摹燕山元宵情景的骈语作鲜明的对比，写出在金人南侵之后流落金邦燕山过元宵的北宋旧臣杨思温的凄凉心境：杨思温在国破家亡之后，只靠在肆前给人写文字来挣些钱，胡乱度日，他看到什么都不免兴家国之感。这个元宵已不能重睹汉官威仪，太平景象；听到的是聒耳的胡笳，看见的是鬓边挑大蒜的小番，头上带生葱的歧婆；"风景不殊，正自有山河之异。"②他看惯东京的元宵，哪能忍受得了这种能够引起亡国之痛的异域情调的刺激呢！所以他的姨夫邀去看灯，他因"情绪索然"而辞谢，"挨到黄昏"才

110

上街走走,但在行经悯忠寺时,听了"语音类东京人"的行者说话,已经触动乡情,后来又看见"打扮好似东京人"的妇女,越使"感慨情怀,闷闷不已"; 而僧堂壁上须的一首《浪淘沙》,也是抚今追昔的感伤之词。思温看罢,更加"情绪不乐"。这个开头,就充满了眷怀故国的凄惋情绪,好象一幅惨淡的画图,把读者引入"黯然神伤"的场面中去。

作品一开头,先把时代背景勾绘出一个轮廓,主要人物尚未出场,已经形成一种悲凉怆楚的气氛;然后转入正文,写出离奇曲折的情节。在元宵的次日,杨思温出去寻访昨天悯忠寺里看见的妇人,在秦楼前遇到表嫂郑意娘,她就说明自己和丈夫韩思厚在战乱中离散,作了敌酋撒八太尉妻子韩夫人的奴婢,托杨思温给她丈夫带信。杨思温和郑意娘刚说了几句话,被番官看见,就加以斥骂,举手要打,吓得杨思温仓惶逃走。这一部分通过郑意娘之口写出靖康之冬的变乱形况,揭露当时异族侵略者杀害良民,掳辱妇女的兽行: 男人有的惨遭屠戮,有的"被缧绁缠身之苦";女的则除去遭污辱、受杀害之外, 不是沦为婢妾,就要陷入娼门。郑意娘夫妇被拆散、受迫害的事实,显示了所有沦陷区的人民在敌人铁蹄下的悲惨处境,也表现出敌人的凶暴狰狞的面目。

后来在三月十五日这天,杨思温出门散步,想去打探郑意娘详细情况,却无意中看到韩思厚在秦楼壁上所题吊亡妻郑氏的词而"惊疑不决";他打听到随使臣来燕京的韩思厚的住址,和韩思厚见了面,得知郑氏已自刎而亡;他仍因自己曾亲见意娘而认为她没死, 且意娘自刎之事, 韩思厚 亦未目睹,是听仆人周义所说;所以二人就去天王寺后韩夫人宅前寻访,但那里只有一所空宅,并无人住。邻居老婆婆告诉他们意娘已死,火化后, 埋在宅内的花园中,连韩夫人也早已去世。两人跳墙入宅,在韩夫人影堂发现意娘画像。第二天又去祭祷,意娘就显魂和思厚见面。她说明自己所以弃性命如土芥,是为了保全丈夫的清德,要思厚发

111

誓不再娶妻，才准思厚挈骨南归。韩思厚当时应允发誓，可是后来回金陵，又和女道士刘金坛结了婚。于是郑意娘的鬼魂，终于在江中出现，把韩思厚"拽入江心而死"，故事就这样结束了。

作者所写"腰佩银鱼，项缠罗帕"的郑意娘，一出场就给人一种善良、温柔的感觉；但她面对的则是异族侵扰的黑暗时代，使她不能和丈夫在一起过宁静的生活；而且陷入敌手，遭受迫害。她"义不受辱"，壮烈地自杀，表现了贞节、坚强的性格和威武不屈的反抗精神。她和杨思温谈话，称金人为"虏"为"酋"，正显示出对敌人的仇视。至于作品写她死后，鬼魂依然出现于人间，而且借打线老婆婆之口说她是"虽死者与生人无异"，并不作祟害人，则又表现了她的善良和人民希望这个品质崇高的人英灵不泯的意思。从她在韩国夫人宅内壁上所题《好事近》词中，可以看出她是多么惦念久别的丈夫，向往江南的祖国。"无语暗弹泪血"是她自己悲惨处境的描绘，"何计可同归，雁趁江南春色"是她愿望不能实现的哀呼。她和韩思厚执手痛哭的场面，使人沉痛地感到一对普通夫妇生离死别的悲哀；这是故事中很动人的场面。意娘所说："太平之世，人鬼相分；今日之世，人鬼相杂"这两句话，不只讽刺了金人占领下的燕都阴惨得如同鬼蜮世界；也生动地表明意娘的无辜横死，由人而鬼，正是金人所造成的，包含着对侵略者的憎恨。

这篇平话中鬼魂的出现，不能单纯地认为是宣扬迷信。因为鬼虽是幻想的东西，却在现实的基础上产生，而以鬼魂来写故事，也有着源远流长的传统，从魏晋志怪小说、唐人传奇以迄宋元平话、戏曲、杂剧，都把鬼魂当成一种特殊的形象来使用。它往往被作为冲破网罗，摆脱束缚的坚强毅力的化身或是复仇的不可抗拒的力量而出现。如《离魂记》中的张倩娘，本和王宙相爱，父母却把她许嫁别人，她的魂灵就离开躯壳，去和王宙结婚；《王魁负桂英》中的桂英，因为王魁遗弃了她，她就悲愤自

112

杀，显魂向王魁报复；这就是很好的例子。③这种"鬼魂"正是人们幻想着"复活"和不受羁绊的人，希望他们志愿得偿，理想实现的。郑意娘的鬼魂，就是一个善良、温柔的妇女的典型，充满人情味，毫不可怕。她的坚贞，她的对于生活的执着的爱恋，都给人以"不死"的感觉。这个鬼魂的一再出现，不只是增加了故事的离奇曲折，更重要的是强调了她的顽强不屈的精神的永恒的存在；而且会引起人们对于破坏她的爱情生活，杀死她的凶手——异族侵略者金人——的仇恨。郑意娘的形象，因此也就特别具有感染的力量。

故事的结构的安排也相当的精彩、紧凑，能够吸引读者。对意娘的遭遇分几步由意娘自己、韩思厚和打线婆婆的口中说出，最后才证实了她是鬼，很自然地推进了故事的情节，逐渐地到达高潮。至于末尾写绍兴十一年以后，韩思厚到镇江听舟人唱意娘所作《好事近》词，非常吃惊；还说明这首词"乃一打线婆婆自韩国夫人宅中屏上录出来的"；不只是前后有了照应，也显示了意娘之死的感动人心和韩思厚的因亏负意娘而造成的疑惧情绪，增强了故事的戏剧性，为"活捉"的结尾布下了伏线。

总起来说，这篇平话虽是一篇较好的作品，却也存在着一些不可讳言的缺点。我们应该知道，当时全国广大的人民全都渴望驱逐敌人，收复失地；对媚敌求和、丧权辱国置人民于水深火热之中而不顾的懦弱昏庸的南宋统治者非常不满；对蹂躏自己国土与人民的残暴凶恶的异族侵略者极端仇恨；沦陷区的人民一样有着强烈的同仇敌忾的精神。但是我们从杨思温这个国破家亡的北宋旧臣身上，却看不到一点对异族仇敌的积极斗争行为或强烈的反抗意识；全篇只是充满了一种凄凉黯淡的气氛与消极悲观的情绪；这显然是没有把人民思想感情中的积极一面正确地表现出来的。作品还相当突出地宣扬了封建道德，由此肯定郑意娘为保全丈夫"清德"的尽节行为，结尾也不免陷入因果报应的窠臼中去。虽然在

113

那个特定的环境和事件中，郑意娘的自刎而死，不是一般的"殉节"，而有着表现她的坚贞不屈的崇高品质和反抗异族统治者的民族意识在内；可是郑意娘并没有把逼死她的敌酋撒八太尉作为复仇的对象，却把自己的丈夫"活捉"了去，原因是她死后还不准丈夫别娶。作品对韩思厚的强烈谴责，也是从"妻子尽节，丈夫应该守义"的封建道德标准出发的。这就把郑意娘写成了只知嫉妒忘却大仇的庸俗女人，把故事中心转移到他们夫妇的冲突上去；大大减低了娘意娘形象的光辉，冲淡了故事中所反映的敌我矛盾。从这里我们可以看出，这位可能是"南渡故老"的作者，不仅封建思想是很浓厚的，而且他本人对抗敌复国缺乏信心；所以，在人物性格的描写和事件的处理上，除去亡国之痛以外，没有积极反抗情绪，连主角郑意娘也是如此。

还有，作品写郑意娘出现的场面，有的地方过多地刻画了阴森的气氛，也是不必要的。如杨思温与韩思厚到韩夫人家去找郑意娘那一段，思厚在楼上读完屏端意娘所题《好事近》词时，意娘露出踪迹，杨思温喊道："嫂嫂来也"，真使人悚然一惊。第二天杨、韩二人去祭奠她，她又是在"香残烛尽，杯盘零落"的三更时分，随着一阵狂风而出现的。这都写得"鬼"气逼人，似乎肯定了"鬼"的存在，对表现人物性格并无用处。

上述几点正显示出作者处理题材所受时代与阶级的局限性。因此，我认为对这篇平话不宜笼统地肯定；说娘意娘是"恩怨分明"，也是很成问题的。④

注释：

① 郑振铎《中国文学论集》下册《明清二代的平话集》，530页，开明书店版。
② 引文见《世说新语》言语门。
③ 《离魂记》见汪国垣校录之《唐人小说》，《王魁负桂英》故事见罗烨《醉翁谈录》辛集；二书皆古典文学出版社出版。
④ 1957年高等教育部印之《中国文学史教学大纲》谈宋平话的部分，即把分析"郑意娘的贞洁、坚强、恩怨分明的性格"，列为教这篇平话的一个重点。高等教育出版社出版，147页。

114

酒 仙 诗 伯 见 风 神

——略谈《李谪仙醉草嚇蛮书》

（一）

　　小说是一种文学作品，概括现实，创造典型，可以在真人真事的基础上发展、丰富，加上虚构和想象；传记，是人物生平的记录，列举大事，不弃细节，虽可兼采轶闻，但不容许"将无作有"地捏造；二者本来存在着区别。但古史如《左传》、《史记》等，往往夹杂着荒诞不经的内容。像《世说新语》所列之人，皆见史传；而所记之事，每出传说；介于小说与历史之间，论其写法，仍以小说的成分为多，所以一般都把它归入小说一类。可是唐人修《晋书》，又常取《世说新语》中的材料。足见古代历史与小说，有时亦难分界限。不过，以历史人物写小说，毕竟得以主要事迹不违真实为原则。从这一点上说，《警世通言》内的《李谪仙醉草嚇蛮书》，首先值得肯定，其演饰故事，刻画形象，基本合乎史实与人物性格，而又确是小说的体裁，在《三言》里可算一篇自具特色的作品。

（二）

　　《李谪仙醉草嚇蛮书》写唐玄宗时与杜甫齐名的大诗人李太白（白）的故事。拉开序幕：志欲遨游四海，看尽天下名山、尝遍天下美酒的李白，正在湖州乌程的酒肆中，开怀畅饮，旁若无

115

人，时值迦叶司马经过，闻知姓名，劝其赴长安应举，遇翰林学士贺知章，结为兄弟。试期将近，贺知章写札子向试官杨国忠太师，监视高力士太尉为李白说情。李白本来知道朝政紊乱，公道全无，虽有真才，不能自达，必须行贿请托，始登高第，不愿入试，受盲试官之气，以贺知章盛情难却，姑且听之。但杨、高二人都是爱财之辈，见贺知章仅致空函而不悦，到了场中，就故意批落李白的试卷，说："这样书生，只好与我磨墨"；高力士道："磨墨也不中，只好与我着袜脱靴"；喝令把李白推抢出场。李白遭屈愤怨，无可奈何。暂寓贺知章家，终日饮酒赋诗，消磨岁月。这是小说的开头，在简介李白的身世，说明其风采出众，才学过人和"一生好酒，不求仕进"的基本性格之后，即揭示矛盾，写杨、高二人的跋扈骄狂，给下文情节的发展伏下了线索。

醉草嚇蛮书，为故事的中心，作品于此，描述得颇有层次：李白应试被黜，候经一年，有渤海国使臣赍国书到来，满朝无人认得一字，贺知章举荐李白能辨识番书，初经宣召，李白记着杨国忠、高力士之辱，不肯奉诏，嗣由贺知章奏明原委，赐以进士及第，始随贺知章进见；这是第一层。玄宗言及番书，李白又提起杨国忠、高力士凌侮之事，说："臣是批黜秀才，不能称试官之意，怎能称皇上之意？"经过玄宗慰解，才以唐音译出番书，知渤海王要兴兵强占高丽。这是第二层。玄宗复询对策，李白言来日传番使上朝，当面回答番书，管教渤海王拱手来降。玄宗大喜，即拜为翰林学士，赐宴金殿，李白尽量倾杯，醉眠殿侧。这是第三层。如此一再抑扬顿挫，不仅充分表现了李白怀才不遇的愤懑，合于人物的心理状态，而且使文情曲折，增强了戏剧效果，为金殿草诏的人物刻画创造了很好的环境气氛。

金殿草诏，依然不作直线的铺陈，紧接上文李白醉眠的话头，抓住其与杨国忠、高力士矛盾的线索，又生发出许多细节，丰富这段的故事内容。次早上朝，李白宿醒未解，玄宗命造鱼羹

116

醒酒，见羹气太热，亲手取牙箸调之良久，始赐李白饮用。恩宠如此，使百官惊喜而杨、高不乐。李白对番使读罢来书，就要草诏批答了，想起前情，自然要捉弄杨、高二人一下，于是奏请教杨国忠捧砚，高力士脱靴，说明这样始得意气自豪，举笔草诏，口代天言，不辱君命。于是玄宗传旨，杨、高只好捧砚脱靴，落个"侮人自侮"的结果。李白积郁一消，心情舒畅，长才获展，得意昂昂。小说先已由番使眼中写出"李白紫衣纱帽，飘飘然有神仙凌云之态，手捧番书立于左侧柱下，朗声面读，一字无差"；这时"李白左手将须一拂，右手举起中山兔颖，向五花笺上，手不停挥"，草就嚇蛮书，一再朗读，"读得声韵铿锵，番使不敢则声，面如土色"，又从番使这面衬托出李白的威神。随后复以番使和贺知章的一段问答，补充上文，点明李白"乃天上神仙下降，赞助天朝"，于是番使归报其王，不敢为敌，"愿年年进贡，岁岁来朝"了。故事的述叙，详略适宜，层层递讲，十分圆满，笔歌墨舞，酣畅淋漓，使醉草嚇蛮书这个全篇的主要情节很自然地发展到了高潮。如果一上来就写草诏遣使，略无辞采，则数语可尽，意趣索然矣。

（三）

沉香亭赋诗至李白出宫远去，是故事的转折点。草诏立功，为天子所重，而李白不愿为官，只希随从游幸，日饮美酒，从此时时赐宴，留宿殿中。一日李白到长安一个大酒楼上，对花独酌，酩酊大醉。玄宗与杨贵妃在沉香亭观赏牡丹，诏梨园子弟奏乐，不愿再用旧曲，命李龟年召李白入宫，更撰新词。龟年寻至酒楼，扶持"瞑然欲睡"的李白上马入宫。玄宗见李白酩卧未醒，口流涎沫，即亲以袖拭，又叫内侍汲兴庆池水喷之，命撰清平乐三章，白乘醉一挥而就，玄宗赞美，命龟年按调而歌，自吹玉笛以和，杨贵妃亦酌酒赐李白示谢。只高力士记着脱靴之辱，乘杨贵妃重吟清平调之际，指出诗中的"可怜飞燕倚新装"一句，以赵飞燕比贵妃，乃谤毁之语。由是贵妃怀恨，使玄宗疏远了李白。李白自知为高力士中伤，屡次乞归，玄宗乃赐与金牌一面，令其"逢坊吃酒，遇库支钱"，在百官携酒送行之后，李白即出朝归去。一个清高的诗人，本不乐于仕进，得罪亲贵，更难于久居官廷。上段写李白草诏时的快心之举，就是这里高力士报复的根源；两者之间矛盾的循环倚伏，使故事的转折演进具有必然性。其中穿插着李白游长安街救郭子仪的情节，也正为下文张本。

由李白离朝至骑鲸仙去，为故事的结尾。李白还乡半截，身藏金牌，又出漫游，听说华阴县知县贪财害民，欲加惩治，故意倒骑健驴，在县门首打转，知县差人拿问，李白诈醉不答。下到牢中，狱官叫书供状，李白写明来历，县官惊惧非常，忙至狱内参见，在职诸官，齐来拜求，请坐厅上。李白斥责其罪，众官表示愿改，自是知县洗心革面，遂为良牧。嗣后李白遍历各地，到处流连山水。值安禄山叛乱，玄宗入蜀，杨国忠被诛，杨贵妃缢死，肃宗在灵武即位，以郭子仪为大元帅，克复两京，永王璘阴谋自立，亦经讨平。李白因永王牵连，在浔阳江口，遭守军擒拿，当作叛党，郭子仪认出旧日恩人，为之修本辨冤。是时高力士已远贬他方，玄宗自蜀归为太上皇，亦对肃宗称李白奇才，肃宗乃征白为左拾遗。李白不受，再过金陵，夜晚泊舟采石江边，月明如昼，风浪大作，有仙童二人手持旌节，来接李白，口称"上帝奉迎星主还位"，李白遂"坐于鲸背，音乐前异，腾空而去"了。

李白对"请托者登高第，纳贿者获科名"的科场积弊，深为不满，他和杨国忠、高力士的矛盾冲突即在唐代官场黑暗的具体环境中产生；因此设想他于漫游之际，警戒贪官，使之改行，也就合乎人物的基本性格。骑鲸仙去的结尾，出于话本作者对这位伟大诗人的敬爱而安排；也和开头所写李白之母梦长庚星入怀而生

118

李白的情节相照应，说明其本具仙骨，生有自来，显示全篇结构的细密。

（四）

《李谪仙醉草嚇蛮书》以"酒仙"、"诗伯"为中心为来写李白，随宜饮酒，到处吟诗，是小说中李白的特点，展开故事、刻画形象，都紧紧地围绕这一中心进行。开头叙迦叶司马在乌程酒肆遇到痛饮狂歌的李白，问其为谁，白信口答诗，使司马吃惊请见。中间述玄宗赏花相召，李龟年奉命寻访，也是听到酒楼上有人作歌，才找到酣醉的李白的。华阴县自书供状，仍旧是诗：

> 供状锦州人，姓李单字名白，弱冠广文章，挥毫神鬼泣。长安列八仙，竹溪称六逸。曾草嚇蛮书，声名播绝域。玉辇每趋陪，金銮为暖室。爱妃御手调，流俬御袍拭。高太尉脱靴，杨太师磨墨。天子殿前尚容乘马行，华阴县里不许我骑驴入？请验金牌，便知来历。

这首诗是话本作者对李白的生平和这篇小说主要情节的概括，可作为李白的小传与故事的内容提要来看。自李白骑鲸仙去，到宋太平兴国年间，有书生夜渡采石，见锦帆西来，牌写"诗伯"二字，遂朗吟相问："何人江上称诗伯？锦绣文章借一观。"船上人和云："夜静不堪题秀句，恐惊星斗落江寒。"书生惊异寻访，见"舟中人紫衣纱帽，飘然若仙"，原来正是李白。"紫衣纱帽"云云，前后屡见，读者一看，即可想到为谁。话本在叙事结束之后，又故起波澜，使李白作为"酒仙"、"诗伯"的形象更加完美，真有"颊上添毫"之妙。

《李谪仙醉草嚇蛮书》融合史传事迹和唐人笔记所载轶闻而

119

成，穿插连贯，颇为自然。按唐范传正所撰《唐左拾遗翰林学士李公新墓碑》云："天宝初，召见于金銮殿，玄宗明皇帝降辇步迎，如见圆、绮。论当世务，草答番书，辩如悬河，笔不停缀。玄宗嘉之，以宝床方丈赐食于前，御手和羹，德音褒美，褐衣恩遇，前无比俦。"可知李白真的通晓"番书"，醉草答诏，确有所据。唐玄宗时，渤海国也曾经来扰。如开元十七年（公元729年）渤海王武艺遣大将张文休率海贼进攻登州，即为一例（见《新唐书·渤海传》）。足征本篇写此，亦非无因。至于李白与郭子仪的先后互救，唐裴敬的《翰林学士李公墓碑》明载其事，《新唐书·李白传》殆即依此而书。小说演饰，增加了戏剧性。其他如贺知章称李白为"天上谪仙人"；玄宗度曲，李白醉卧酒肆，召入，以水洒面，令乘笔作新词；李白在殿上叫高力士脱靴；力士进谗，贵妃怨望，李白由是离去以及月夜乘舟，自采石达金陵等等，小说所述，俱符史志。又杜甫《饮中八仙歌》云："李白一斗诗百篇，长安市上酒家眠。天子呼来不上船，自称臣是酒中仙"；五代后周王仁裕《开元天宝遗事》的"美人呵笔"一节云："李白于便殿对明皇撰诏诰，时十月大寒，笔冻莫能书字，帝敕宫嫔十人侍于李白左右，令各执笔呵之，遂取而书其诏"；亦可和此篇的细节参照阅读。

《李谪仙醉草吓蛮书》的编撰，有一定的现实基础，反映了唐中叶的部分历史面貌；塑造李白的艺术形象，性格鲜明，成为很出色的典型；骑鲸的结尾，就"仙"字驰骋想象，也和李白的超尘出世之思想一致，富于浪漫主义色彩。由此我们可以归纳出写历史人物故事话本的一些规律：其中有补充，以丰富原来传说的内容；有推想，以发展人物的性格；有虚构，以增强小说的效果；错综映衬，起伏不穷，为话本编者所注意的表现技巧。志怪、传奇的写实与想象结合的传统手法，在许多作品中得到较好的继承和运用。

120

《杜十娘怒沉百宝箱》

（一）

宋代话本的出现，是短篇小说的划时代进展的象征，它给后世的短篇白话小说以很大的影响。明末文人摹仿话本的作品的产生就表明了这点。明嘉靖年间，由于长篇小说的风行，短篇小说也渐渐为人注意，于是有人汇集单篇的"话本"，刊行"话本集"，如洪楩的《清平山堂话本集》就是这时候刻的。此后文人改编、改写旧的"话本"，创作、刊行新小说就蔚成风气，因而形成明末短篇小说盛极一时的局面。但明人摹仿"话本"的形式来作小说，只是供阅读，不象宋元人编"话本"那样是为了讲唱用。所以鲁迅称这类小说为"拟话本"，是名副其实的。而由对"话本"的编辑、改写到摹仿创作，这也正是明代短篇小说的发展过程。

拟话本的集子以"三言"为最有名。"三言"，就是明末冯梦龙编撰并刊行的《喻世明言》（即《古今小说》）、《警世通言》、《醒世恒言》。梦龙字犹龙，又字子犹，所居叫墨憨斋，并即以为号。江苏长洲县人。崇祯年间作过福建寿宁县知县。约生于1574年，卒于1645年。他是著名的民间文学作家，也是戏剧家。除编撰短篇小说外，曾经刊行《挂枝儿》、《山歌》等民间歌曲，改编《平妖传》和《新列国志》，编印笑话集《笑府》、《古今谭概》等。他还擅长作诗，有诗集《七乐斋稿》。据清褚人穫《坚瓠集》载，袁韫玉《西楼记》中的《错梦》一出，就是冯梦龙所增撰，并特别

121

脍炙人口，可见他编剧的本领非常高明。钮琇的《觚賸续编》中曾提到冯梦龙因编《挂枝儿》曲触怒当道，几遭不测，赖熊廷弼救护得免。他的被认为"无赖"文人，也侧面说明了他的重视民间文学，是不能为具有封建正统文学观点士大夫所谅解的，而这也正是他进步的一面。冯梦龙虽然博学多能，但他的最大功绩还在于编撰小说，使许多优秀的作品保存下来。①

"三言"共收小说一百二十篇，包括宋元的旧话本、明代民间艺人和文人的新作。这都经过冯梦龙的整理、加工，其中也有他自己的作品。内容有刻画世态人情的现实故事，也有带着幻想、神话色彩的传奇故事，更有描写爱情、反映婚姻问题的故事。

《警世通言》卷三十二的《杜十娘怒沉百宝箱》就是写爱情悲剧的名作。它通过杜十娘追求自由幸福的坚强意志和宁死不屈的刚烈行为的描写，表现了古代女子的纯洁的爱情与封建礼教的尖锐矛盾，有力地完成了反封建的主题。

（二）

杜十娘是一个聪明、美丽、非常能干的女子。八年的卖笑生涯，使她由残酷的现实中认识到自己受侮辱被损害的卑贱地位，并取得了丰富的社会经验。虽然她能凭着自己的美貌使得那些公子王孙"一个个情迷意荡，破家荡产而不惜"，过着锦衣玉食的生活；但她有一个纯洁的灵魂，十分清醒地了解自己命运的悲惨，有强烈的追求自由幸福的愿望，要择人而适，跳出火坑。她很早就在准备"从良"的资本，秘密地"韫藏百宝"。遇到李甲，认为可托终身，就真诚相爱，坚定不移。李甲金尽囊空，她对他"心头愈热"，并且机智、老练地与鸨母展开斗争。鸨母估计错误，假意说许嫁李甲，她就抓住机会，步步逼紧，使鸨母与她"拍掌为定"。在三百金凑齐，鸨母"似有悔意"时，又立即坚决地表示：如果"失信

122

不许"，她将"即刻自尽"，让鸨母"人财两失"。鸨母权衡利害，不得不放她出院。

十娘爱李甲，但仍然有意地考验他的"忠诚"。明明自己有钱，却一再叫李甲去借贷；明明对出院后的问题胸有成竹，却问李甲"亦曾计议有定着否"。她备好行资，找妥住处，考虑到李布政那里的难关，作了"于苏杭胜地，权作浮居"的打算，准备以箱中百宝，打动李甲的父母，"收佐中馈"；计划周密，用心良苦。上船之后，对李甲增加了信任，看到他因无钱而愁闷，就开箱取银，暗示众姊妹所赠，"不惟路途不乏"，而且能佐他日"山水之费"。李甲请她唱歌，她立即"开喉顿嗓"，清歌一曲；一路"曲意抚慰"，细心体贴，处处流露出她的真挚的爱，也表现了她冲出樊笼后的欢欣。

不幸十娘所认为"忠厚志诚"的李甲，实际上是个"碌碌蠢才"，为人凉薄无情，自私自利；孙富"巧为谗说"，他便"负心薄倖"，出卖十娘。因此，十娘在知道他无耻的企图后，恍如从万丈高楼上突然陷入无底的深渊，一颗美丽的心破碎了。她一方面暗怨自己的目不认人，另一方面痛恨李甲的薄倖和孙富的阴险，悲愤交集，痛苦万分。但是十娘不仅爱情坚贞，性格也极刚强，她既不肯吐露箱中有宝，以财物买回李甲的爱情，更不能委身事仇，嫁给孙富。她看透了李甲的卑鄙的心，勇敢地担负起沉重的打击，忍着无比的悲愤，非常镇静从容地嘲骂他们。她对李甲说："千金重事，……勿为贾竖子所欺。"次晨还"用意修饰"，打扮得"光采照人"。这是她的刚烈性格的表现，也是对忘恩负义的李甲和见色起意的孙富的无言的谴责，尖锐的讽刺。十娘"微窥公子"，发现他"欣欣似有喜色"，更加认清这个人的良心全泯，不可救药，就毫不犹疑地和他一刀两断。最后开箱出宝，有力地鞭挞了李甲的灵魂。尽管李甲看到宝物而"大悔，抱持十娘恸哭"，十娘却非常轻蔑地"推开公子在一边"，痛斥孙富的"破人姻缘"和李甲的中

123

道弃捐，说出"妾椟中有玉，恨郎眼内无珠"那一段沉痛入骨的话，然后抱着百宝箱投身惊涛骇浪之中，用年青宝贵的生命维护了自己象明珠一样晶莹纯洁的理想和爱情。这种宁为玉碎，不为瓦全的精神与恩怨分明的态度是十分可贵的。在这惊心动魄的场面中，杜十娘的人格发出灿烂的光辉，把李甲、孙富这两个龌龊的家伙映衬得渺小如鼠。

李甲是李布政的长子，一个庸碌、卑劣的纨绔子弟。他贪恋十娘的美色，曾经大量地挥霍金钱，把"花柳情怀一担儿挑在他身上"。为十娘，他忍受过鸨儿的"言语触突"，还到处奔走，向亲友借钱，似乎也有一些真情；但实际上是满脑子的功名利禄、门户等级的观念。他不肯背叛本来的封建阶级，"为妾而触父，因妓而齐家"，怕成为"浮浪不经之人"，失去继承家业、作官发财的机会。十娘出院后，问他"何处安身"，他只耽心老父的"盛怒"难犯，说是"尚未有万全之策"。十娘提出暂居苏杭，"求亲友于尊大人面前劝解和顺，然后携妾于归"的办法，他也只是含胡其词地回答"此言甚当"，实际心中并无主张。所以当孙富向他"巧为谲说"时，他那基础薄弱的爱情立即化为流水，就想"我得千金，可借口以见吾父母"，出卖了和他图"百年欢笑"、"死生相共"的情深义重的十娘。同时，他最初感激十娘是因为十娘给了他絮褥内的碎银一百五十两，后来也是看到百宝箱内的"明珠异宝"，才"不觉大悔，抱持十娘恸哭"的，前后对照，就表现出一个只重金钱，计利害，而视爱情如草芥的封建子弟的本质。

孙富是个"家资巨万"的盐商，"轻薄的头儿"，还能念两句梅花诗以示风雅。他看到十娘美貌，把李甲约往酒楼，"先说些斯文中套话，渐渐引入花柳之事"，很快地就使李甲认为他是知己，吐露衷曲。他就奸诈地抓住对方要害，步步逼紧地向李甲进攻。明明是"贪丽人之色"，阴谋夺取，却摆出一副维护"礼教"的面孔，口口声声说是"为兄效忠"；结果十娘就在这个阴险、卑鄙的市侩

124

的舌剑唇枪之下断送了性命。

但是真正操纵着李甲的身心和十娘的命运的，还是那未曾出场的李布政。这个"位居方面，拘于礼法"，而且"素性方严"的人物的影子，清楚地从李甲、孙富的口中显现出来，他正是封建势力的代表者。本来在封建等级制的社会里，贵贱贫富悬殊的双方的结合，往往不是遭到阻碍，就是酿成悲剧。即使是身份地位相同的贫贱夫妻，有时也会因某一方的门户等级观念和重财势的思想作祟，造成负心之举。如朱买臣的妻子因为丈夫贫贱而改嫁别人，莫稽嫌妻子出身不好，狠毒地把她"推堕江中"，一心只想"王侯贵戚招赘成婚"，就有力地说明了这一点②。而处于最下贱的地位，丝毫得不到保障的妓女，想追求自由幸福的婚姻，自然更加困难。如果选择的是纨绔子弟，往往弄得凶终隙末，结局悲惨。至于封建士大夫的父子关系，一般的都是儿子想仗父亲的权势和财产，取得名位；父亲要靠儿子的飞黄腾达，光大门闾。象唐传奇《李娃传》所写荥阳公郑某的公子，因恋娼女李娃，以致"资财仆马荡然"，靠为凶肆作"挽歌"而生活。他父亲认为他"污辱吾门"，用马鞭把他打昏，弃之荒野。但当后来他作了官时，他父亲又"抚背恸哭移时，曰：'吾与尔父子如初。'"③这是一个非常突出的例子，从其中是很难看到什么真挚的父子之情的。因此，我们也可以说，十娘"命之不辰，风尘困瘁，甫得脱离，又遭弃置"的悲剧，是必然的结局。李甲的出卖十娘，那由封建等级制和市侩思想中产生的精神与物质的压力是起了很大的作用的。而十娘的悲愤投江，正是对封建制度、封建思想的猛烈抨击。

小说中的柳遇春称赞十娘"钟情所欢，不以贫窭易心，此乃女中豪杰"；作者尊她为"千古女侠"，以她的"错认李公子"为恨，并写出岸上聚观的人听了十娘的话，"无不流涕，都唾骂李公子负心薄倖"，十娘投江后，"皆咬牙切齿，争欲拳殴李甲和那孙富"；这都表现出人民对爱情的坚贞、品质高尚的人物的同情和敬爱，对忘恩负义之徒和破人姻缘的坏蛋的愤恨。在古小说和戏剧里有不少这样的描写，如《霍小玉传》中的李益，《王魁负桂英》中的王魁，《王娇鸾百年长恨》中的周廷章，都是负心薄幸逼死对方的。结果是李益因小玉幻化作祟，而精神失常，以致夫妇不和；王魁被桂英活捉以死，周廷章被"乱棒打杀"，"顷刻之间，化为肉酱，满城人无不称快"。④这篇小说写李甲在十娘死后，"终日愧悔，郁成狂疾，终身不痊"；孙富"受惊得病，卧床月余，终日见杜十娘在旁诟骂，奄奄而逝"；这不只是反映两人慌得"分途遁去"后的精神错乱现象，还着重在表现人民的爱憎，不宜简单地以因果报应而抹煞它的意义。结尾写柳遇春从江中捞起宝匣，十娘托梦致词，是从侧面衬托出十娘的恩怨分明的性格。那一段话情意真挚，十分感人。

拿这篇小说和宋平话《碾玉观音》相比，很明显地可以看出，《碾玉观音》基本上是用当时的口语写的，这一篇中却有不少文言词语。如李甲对十娘所说："……心事多违，彼此郁郁，鸾鸣凤奏，久已不闻。今清江明月，深夜无人，肯为我一歌否？"就是很好的例子。这是由于为讲唱与供阅读的目的不同而产生的差异。不过一般说来，这篇的文字还是流利、晓畅，并不难懂的。同时，刻画人物更有较高的成就。如写十娘听说李甲要出卖自己时的反应，只"放开两手，冷笑一声"两句话，就展示出十娘的复杂、深刻的情感变化，突现出十娘的坚强、刚烈的性格。又如写李甲和孙富分手回船后，不是"扑簌簌掉下泪来"，就是"含泪而言"，"泪如雨下"；但当十娘表示同意嫁给孙富，问"那千金在哪里"时，他就喜极忘形，立即"收泪"答话，充分暴露了他的热中千金、急于求成的心理。这和后面十娘"微窥公子"，想从他脸上找到一点悲戚之情，他却"欣欣似有喜色"的细节相对照，他的肮脏的内心世界已整个揭示在读者而前，真是画龙点睛之笔。

这篇小说的本事出宋幼清《九籥集》中的《杜十娘传》，也见

126

《负情侬传》及《情史》引。明人清人都作有《百宝箱》传奇。⑤现在评剧、越剧上演的《杜十娘》也就是这个故事。可以说杜十娘的形象是一直活在舞台上的。

注释：

① 关于冯梦龙的生平和著作，可参看《文学遗产增刊》二辑中范宁的《冯梦龙和他编撰的"三言"》，1957年6月23日《光明日报》《文学遗产》所载野儒《关于"三言"的纂辑者》及孔另境辑录的《中国小说史料》中叙述"三言"部分。

② 朱买臣和莫稽的故事均见《古今小说》卷二十七《金玉奴棒打薄情郎》。

③ 《李娃传》见鲁迅《唐宋传奇集》及汪国垣校录的《唐人小说》。

④ 《霍小玉传》出处同注③。《王魁负桂英》戏文见《宋元戏文辑佚》，《王娇鸾百年长恨》见《警世通言》卷三十四。

⑤ 见谭正璧《话本与古剧》，古典文学出版社出版，117页。

速写画·众生相·史诗

——读《儒林外史》随感

（一）

　　翻开吴敬梓的《儒林外史》，形形色色的人物，好像走马灯似的，一一展现在我们面前。作者以敏锐的感觉，洞察世态；以细腻的笔触，概括现实；机锋所及，不仅文苑儒林，而广泛地摹拟了人间的众生相。有如画一幅生动的墨笔山水，把明清封建社会的一角，用一个墨点渲染开来，使之深刻地反映一个时代、一个社会的面貌。推而广之，甚至可以说《儒林外史》反映了整个世界和全人类的某些共同之处，其典型性决不限于一地一国。在中国小说史中，它仿佛一颗明星，有自己独特的光彩，又等于一部内容充实的传记或一首清醇的史词，让读者通过艺术形象，扩展眼界，了解人生，实际具有教科书一样的作用。

　　作品是作家人格的试金石。作家要有崇高的道德情操和思想境界，才能写出美好高尚的作品；而这种德操和境界，又往往在作品内得到进一走的提高。我看过子恺先生的《湖畔夜饮》一文，其中有几句话："别的事都可以有专家，而诗不可有专家，因为做诗就是做人。人做得好的，诗也做得好。倘说做诗有专家，非专家不能做诗，就好比说做人有专家，非专家不能做人，岂不可笑？"这真是至理名言，说得透彻极了。作家首先要懂得做人，然后才谈得到作文；人与文不能分家，文人无行要不得。《儒林外史》之所以有价值，首先在于它的作者懂得做人——作一个真实

128

的人，把自己的真实情感注入作品。至于刻画人物，则无论称美善良，歌颂隐逸，揭露虚伪，形容迂腐，一律白描，不加一语褒贬，这不只创作方法的运用，实际也表现了作者"含蕴内向"的深沉性格和"悲天悯人"的处世态度。

<h1 style="text-align:center">（二）</h1>

《儒林外史》以元末不肯出仕的王冕事迹作为楔子，引入正文；以明万历年间四位安贫乐道的市井奇人的言行结局，作者的崇尚隐逸，不慕荣名的用意，非常明显。王冕少时随寡母度日，家境十分贫苦，给隔壁秦老放牛，还常在柳阴下看书，因见雨后荷花之美，又学作画。由于画没骨花出了名，诸暨的时知县求他画册页送给危素，为危素所赏，欲约一晤。知县先差翟买办下帖来请，随又亲自来拜，王冕都避而不见，但恐以此触怒危素和知县，就远避济南。后来还乡，母亲病故，王冕谨遵母训，守墓家居，当吴王（朱元璋）向他请教何以服浙人之心时，他回答说："若以仁义服人，何人不服，岂但浙江？若以兵力服人，浙人虽弱，恐亦义不受辱，不见方国珍么？"吴王叹息称善，大明建国，要请他出来作官，王冕闻此传说，即逃往会稽山中。在捧诏官员到王冕家之际，"推开了门，见蟏蛸满室，蓬蒿满径，知是果然去得久了。那官只得咨嗟叹息了一回，仍旧捧着诏书回旨去了。"

王冕为历史人物，这里所写，大体合于事实，而恬谈雍容，翛然意远，是作者使他更加理想化了。王冕回答吴王的话，强调"仁"字，显示了吴敬梓所受儒家思想的薰陶和影响。作品还说："近来文人学士说着王冕，都称他作王参军。究竟王冕何曾做过一日官，所以表白一番。"这番表白，又可见吴敬梓之推崇王冕，实际是和他自己不赴雍正十三年安徽巡抚博学鸿词科荐举的心迹相一致的。

《儒林外史》的末尾，记述在南京的名士风流渐渐销磨之后，市井间出现的四位奇人，是作者的思想倾向又一次的明确表现，会写字的季遐年，书法自成一格。虽以卖字为生，却是高兴才写，"他若不情愿时，任你王侯将相，大捧的银子送他，他正眼儿也不看"；施乡绅叫他去写字，就被他迎着脸大骂一顿。平日不修边幅，衣敝履穿，别人要买鞋送他，换一幅字，他也生气拂袖而去。卖火纸筒子的王太，善下围棋，曾把一位号称"天下大国手"的马先生杀得大败，然后哈哈大笑头也不回地去了。开茶馆的盖宽，能诗善画，少历繁华，晚居贫贱，只有两间房子，一间与儿子女儿住，一间卖茶，仍然瓶插新花，案陈古籍，坐在柜台内看诗作画，十月里还穿着夏布衣裳，却不肯向亲戚本家去告贷。做裁缝的荆元，"每日替人家做了生活，余下来工夫就弹琴写字，也极喜欢作诗"，他的朋友于老者请他到自己的花园中弹琴，"荆元慢慢的和了弦，弹起来，铿铿锵锵，声振林木，那些鸟雀闻之，都栖息枝间窃听，"感动得于老者凄然泪下。这四位奇人，各有个性和特长，而耿介安贫，自食其力，不肯趋炎附势，是一致的。作者对他们的描写，从"人到无求品自高"这一基本观念出发，不加赞扬，即见襟怀。由此我联想到黄山谷的《陈留市隐》一诗，小序说陈留市中有刀镊工，和小女在一起生活，得钱即饮于市，醉则肩负其女行歌，不言姓名。山谷因陈无已为之赋诗，亦拟作云："市井怀珠玉，往来终未逢。乘闻娇小女，邂逅此生同。养性霜刀在，阅人请镜空。时时能举酒，弹镊送飞鸿。"这首诗写得文意清新，耐人寻味，形象鲜明，似乎呼之欲出，后四句尤其神韵悠远，含蕴甚丰。《儒林外史》内的四位奇人，也正是"市井怀珠玉"的高士，足与陈留市隐比美的。

130

（三）

续此推寻，《儒林外史》的写马二先生之于蘧公孙，向鼎之于鲍文卿，杜少卿于娄焕文，都是以表现人的品德之美为目的的。马二先生一生醉心举业，尽管屡试不中，功名无分，依旧沉迷于此，以选批闱墨当作终身事业，还指引别人步他的后尘，其受封建科举制度毒害之深，已经到了不可救药的地步。他在逛西湖净慈寺时，"戴一顶高方巾，一幅乌黑的脸，挺着个肚子，穿着一双厚底破靴，横着身子乱跑，只管在人群子里撞，女人也不看它，它也不看女人"，说明他是一个呆气十足的迂儒。但他慷慨好义，急人之难，对朋友十分热心。蘧公孙在无意中把所藏宁王余党王惠的枕箱赏给丫头双红，以此招出祸患，被人讹诈，马二先生知道此事关系重大，就拿出辛苦选书得来的银子，从公差手内赎回枕箱，为公孙免去一场无妄之灾。公差起初是二百、三百的满天要价，后来马二先生急了说："头翁，我的束脩，其实只得一百两银子，这些时用掉了几两，还要留两把作盘费到杭州去，挤的干干净净，抖了包，只挤的出九十二两银子来，一厘也不得多。你若不信，我同你到下处去拿与你看。此外，行李箱子内听凭你搜，若搜出一钱银子，你把我不当人。就是这个意思，你替我维持去。如断然不能，我也就没法了，他也只好怨他的命。"这段话把马二先生为朋友排难解纷的一片赤诚，表现得深刻而生动，如闻其语，如见其人。他遇到匡超人流落异地，靠拆字为生，不能回家侍奉患病的老父，即推食解衣，慨然赠银十两，叫匡超人还乡养亲。虽然他指点匡超人的作文读书之道，仍然是以举业为主，"中了举人进士，即刻就荣宗耀祖"这老一套的禄蠹哲学，实际害了匡超人，但他的情意是极其真挚的。甚至在设圈套要骗他的洪憨仙死后，他已明知自己险些上当吃亏，还拿

131

出银两为洪憨仙买棺送葬，存心十分忠厚。《儒林外史》在揭示他的迂腐与八股滥调的同时，于此着重刻画他的内心世界，赞扬他为人的淳朴，也正是吴敬梓的品概和道德观的具体表现。

如果说马二先生之对蘧公孙、匡超人的关怀，是出于文章气谊之感，同道相助；向鼎对鲍文卿的友谊，即出于知己之感，念旧情深。向鼎原任安东知县，按察司崔某欲加参处，正在崔府的戏子鲍文卿，因少日就念过向鼎做的曲子，知道他是个才子，二十多年好不容易才做到个知县，就向按察司替他求情。按察司见鲍文卿有怜才之念，就免了向鼎的参处，并写信说明原委，叫鲍文卿持送向鼎。向鼎非常感谢鲍文卿，要送他五百两银子，鲍文卿坚决不受，仍回崔按察家。后来向鼎升往安庆知府，路遇鲍文卿，把鲍文卿和他的儿子约往府衙，还给鲍子说了媳妇。鲍文卿洁身自爱，拒绝书办的行贿，极力维护向鼎的官声，得到向鼎的信任和尊重。共处年余，向鼎又升福建汀漳道，鲍文卿以老病辞归南京。向鼎赠金送行，洒泪而别，在鲍文卿死后，还亲自上门祭奠，叫着老友文卿，恸哭了一场。按常情说，向鼎做到道台，官职不低，鲍文卿只是个唱戏的"贱民"，两方的身分地位相去很远，本无结交的可能。但这两个人却彼此相知甚深，关心其切，交情始终不渝。虽然鲍文卿一向自居奴仆之列，向鼎则总是平等相待，一直把鲍文卿当作自己的知音。情节是动人的，其人其事也可能为现实中所真有，但主要是从此表现了吴敬梓对友谊的看法打破了封建等级观念，闪耀着民主思想的光辉。

杜少卿之于娄焕文，情况又有不同。娄焕文为杜少卿父亲的门客，素称知己，杜父死后，仍留杜府，不过是个管家。杜少卿待以父执之礼，在他病重时，亲自视药进食，十分恭敬；为他准备好衣衾棺椁，送之还乡；娄死又来吊唁，情意极为隆重。娄焕文也不负死友，为杜少卿掌握财产，一清如水，打发侍病的孙子回家，只叫杜少卿给以三钱银子的路费；临去时对杜少卿仔细叮咛

132

嘱咐，告以注意敦品励行，做个好人，那一段话真能感人下泪。由此可见超越金钱势力关系的崇高思想感情，无往而不在。吴敬梓于此曲曲传出，予以无言的褒赞，也正因为这合于他自己做人的道德标准。

杜少卿这个人，《儒林外史》是把他当作鄙视功名富贵、仗义疏财的豪杰来写的。李巡抚举荐他出仕，他已当面谢绝，巡抚不允，派邓知县上门来请，"杜少卿叫两个小厮搀扶着，做个十分有病的模样，路也走不全，出来拜谢知县，拜在地下，就不得起来"，并拿出呈子，求知县代为恳辞，知县无奈，只得备文详复巡抚，作为罢论，杜少卿这才喜欢，如释重负。天长县王知县想要会他，他不肯见，但当王知县遇事罢官，无处居住之时，他却请王知县搬到自己花园里来。前者的拒见，为不肯趋炎附势；后来的假馆，乃是遇人患难而加援手。其见解行径，确实不同于寻常。游山醉酒，他"竟携着娘子的手，出了园门，一手拿大杯，大笑着，在清凉山冈子上走了一里多路，背后三四个妇女，嘻嘻笑笑跟着。"其率真任性，不拘礼法，颇有魏晋名士的风度，在当时不免被世俗之辈视为越轨，所以"两边看的人目眩神摇，不敢仰视。"季苇萧为此对杜少卿说镇日同一个三十多岁的老嫂子看花饮酒，也觉得扫兴，劝他娶一个标致如君，少卿回答得好："苇兄，岂不闻冕子云：'今虽老且丑，我固及见其姣且好也'。况且娶妾的事，小弟觉得最伤天理，天下不过是这些人，一个人占了几个妇人，天下必有几个无妻之客。小弟为朝廷立法，人生须四十无子，方许娶一妾。此妾如不生子，再遣别嫁。是这等样，天下无妻子的人，或者也少几个，也是培补元气之一端。"一个生活在封建社会，出身豪门贵族的士大夫，能有这样的思想议论，真是识见高超，不愧俊杰。他不以一般世俗的疑娼疑盗的眼光来看待那位卖诗文的常州女子沈琼枝，而对她表示同情，也说明他尊重女性，以平等对人。只惜他虽然乐善好施，挥金如土，而不

133

辨贤愚，滥交匪类，象张俊民、臧蓼斋之流都在想他的钱。最后杜少卿家产荡然，一贫所洗，正如娄焕文所预料的那样。《儒林外史》把杜少卿的长处、短处，合盘托出，从多方面表现了这个人物的性格，使之成为有血有肉的活生生的典型，写得非常生动。如果说杜少卿是吴敬梓的影子，那么这里就包含着吴敬梓的自我认识和自我批判。

（四）

《儒林外史》作为一部现实主义的文学作品，自然要正确地反映当时的现实，不能回避任何社会弊端。从书中各部分的情节内可以看出，吴敬梓描写的反面人物很多，有喜欢吹牛的差役、趋炎附势的乡绅、贪脏枉法的官吏、包揽词讼的恶棍、冒名顶替的名士、由好而坏的书生以及各种各样的骗子，变态纷呈，千奇百怪，汇成一股杂色的人流，此起彼伏地从读者面前流过。汶上县薛家集的夏总甲，在集上的人请他来商议闹龙灯的事时，先自己诉苦情，说如今倒不如务农的快活，"想这新年大节，老爷衙门里三班六房，那一位不送帖子来，我怎好不去贺节？"总甲，不过是个乡镇的职役，这位夏公自己却觉得了不起，好像什么大人物，谁都要拉拢他，乡下人也把他当作一个"官"看待，这闹龙灯凑钱的小事，也得等他来出头发话，才能议定，于是他就藉机会吹嘘一番。下面这段对话，是把这位总甲的咀脸，描绘得活灵活现的：

申祥甫道："新年初三，我备了个豆腐饭，邀请亲家，想是有事不得来了？"夏总甲道："你还说哩！从新年这七八日，何曾得一个闲？恨不得长出两张咀来，还吃不退。就象今日请我的黄老爷，他就是老爷面前站得起来的班头，他抬

134

举我，我若不到，不惹他怪？"申祥甫道："西班黄老爷，我听见说他从年里头就是老爷差出去了，他家又无兄弟儿子，却是谁做主人？"夏总甲道："你又不知道了，今日的酒，是快班李老爷请的，李老爷家房子褊窄，所以把席摆在黄老爷大厅里。"

夏总甲一上来就说过新年请他的人多，现在申祥甫表示要约他吃饭，自然得装腔作势地推托，于是拉黄老爷来抬高自己。不料申祥甫不识趣，指出黄老爷早已出差，家内并无主人，揭穿了他的假话。他只好改口说乃是快班李老爷借地延宾。今天谁看了这一问一答，也会明白夏总甲是遁辞知其所穷，可是他却毫不在意，依然振振有辞，反怪申祥甫不知原委。范进母死丁忧，在汤知县酒筵上，先不肯用银镶的杯筋，知县叫换了磁杯牙筋，他仍旧不肯举动；如此居丧尽礼，似乎应该是不动荤酒的了，他却"在燕窝碗里拣了一个大虾元子，送在咀里"。杜慎卿明明想纳妾，叫媒婆沈大脚去为他物色佳人，却对季苇萧说："这也为嗣续大计，"并进一步表白他不好女色："小弟性情，是和妇人隔着三间屋，就闻见他的臭气。"可见当时虚伪矫饰，上下成风，夏总甲在这样的大环境中受到宣染，信口开合，习与性成，是不能单单责备他的。《儒林外史》往往通过小人小事，以指瘑时弊，此其一例。

"世情看冷暖，人面逐高低"这一俗语，在《儒林外史》中变成了许多具体的形象。范进原来穷得冬天还穿着麻布直裰，经常挨丈人胡屠户的骂，当考上秀才，又瞒着丈人偷偷去参加乡试之后回家，"家里已是饿了两三天"，无奈何抱着一只生蛋的母鸡到集上去卖。谁知富贵逼人而来，弹指之间，局面就因他中举而改变。胡屠户由骂女婿"尖咀猴腮"，变为夸奖女婿"才学又高，品貌又好，就是城里头那张府、周府那些老爷，也没有我女婿这样一个体面的相貌"，"见女婿衣裳后襟滚皱了许多，一路低头替他

135

扯了几十回"。张乡绅别号静斋的和范进本来素不相识，闻知范进中举，立即来拜，论世谊，攀交情，赠贺仪五十两，并把一个三进三间的空房送给范进居住，范进想不要都不行。此后，有送田产的，有送店房的，还有那些破落户两口子来投身为仆的，许多人都来巴结奉承。虽然中举与作官，尚隔一层，可是人们竟如此敏感地预料范进之入仕如操左券，足征封建科举与功名利禄怎样紧密连接在一起。统治阶级以科举作为牢笼，引人入彀，对士人们心灵腐蚀的严重，于此亦见一斑。《儿女英雄传》内的安学海，考也考了三十年，直到年过五十，须发苍然，才幸而中了个进士，了却一生心愿。他和马二先生全是把揣摩制艺，当作终身事业的。《儒林外史》围绕范进中举的前后的种种描写，是深刻地揭示了事态的本质的。

"衙门口向南开，有理无钱莫进来"，是常见于戏词儿的经验谈，《儒林外史》也为我们提供了生动的例证。常州沈大年，因女儿琼枝被扬州盐商宋为富骗娶为妾，到江都县告状。知县起初说得好："沈大年既是常州贡生，也是衣冠中人物，怎么肯把女儿与人作妾？盐商豪横一至于此！"似乎要主持公道，罚办盐商，可是当宋家打通关节之后，批出呈文，口吻即变："沈大年既系将女琼枝许配宋为富为正室，何至自行私送上门，显系做妾可知。架词混渎，不准。"沈大年不服，补呈再诉，知县大怒，说他是个刁健讼棍，一张批，两个差人，押解他回常州去了。是非曲直，顷刻颠倒，无非是"孔方兄"在作祟。有了这样官府，蠹役、讼棍自然可以弄法作弊，上下其手，为所欲为。在藩司衙门作书办的潘三（潘自业）包揽词讼，迫害平民，伪造婚书，私和人命；用假印和朱签，留下递解回县的婢女；买嘱枪手，到学台衙门代考秀才等等，都是勾结差役，诈骗钱财，胆大妄为，行若无事。潘三到外面吃酒，"饭店里见是潘三爷，屁滚尿流，鸭和肉都拣上好极肥的切来，海参杂脍，加料用作料"，吃完了也不算帐，"只吩咐得

136

一声是我的，那店主人忙拱手道：三爷请便，小店知道"；店里如此怕他，可见其平日之倚仗官势，欺压商人。而在其上的官府，有的昏聩糊涂，甘当傀儡；有的装聋作哑，只当不闻；在必不得已时，出头"惩办"一下，也不过是遮掩一下大家的耳目，并非真正要伸张国法，主持公道。潘三之被捕，可能是出于分赃不均或在人情上有欠周到，得罪了上边，所以拿他开刀了。封建时代的官场黑暗以及地方官吏和老百姓的关系，这里是一个很生动的侧面描写。

《儒林外史》既以刻画士流为中心，其所描摹的类型，自然是相当广泛的。当时的名士，大概各有一套本领。会吟几句诗的，参加诗社，写写斗方，称为斗方名士；能选制艺的，选选文章，刻印出来，称为选家。无论那一种名士，全离不开名利二字。蘧公孙看见马二先生评选墨卷，就想和他共同署名，以附骥尾，马二先生拒绝了。蘧公孙问故，马二先生说得好，"这事不过是名利二字，小弟一不肯自己坏了名，自认做趋利。假如把你先生写在第二名，那些世俗人就疑惑刻资出自先生，小弟岂不是个利徒了？若把先生写在第一名，小弟这数十年虚名，岂不都是假的了？"蘧公孙的想法，反映了一般文士的急于求名；马二先生的回答，表示了虽然忠厚老实如他自己，在名利方面也不能让人，由此可见因名利思想膨胀而忘掉廉耻，不顾道德的人的出现，也就不足为异。诗人牛布衣，客死芜湖甘露庵，经老和尚买棺收殓，留下两卷诗，希望能够流传。青年牛浦到庵里读书，偷看诗卷，见题目都是与当时官员唱和的，觉得荣耀，而且诗上只写牛布衣，不曾有个名字，于是冒名顶替，自称牛浦字布衣，到处招摇撞骗。牛布衣夫人寻丈夫，认为遭牛浦谋害，同他打了一场官司，结果竟被递解回籍，牛浦倒堂而皇之地以假作真，出入士林了。

匡超人原来勤读孝父，是个贫苦而淳朴的青年，受过潘三的资助和马二先生的恩惠；可是进学之后，仗着老师李给谏的力

137

量，刚刚考取了个教习，就遗弃前妻，在京另娶。潘三下狱，他反眼若不相识，找出种种借口，不肯去看，还有可说。马二先生改文赠金，对他情意甚厚。当别人问到他马二先生所选闱墨如何时，他竟说："这马纯兄理法有余，才气不足，所以他的选本也不甚行"；"弟选的文章，每一回出，书店定要卖掉一万部，山东、山西、河南、陕西、北直的客人，都争着买，只愁买不到手"，极力贬斥良朋，抬高自己；到家里对兄嫂所说，也是一套夸耀富贵的骗人话头。《儒林外史》以匡超人的前后言行相对照，清楚地显示了这个人物思想品质变化的过程，说明在封建社会中，名利之念对人们的腐蚀毒害达到了多么严重的程度！

"侠客虚设人头会"一回，写张铁臂以革囊装猪头称为仇人之首，骗去娄府两位公子五百两银子。这位侠客踩得"房上瓦一片声的响"，武技显然不高。其事亦不足奇，唐冯翊子的《桂苑丛谈》已有类似的情节。吴敬梓不过演饰旧文，以资形容。但这位侠客后来又以医生的身分出现在杜少卿府中，给娄焕文诊病，其为骗子，就较之唐人笔记所写更具典型性。毛二胡子借了陈正公一千两银子去接一家当铺的买卖，因为一无借据，二无中保，只是两人私自接受，就想赖债不还，万中书只是个秀才，却头戴纱帽，身穿七品补服，以中书头衔，出入应酬，以抬高自己的身价；所行俱为骗术，而方式不同。要不是凤四老爷出来打抱不平，替陈正公讨债，管闲事，为假中书纳捐成为真中书；则毛二胡子骗财得逞，而假中书身陷囹圄了。虽成败有幸有不幸，其骗一也。杜少卿的管家王胡子，摸透杜少卿的脾气，千方百计迎合他的心意来挤他的钱，作弊中饱，在杜少卿财尽势穷之时，拐了二十两银子一走了事，也是一个骗子，诸如此类的琐碎片段，经过《儒林外史》前前后后的不断缀辑，就形成了一面镜子，映出了当时封建社会的本来面目。

138

（五）

　　吴敬梓创造的多种人物，都从不同的场合中显示性格的各个方面，使其形象逐渐地清晰起来。马二先生忠厚淳朴，而又呆气十足，其呆气也正是其可爱之处。杜少卿慷慨好客，又和他的任情挥霍交织在一起，表现一个才士兼阔公子的特点。读者对他们的印象是一步步趋于完整的。《儒林外史》于所写的人物事件，有时似乎要极力形容，实际并没有"一发无余"。近人易宗夔在《新世说·文学》内云：

　　　　乾隆时小说盛行，其言之雅驯者，言情之作，则莫如曹雪芹之《红楼梦》；讥世之书，则莫如吴文木之《儒林外史》。曹以婉转缠绵胜，思理精妙，神与物游，有"将军欲以巧胜人，盘马弯弓故不发"之致；吴以精刻廉悍胜，穷形极相，惟妙惟肖，有"箭在弦上，不得不发"之势；所谓各造其极也。

　　这段话，不管是易宗夔自己所说，还是他抄辑别人的言论，对两书的独特风格，加以比较，确有见地。不过《儒林外史》的"穷形极相"，毕竟和李伯元《官场现形记》与吴沃尧的《二十年目睹之怪现状》等晚清谴责小说的夸张过分，不免溢恶违真的大不相同，其白描手法，就让作品的文情有一定的含蓄和保留，其不尽之意，可容读者去揣摩体会。至于评价全书，则见仁见智，亦不妨各异其辞。清代文艺评论家刘熙载有一段话说得好：

　　　　太史公文，悲世之意多，愤世之意少，是以立身常在高处。至读者或谓之悲，或谓之愤，又可以自徵器量焉。（《艺

139

概》卷一《文概》)

我以为吴敬梓写《儒林外史》，即使对他批判甚至抨击的对象，也并非深恶痛绝，而希望挽回颓风，治病救人，正是"悲世之意多，愤世之意少"，悲天悯人，立身甚高，作品的成就是和他的做人准则分不开的。

　　　　　　　　　　　　一九八四年六月写于北京

谈《二十年目睹之怪现状》

（一）

随着晚清政治的腐败和帝国主义者对中国的侵略，产生了大量的"谴责小说"。许多文人有意识地以小说为武器来抨击时政，提倡维新与革命。吴沃尧的《二十年目睹之怪现状》，就是和李伯元的《官场现形记》、曾孟朴的《孽海花》同称为"谴责小说"的代表作的。这部小说于1903年开始在梁启超主办的《新小说》月刊上连载，后来出单行本。它产生在八国联军入侵中国（1900）以后，辛亥革命（1911）之前，正是清帝国濒于崩溃的时期。

《二十年目睹之怪现状》以主角九死一生奔父丧开始，至他经商失败而告终。通过这个人物二十年的见闻，广泛地揭露了清末社会的黑暗，特别着重于表现官场的丑恶，并从侧面描绘出帝国主义者的狰狞面目。第二回中说，九死一生二十年来所遇到的不过是"蛇鼠虫蚁"、"豺狼虎豹"、"魑魅魍魉"等三种东西，幸而没被那些东西所害，因此自号"九死一生"。而全书除去第一人称的"我"和吴继之、蔡侣笙等有限几个正面人物之外，几乎都是反面人物。这就反映出了作者对他所处的社会的憎恨与批判的态度。虽然吴沃尧不是革命者，他并没有想到推翻那个社会，对那个社会的黑暗和帝国主义者的侵略也还不能有深刻的本质的认识，但是他在书中所表现的愤慨情绪、反抗精神，是和当时爱国的人民大众的思想情感一致的，在一定程度上起了反帝反封建的作用。

141

这部书的反封建内容，是从官僚地主的家庭丑剧和官场黑幕两方面来错综地表现的。它剥落了许多道貌岸然的伪君子的假面具。如九死一生的伯父这个小官僚，满口仁义道德，却干没了死去胞弟的金银，把一张废官照给自己的侄子，一再欺骗孤儿寡妇（二回，六十四回）；高谈理学，见人就讲作孝子贤孙的大道理的符弥轩，经常虐待祖父，几乎用凳子把祖父打死（七十四回）；他们的言和行判若两人。作货捐局稽查委员的莫可文，不仅冒了已故的弟弟的名字去作官，还引诱弟妇作了他的夫人，后来竟公然就把这位夫人"公诸同好，作为谋差门路"（九十八至九十九回）；腼腆无耻已达极点。另一个叫黎景翼的，则为了图谋家中的一点财物，用毒计逼死胞弟，把弟妇卖到妓院（三十二回）；一个买办的儿子竟指使强盗到自己父亲那里抢劫放火（二十九回）；旗人苟才，为了巴结上司，发财升官，竟强逼寡媳去给总督作妾（八十八回），而后来他的儿子却和他的姨太太通奸，谋杀了他（一〇五回）。这些人利欲薰心，已堕落到禽兽不如的地步。这些"怪现状"，真令人毛骨悚然，有力地说明了封建社会末期宗法制度、伦常观念的总崩溃。这也正是封建统治阶级面临灭亡前夕的淫佚生活的具体反映。

清末吏治的腐败，官僚的昏庸，贪污狼藉，贿赂公行，比以前许多朝代更加厉害。作者用不少篇幅，以愤激之笔淋漓尽致地揭露官场的黑暗，是有意义的。闽浙制军把价值九万两银子用珠宝作成的牡丹花送给宫里有权势的太监，不久就调任两广总督（七十五回）；苟才献媳之后，紧跟着就得到两个阔差事（九十回）；这都是典型的例子。一个制台衙门的幕僚明目张胆地把州县官买缺的价钱写在折子上，拿折子请人"点戏"，并说按照上面开的数目送钱就能得到那个官（五回）；一个总督的戈什哈直截了当地对总督诉苦，说向江都县令吴继之索贿不遂，请予作主，那位总督就说吴继之糊涂，不能作官，而撤他的职（六十回）。这可见买

142

官鬻爵已成公开的秘密，而贪污受贿，正是上行下效，不以为怪的。

吴沃尧并没把官场的黑暗当作个别的现象。他笔下的太监、军机、督、抚、司、道以至县令、胥吏，不拘上下大小，无一不贪，这是符合事实的描写。在第二回中他已暗示官即是贼，后面又用吴继之的话说明历来的督抚没有一个认真剔除弊病的。因为除去弊病就无法"调剂私人"（十四回）。而查办案件的钦差大臣也只是貌为严厉，虚张声势，一样地贪脏枉法，得到钱就偃旗息鼓而去，什么也不查办了（八十七回）。他告诉我们，官场的事情是"靠着奥援和运气"，"朝内无人莫作官"（三十八回）；作官的秘诀是"不怕难为情"（一百回）。当时扶摇直上的往往是那些良心尽丧、廉耻全无的卑污小人，比较正直廉洁的在官场中就不会得意。所以有靠山善钻营的江宁藩司惠福，被参后倒升了巡抚（九十一回）；而无钱行贿的榜下知县陈仲眉，长期得不着差事，穷得自缢而死（十四回）。这个鲜明的对比，生动深刻地揭示了官场的内幕。作者不仅愤慨地说："这个官竟不是人作的"（五十回），表现他对那些官吏的憎恨和蔑视，而且把讽刺的矛头指向最高统治者："拿官当货物，这个货只有皇帝有，也只有皇帝卖"（五十回），说明封建制度和卖官鬻爵的风气乃是贪污腐化的根源。尽管吴沃尧并不是真正反对封建社会的根本制度，但这话却使读者能够得到本质的认识。这不能不说是显出作者胆识的地方。

官能用钱买，什么人都可以作官，一般人作官又只是为了搜刮民财，作威作福，真正关心国计民生的寥寥无几，所以晚清政治的腐败，官吏的昏庸到了惊人的程度。江苏巡抚惠福看到徒阳河岸堆积着许多从河里挖出的泥土，就下令把泥土用轮船运到南京去垫马路，弄得劳民伤财，怨声载道，方才罢休（九十三回）。这样的糊涂虫作了督抚，那一省的吏治还用问么？另一位总督竭

143

力提倡蚕桑，动用了不少公款，都被下属中饱。当他要"踏勘桑田"时，县绅们弄了些假桑园就把他给蒙骗过去，可见他是多么愚昧（七十八回）。即使他真要有所作为，也一定是什么都搞不成，更不要说只是为装点门面了。

当时的官办企业也一样是黑幕重重，腐败不堪。制造局的一个画图学生赵小云学成了很好的本领，而总办不给他派差事，原因是这位总办曾有一两次在街上碰见了赵小云坐马车，认为他浮华。于是赵小云还是个"学生"的名义，一个月只能拿四吊钱的膏火；他就常常用公家的工料，作了私货来卖钱。作者借方侠庐之口慨叹地说：

> ……本来为的是要人才，才教学生；教会了，就应该用他；用了他，就应该给他钱；给了他钱，他化他的，你何必管他坐牛车坐马车呢？就如以前派到美国去的学生，回来了也不用；此刻有多少在外头当洋行买办当律师翻译的。我化了钱教出了人，却叫外国人去用，这才是楚材晋用呢！
> （二十九、三十回）

以一己之偏见，故意压抑人才；或挤得留学生也除去投靠外国人以外，没有别的出路；这是多么令人痛心的事！可见不彻底推翻封建统治，"富国强兵"，"兴办企业"都不过是一句空话。吴沃尧站在爱国的立场，当然会对这种事流露出愤激之情。另外如写堂堂的学台竟搞贩卖人口的勾当，这也暴露了满清官吏丑恶面目的一面（八十回）。

作者还以极大的愤慨抨击清朝大员的卑怯昏庸和妄杀无辜人民的罪恶行为。广州的督抚偶然接到一封洋文电报，说有人私运军火，挖成地道，图谋不轨，就立即调来重兵，宣布戒严，如临大敌，并把自己的内眷迁到外地的乡绅家去避难。而那些士兵实际等于强盗，不是借检查行人的机会掠夺财物，就是无故地欺侮百

144

姓；凶横强暴，无所不为。后来暴动之说并没证实，却仍然抓了二十多个人，糊里糊涂地杀掉，算是了却一桩公案（五十八至五十九回）。作者写九死一生和栈房里一位客人的谈话道：

> 一天正在客厅里闲坐，同栈的那客也走了来道："无罪而戮民，则士可以徙；我们可以走了。"我问道："这话怎讲？"他道："今天杀了二十多人，你还不知道么？"我惊道："是甚么案子？"他道："就是为的前两天的谣言了。也不知在那里抓住了这些人，没有一点证据，就这么杀。有人上了条陈，叫他们雇人把万寿宫的地挖开，查着那隧道通到哪里；这案便可以有了头绪了。你想这不是极容易极应该的么！他们却又一定不肯这么办。你想，照这样情形看去，这挖成隧道，谋为不轨的话，岂不是他们以意为之拟议之词么！此刻他们还自诩为弭巨患于无形呢！"说罢喟然长叹！

这个故事表明了清朝统治者在辛亥革命前夜，为了维护他的摇摇欲坠的政权，虽然仍旧毫不放松地残酷地镇压人民，但同时也非常畏惧人民的威力。因此听到一点风声就觉得草木皆兵，惊荒失措。吴沃尧这段描写，历史地反映了当时的情况；"无罪而戮民"，正是他对这些酷吏的严正谴责。

《二十年目睹之怪现状》多方面刻画出晚清社会的阴暗：欺骗、陷害、敲诈、奸淫、凌弱暴寡，巧取豪夺，无奇不有。其中有假冒招牌牟利的市侩（二十八回），有用假法术骗人的道士（三十一回），有图财害命的医生（一〇四至一〇五回），有出卖把兄的把弟（五十四回），有吞没干女儿财物的太史（一〇二回），有杀死妻子布置圈套陷人于死的洋商（五十六回），……到处是勾心斗角，机诈百出。而骗取珠宝店掌柜伙友钱财的骗子竟就是那个珠宝店的东家（五回）。真乃幻中生幻，令人咋舌。作者不仅对这些人深恶痛绝，并且深刻了解他们的伎俩，所以能入木三分

145

地勾勒出他们的丑态。在写"魑魅魍魉"的同时，他特别从正面颂扬了自食其力、心地善良的劳动人民恽老亨、恽来父子，指出："官场士类商家等都是鬼蜮世界，倒是乡下人当中有这种忠厚君子，实在可叹。"（五十七至五十八回）作者的鲜明爱憎，正显示了他的思想的民主成分。至于写陈稚农死于色痨，一般无聊多事的人却说他是孝子殉母，替他征文表扬，以彰风化（八十六回），这又是对士大夫中那些欺人自欺、虚伪、矫饰的风气的批判。

清朝统治者自道光以来，在英、法、日本等强敌面前屡遭挫败，锐气大减。对外态度由自命"天朝"的骄狂一变为奴颜婢膝的卑怯。而帝国主义的侵略中国因此也愈加猖狂。生活于半封建半殖民地的中国的吴沃尧，深深感到受帝国主义压迫侮辱的痛苦，在《二十年目睹之怪现状》中，他愤怒地抨击了清朝统治者的投降政策、失败主义。中法战争时，一艘中国兵轮的管带看见海内有一缕浓烟，疑为法国兵舰，于是开放水门，将船沉下，捏报仓卒遇敌，致被击沉（十四回）；马江之役，那位会办军务的钦差（指张佩纶）听见一声炮响，吓得马上逃走（十六回）；这种未见敌而先溃的可耻的怯懦行为，正是失败主义的表现。中日因朝鲜问题开仗，驻在平壤的叶军门一见日军到来就害怕得不得了，立即写信给日本军官，摇尾乞怜，哀求放他领军撤退，把平壤送给日本（八十三回）。这种丧心病狂的卖国行为，更令人痛恨。相形之下，那个总兵蓝宝堂敢在疆海戒严的时候炮轰不肯停驶的外轮，并和该国领事据理争辩，就更显得难能可贵了（四十七回）。作者虽然写了这个人物的许多无赖行为，却特别赞扬这一"争气"的举动，可见他的反帝反封建的立场是很鲜明的。

因为统治者惧外成病，所以办外交的时候，不论事情大小，总是有败无胜。"见了外国人，比老子还怕些"（五十回中语）。一个外国人勾结当地的中国流氓，要强占庐山牯牛岭的土地，

146

地方官不敢作主，请示上司，号称老外交家的大臣竟居然给那里的总督写信说："台湾一省地方，朝廷尚且拿他送给日本，何况区区一座牯牛岭，值得什么？将就送了他罢。"（八十四至八十五回）一个乡民的牛偶然践踏了外国人的花，这个乡民就被中国官判了枷号游街一个月，还要重责三百板；反倒是那个外国人去代为求情，才放了他（六十七回）。不惜把领土主权拱手让给外国，不惜迫害善良的人民以媚外，这都生动地显示了统治者对帝国主义的依赖关系，就是靠帝国主义撑腰来维持封建政权。书中所写卖猪仔一段是对帝国主义者罪恶的有力暴露：外国人把中国人骗去当苦力，恶毒地剥削、折磨，使他们没有生活的希望。而满清统治者明知自己的百姓在忍受着无比的苦痛，却是装聋作哑，不闻不问，一任外人欺凌；于是外国人更加肆无忌惮地蹂躏和奴役中国的百姓。兹摘引小说中所写何理之的一段谈话来说明：

> 理之道："卖猪仔其实并不是卖断了，就是那帮工馆代外国人招的人。招去作工，不过订定了几年合同。合同满了，就可以回来。外国人本来招去作工，也未必一定要怎样苛待。后来偶然虐待了一两次，我们中国官府也不过问。那没有中国领事的地方，不要说了；就是有中国领事的地方，中国人被人苛虐了，那领事就和不见不闻，与他绝不相干的一般。外国人从此知道中国人不护卫自己的百姓，便一天苛似一天起来了。"

在这里，作者明白地指出外国人所以敢这样做，是因为"中国人（指清政府）不护卫自己的百姓"（五十九回）。这些描写，寄托着人民的愤怒与谴责。这是本书受读者欢迎的原因之一。

从反对帝国主义出发，作者对那些甘心当洋奴作买办巡捕之类的中国流氓也非常憎恨。靠霸占别人的洋货店、作"空架子"生意被外国人请去当买办的李雅琴，捐官发财之后给母亲作阴

147

寿来摆阔，却借别人家老太太的遗象来冒充自己的母亲的"喜神"，闹出许多笑话（七十九回）。作者以嬉笑怒骂之笔刻毒地嘲讽了这个依仗外力剥削中国人民致富的市井无赖。书中写一个洋巡捕无原无故地把中国守备拉到捕房去监禁、打板子以泄私愤，又侧面表现出外国人在中国是怎样的气焰万丈，骑在人民头上（十回）。作者在回目中明白地称之为"恶洋奴"，予以有力的鞭挞。这两件事正是半封建半殖民地的中国社会中有代表性的"怪现状"。

由这部书的描写中，我们可以看出，当时帝国主义者不仅以坚甲利兵对中国进行武力的威胁；而且也在多方面地进行经济和文化的侵略：设教堂，开买卖，霸占土地，无所不用其极；甚至进而干涉起中国官员的行动来。如记一位住在重庆的某观察，由于错误地认为从煤里可以提出煤油，于是打发人到外头煤行里大量地收买煤斤，以致四处的煤价全部昂贵起来。驻扎重庆的外国领事知道这事之后，就请重庆道去问某观察收这些煤作什么，并劝他不要再收，"免得穷民受累"（八十一回）。这说明了外国人对中国的内政是多么注意！"免得穷民受累"的堂皇正大的幌子，正是帝国主义干涉的借口。作者看清了帝国主义对中国垂涎三尺图谋瓜分的情况，并以中国的不务实学无法对付那些强国为恨。他通过王伯述谈出了这个意思：

……此刻外国人都是讲究实学的，我们中国却单讲究读书。读书原是好事，却被那一班人读了，便都读成了名士。不幸一旦被他得法作了官，他在衙门里公案上面，还是饮酒赋诗；你想地方哪里会弄得好，国家哪里会强。国家不强，哪里对付那些强国。外国人久有一句话说，中国将来一定不能自立，他们各国要来把中国瓜分了的。你想，被他们瓜分了之后，莫说是饮酒赋诗，只怕连屁，他也不许你放一个呢！

148

（二十二回）

这一段话说明吴沃尧想到中国被瓜分以后的惨状，迫切地希望"富国强兵"以御外侮；具体表现出他的"救世"爱国的思想。由此也更可以认清《二十年目睹之怪现状》的反对和憎恨帝国主义、官僚、买办的倾向性。

作者刻画的洋场才子，都是些空疏不学的轻薄之徒，表面似乎清高狂放，骨子里却是卑污无耻。其中有的花钱请枪手捉刀作诗，用自己的名字去登报；有的把别人的题画诗攘为己有，却张冠李戴，用题梅花的诗去题桃花，甚至连杜少陵和玉溪生是谁都不知道，还自命为"大诗人"。这都是作者所鄙薄的，所以他在"竹汤饼会"那一段中淋漓尽致地描写出这些人的笑柄，否定了当时文士趋利求名不讲实际纯盗虚声的风气（九、三十五、三十八等回）。阿英同志说这部书"包含了一部新儒林外史",① 是对的。此外，吴沃尧还反对科举，他的笔锋触及了试场，揭露出看着非常庄严肃穆的文闱实际上充满了黑幕。试官用鸽子向外传题目，卖关节；考生因在文章开头写了两句笑话引起试官注意而被取中（四十三回）。可见封建科举制度形同儿戏，只是麻醉、欺骗人民的工具而已。

全书所写的虽然只是北京、上海、南京、广州、香港等大城市的情况，却反映了清末整个中国社会的面貌。末尾写的几个正面人物的凄凉下场，一方面流露了作者的一些悲观没落情绪，方面也说明了比较正直的人不能容于那样的黑暗社会，益见这部作品之为"愤书"。

（二）

由全书来看，吴沃尧的反帝、反封建的立场是明确的。他强烈地仇恨殖民主义，反对"甚至于外国人放个屁，也是香的"的崇

149

外思想；他毫不掩饰地暴露了封建制度、封建道德所造成的罪恶，对官僚买办进行了尖锐的讽刺和无情的抨击。对妇女问题和婆媳关系，吴沃尧也有比较开明的看法，都由"九死一生"姊姊的谈话中表现出来。他认为女子应该有出入行动的自由，不怕"抛头露面"；他指出"女子无才便是德"的封建教条，"误尽了天下女子"（二十一回）；他反对"拿女子作题目来作诗填词，任情取笑"（四十回）；他觉得婆媳不睦，"总是婆婆不是的居多"（二十六回）；这些全是新颖、进步的见解。他还主张禁吸鸦片，反对作八股文，也有着进步意义。但是他对封建制度（尤其是一些根本制度）并没有全盘否定，他对一些问题的认识，仍旧未能离开封建道德的标准。如他憎恶腐朽、昏庸、贪污、残暴的官吏，而不知道这正是封建王朝的必然产物，甚至他还把肃清贪污的希望寄托在最高的治者身上，象记九死一生和吴继之、文述农等人在一起吃酒行令，吴继之出的"光绪皇帝有令，杀尽天下暴官污吏"这个谜语，就反映出这种思想（六十六回）。这是和封建社会中一般士大夫的对皇帝存有幻想，并无差别的。书内所写九死一生的伯父，是一个非常虚伪、奸诈的人物。他干没了九死一生亡父遗留的金银，和九死一生的母亲耍无赖，行为极端卑鄙，作者却还通过九死一生之口说："……然而兄弟积了钱给哥哥用了，还是在家里一般，并不是叫外人用了，这又怕什么呢!"（二十四回）作者这样曲予回护，很清楚地是表现"子弟不敢非议家长"的意思，是在宣扬封建道德。吴沃尧虽然对妇女问题有些进步的见解，可是另一方面他还认为女人只要读了"女诫"、"女孝经"之类的书，能够明理，"德性"自然就有了基础；可见他依然很顽固、保守。

由于思想见解的局限，吴沃尧对当时的现实，不可能有完全、正确的认识。他认为社会的黑暗，人的堕落，是道德败坏的结果，主张推行教化，恢复旧道德（二十一回九死一生的姊姊的

150

议论）；这显然是一种开倒车的想法。他认为中国不如外国，是因为单讲读书不讲实学的原故，必须澄清吏治以富国强兵（二十二回王伯述语）；这又是不从本质上来看问题的。他并没有进行革命推翻当时那个社会的意思，不过是个改良主义者。他看不到人民群众的力量，看不出日益高涨的反帝反封建的革命运动的发展前途；只是从爱国救世的个人善良愿望出发，面对残酷的现实，既无力与黑暗势力抗争，又耻于妥协；于是产生了消极、颓废、逃避的想法；使全篇充满悲观、厌世的情绪。这不能不说是这部书的严重缺点。

从写作方面来看，这部书的语言晓畅流利，是当时相当成熟的白话。描写人物，刻画场面，有的也很细致生动。如七十四回符弥轩夫妇辱骂祖父那一段就写得很好。符太太骂的那几句："一个人活到五六十岁就应该死的了，从来没见过八十多岁的人还活着的"，正是一个泼辣蛮横的女人的声口；"符老爷喝两杯，骂两句"以及"符太太只管拿骨头来逗着叭儿狗玩"的小动作，很突出地表明了他们是怎样地不拿祖父当人。五十一回写某轮船公司的督办在吃饭时看见窗外一个美女，就喜极忘形地把正要往嘴里送的鸡蛋涂在胡子上，以至弄得那些蛋黄"凝结得圆圆儿的，倒象小珊瑚珠儿挂在上面，还有两处被蛋黄把胡子粘连起来的"。这又活画出这位"大人先生"的色情狂的丑态。这类细节描写都是有助于表现人物的。六十四回写尤云岫重见九死一生时，久别不能相认，却还要假装熟识："连忙站起来弯着腰道：'嘎！咦！啊！唔！哦！哦！哦！认得！认得！到哪里去？请坐！请坐！'"连着用几个不同的语气词把他的茫然失措的神情形象地展示出来，写得也很成功。有的地方还能适当地运用白描的写法，以人物本身的言行表现他的思想品质，使读者根据一连串的事实或对照前后情节，便能了解书中所写的是怎样一个人物。如写九死一生的伯父就是"无一贬词，而情伪毕露"的。②而对他和刘三小姐的暖昧关系,则学《红楼梦》的曲笔,通过家人吞吞吐吐的叙述和党不群画龙点睛似的旁敲侧击,委婉地透露出来,这就比正面描写更加深刻有力。此外如写九死一生的机警多才,任侠仗义;蔡侣笙的正直耿介,笃于友情;都能把他们的性格特征刻画出来。但作者对他要极力赞扬的吴继之反倒写得很平庸,不能给人深刻的印象。这是因为没有选择有代表性的事件放在特定的环境中来描绘的原故。至于写反面人物则往往夸张失当,溢恶违真。如写苟才,即多摭拾现象来倾泻自己的憎恨,并没写出更多的本质的东西,也没很好地展开这个人物的内心活动,使他成为典型。象第六回和第四十一回讽刺摆穷架子检芝麻吃的旗人和贪小便宜在别人油锅里炸鹌鹑的破落户,也不免形容过分,使人觉得不真实。

这部书中除去一些重要人物反复出现于前后各回外,都是一人一事不断上场,随时起讫,和《儒林外史》一样,"虽云长篇,颇同短制",③ 把许多独立的小故事全通过"我"的线索连贯起来,情节的穿插和过度比较好,结构实优于《官场现形记》。但记述异闻,失于贪多,交代事实,或用倒叙,有的地方显得拖沓、累赘。如八十六回末尾写苟才来访吴继之,下面就以三回书追述苟才的往事,中间又插上一大段叶伯芬逢迎上司的丑剧,然后再转过笔锋来写苟才,直到九十五回才说明苟才到沪访吴继之的原因,接上前面的话头。把苟才的事分成两截,而且所写叶伯芬的伎俩也和苟才的行为大同小异,并没有什么代表性,放在这里,更增加了结构的臃肿。这又是疏于剪裁所造成的缺点。

以上这些缺点的产生,除去作者的立场和思想的限制之外,时代社会的影响、作者的创作方法上的缺欠和写作态度的不严肃,也是主要原因。在清末那个面临崩溃的封建社会中,社会现实的丑恶,日益加剧;使爱国的作者控制不住自己的憎恨与憎懑,急于抒发出来;于是,激动的情绪,往往多于冷静的观察;写小说遂如报纸之发表新闻,惟求迅速及时,以尽量地倾泻牢骚,揭露罪

152

恶；加上文章是在刊物上连载，要迎合一般读者的口味，只重奇闻，不求典范；而且落笔草草，对于题材不能很好地熔铸锤炼，割爱剪裁，撰小说也和笔记一样地罗列事实，仅仅加上一点文字上的贯串和组织，或者简直就把笔记的素材，直接搬进小说中去；以致连篇累牍，小异大同，揭露描写的大都是表面上的现象，不能显示事物的本质。攻击得尽管激烈，而不能切中要害；讽刺得似乎尖锐，而不免流于浅薄；吴沃尧写《二十年目睹之怪现状》正是如此。

由此可见《二十年目睹之怪现状》和《官场现行记》之类的作品，所以被鲁迅称为"谴责小说"，不只是因为它们在文字上"辞气浮露，无笔藏锋"，④刻露浅薄，不如《儒林外史》的含蓄深刻；主要地还在于：（1）不能冷静客观地"秉持公心，指摘时弊"；⑤（2）不能深刻细致地观察，表现事物的本质，没有掌握"概括现实，创造典型"的现实主义的写作原则。

（三）

这部书是吴沃尧的"低回身世之作"，⑥其中影射着当时许多名人，也包含了他自己的经历；有不少故事是以真人真事为模特儿的。如三十二回黎景翼逼死胞弟事，即据作者的《我佛山人笔记》中的"果报"一节写成，六十八回九死一生之"戏提大王尾"亦见《我佛山人笔记》内"金龙四大王"条，是作者自己的事。大王的神灵附在一个兵士身上，大骂李鸿章的情节，取自清薛福成《庸盦笔记》卷四"水神显灵"一条，略加变化。二十六回写臬台作贼事，亦系清代为大家所熟知的传说，清人笔记于此多有记载，虽众说不免纷歧，但主要情节大致相同。其中玉册道人之《珊海余谈》卷十一所记知府偷富室的珠宝事，与吴沃尧描绘者最为类似。其文如下：

153

福建漳州府龙溪县富室，时失珠玉重物，案久不能破。官严比，捕役患之，邀精干数人，分路缉捕。并于大户殷实家，代为逻察。三更后，忽有持灯而来者。衣短黑衣，外罩一兰色袍。过一井，将灯悬井内，以袍复之。役于暗处步其后，至高墙下，飞腾而上，未几，负一小匣出。迹之，至府廨后垣，跃入。捕飞一刀击之，不中。复掷一砖，中额。捕不敢入，命诸役环守之。天明不出，密禀大令。晨往，将府中书役并当差水火夫等，逐一查点，无伤额者。谒守，守辞以疾。令自言稍知歧黄，请入内视脉，不得已见之。两手脉无恙，惟以乌纱帕裹额，微有血痕。问之，曰头风。令大疑，密禀上宪，备述其状。使兵役围署搜之，得真赃，招失主认领。抚军奏闻，上大骇，曰："知府中有若辈乎！"饬令制军严讯，始知先为积猾，得巨金，援例部选也。讯既为官何复尔尔？曰："故智复萌，情不自禁，所谓经营长物无餍足也。"遂从重置法。

可见吴沃尧是"亦贩旧作，以为新闻"的。[7]又近人江庸的《趋庭随笔》载有朱之榛的故事云：

平湖朱之榛竹石者，椒堂漕帅为弼之从孙也。官江苏垂四十年，中岁失明，人皆以朱瞎子呼之。以候补道员十署按察，两署布政，最后乃受淮阳道，亦未到任。朱虽盲于目，而才干过于人，记性尤绝。每日治官书，（充牙厘局总办最久，虽署藩臬，仍兼之。）令人诵之，入耳辄不忘。恒口占批牍，洋洋千言，靡不中事理。其见僚属，必先排定座次，所问皆适如其人，无一泛语，不似当日达官见属只言天气寒暖而已。公余即浼人读通鉴及名臣奏议、古今文集。有投以著述者，觌面时辄能举其某篇某句，往往评骘精当，真异才也。其于江苏吏治得失，历年陈案，皆烂熟于胸。而综

154

162

核财政，尤其所长，故督抚虽屡易，无不倚重焉。

《二十年目睹之怪现状》第三十八回"官场问案高坐盲人"一节中所写的洪观察，就是指的朱之榛。但只对其盲目大肆讥嘲，而埋没其吏才，这也见出晚清谴责小说的作者，对于官场中人多加笑骂，不免溢恶违真的通病。

注释：

① 《晚清小说史》第二章，17页。
② 鲁迅语，见《中国小说史略》二十三篇，234页。
③ 同注①，231页。
④ 鲁迅语，见《中国小说史略》二十八篇，298页。
⑤ 鲁迅语，见《中国小说史略》二十三篇，230页。
⑥ 李怀霜语，见《晚清小说史》第二章，17页。
⑦ 鲁迅语，见《中国小说史略》第二十八篇，304页。

小　说　与　史　实

　　一般说来，文学作品如小说、戏剧之类，可以根据传说，演饰扩展；或者虚构情节，创造典型。历史著述，则应秉笔精严，论叙合于实际。但我国古代史籍，往往兼采传说，并不排斥怪异之谈。如《左传》、《战国策》、《史记》等等，就常把神话传说当作史实来记载，而且夹杂着一些鬼怪妖异的故事。如《左传》记齐襄公指使公子彭生害死鲁桓公，又杀彭生以塞责。后来襄公在贝丘田猎，见到一个大豕，从者说这是公子彭生。襄公怒射之，豕人立而啼，公惧，坠车，伤足丧屦，随即为叛臣所杀（事见桓公十八年、庄公八年），此实魏晋南北朝志怪小说中冤鬼报仇的故事之滥觞。《史记·刺客列传》记豫让要刺杀赵襄子，给智伯报仇，伏于桥下，为襄子从者所获，豫让请击襄子之衣，以示报仇之意。襄子使人持衣与豫让，豫让拔剑三跃而击之，然后伏剑自杀。唐司马贞《索隐》云："《战国策》曰：'衣尽出血。襄子回车，车轮未周而亡。'此不言衣出血者，太史公恐涉怪妄，故略之耳。"击衣出血，襄子因而死亡，事本荒诞，所以司马迁略去不书；今本《战国策·赵策》亦无此内容，当系为后人删去。此二例俱足以说明古史之不免语涉神怪。又南朝宋刘敬叔所撰志怪小说《异苑》，载晋宋人如陶侃、张华、温峤、郭澄之、谢灵运等轶事奇闻不少。如记晋惠帝时武库失火，烧了库中所藏的汉高祖斩蛇剑、孔子履、王莽头等，张华见到此剑穿屋飞去以及有人拿着三丈长的鸟毛给他看等等，即为《晋书·张华传》所录入；所叙温峤牛渚燃犀之异，亦见《晋书·温峤传》。《世说新语》内的故事，为《晋书》采用的尤多。可见小说与传记，内容往往杂糅；奇闻和事实，真伪亦常相间。我国古代文学与史学的界限，有时很难于严格划分。

至于历代笔记中所述朝臣嘉话、名士风流之类，虽皆确有其人，而事多附会，一经核实，即不免矛盾百出。如五代后周王仁裕《开元天宝遗事》上"牵红丝娶妇"一条云：

> 郭元振少时，美风姿，有才艺，宰相张嘉贞欲纳为婿。元振曰："知公门下有女五人。未知孰陋，事不可仓卒，更待忖之。"张曰："吾女各有姿色，但不知谁是匹偶。以子风骨奇秀，非常人也。吾欲令为婿。"元振欣然从命，遂牵一红丝线，得第三女，大有姿色，后果然随夫贵达也。

此节记叙，颇饶情趣，为后人所艳称，"红丝牵系"一直被用为婚姻结合的典故，但其事则不符史实。宋洪迈在《容斋随笔》卷一"浅妄书"一条中已指出其谬。按郭震字元振，于公元656年（唐高宗显庆元年）生，公元713年（唐玄宗开元元年）卒。在中宗神龙间曾官左骁卫将军，安西大都护。睿宗立后，先召为太仆卿，后进同中出门下三品，为宰相之职。玄宗初年，以演武失玄宗意，将斩之，赦死流放新州。张嘉贞于公元666年（高宗乾封元年）生，公元729年（玄宗开元十七年）卒。在玄宗开元间迁中书令，时元振已早逝，焉有为婿之事。且以年岁论，张嘉贞比郭元振还小十岁，是没资格作元振的老丈人的。

又明唐伯虎（寅），一字子畏，号六如，在弘治、嘉靖间颇负盛名，诗文并美，书画俱精，文采风流，照映当代。其佣书娶秋香的传说，喧腾众口，小说戏剧，踵事增华，今且演为电影，以致老幼皆知，号为嘉话。究其实际，则亦属子虚。清褚人穫《坚瓠集》四集卷四"唐六如"一条云：

华学士鸿叔舟吴门，见邻舟一人，独设酒一壶，斟以巨觥，科头向之极骂，既而奋袂举觥作欲饮之状，辄攒眉置之，狂叫拍案，因中酒欲饮不能故也。鸿山注目良久曰："此定名士"。询之，乃唐解元子畏，喜甚，肃衣冠过谒。子畏科头相对，谈谑方洽，学士浮白属之，不觉尽一觞。因大笑极欢，日暮复大醉矣。当谈笑之际，华家小姬，隔帘窥之而笑。子畏作《娇女篇》贻鸿山，鸿山作《中酒歌》答之。后人遂有佣书获配秋香之诬，袁中郎为之记，小说传奇，遂成佳话。

褚人穫的意思本要表明唐伯虎获配秋香之诬，乃由华鸿山（察）与伯虎舟中结交，其小姬窥帘而笑的情节附会而成；而不知他自己的这个说法，也是以讹传讹，并无其事。因为唐寅比华察大二十七岁，卒于嘉靖二年（公元 1523 年）；华察则于嘉靖五年（公元 1526 年）才中进士，官侍讲学士，掌南京翰林院，当然更在其后。此条谓华学士与唐解元订交，误记失考，自不待言，今唐伯虎集中有《娇女赋》，当即褚人穫所说的《娇女篇》，实亦与华鸿山无涉。

从文学的角度看，元振牵红丝，伯虎配秋香，虽人事乖舛，于史不合，并不影响其作为典故、嘉话而流传。从史学的角度看，考证真伪，辨别是非，又不容含混。文学创作，既然涉及真人，其虚构部分，亦应以现实为基础，综合概括，丰富充实，在一定程度上，使文学与史学统一起来，是很必要的。

158

《笔记小说案例选编》前言

旧时的老百姓，总希望有个好州县官：公正清廉，执法无私；除暴安良，不畏权势。如果再加上清明干练，洞悉世务，了解民间疾苦；遇到案件，能够酌情度理，察言观色；重事实，重证据，重调查；不以刑求，不凭臆断；从而辨别是非，分清善恶，为百姓伸冤去害，就会被称为青天，尊为父母。包拯、海瑞、况钟等人的事迹和传说，一直为大家所乐道，在小说、戏剧中，被塑造成清官的典型，不是偶然的。

审理案件的事例，历代史籍，多有记载。如晋陆士龙（云），以文学知名，与其兄士衡（机）并称二陆，他在作浚仪令时，有人被杀，不知凶犯为谁，陆云拘留了被害者的妻子，而不加审问，过了十几天就把她释放，派人暗中跟随她，说："她走不出十里远，可能有个男子候着她谈话，给我捆了来。"后来果然逮来了一个男子，承认和这个妇人私通，共同杀害了她的丈夫。他听说她被释放，想问问她，但不敢在近处谈，所以到远处等候。陆云料事如神，一县称颂（见《晋书·陆云传》）。此外，象三国魏时的廷尉高柔、北魏的豫州刺史司马悦、东晋时前秦的司隶校尉苻融，都有勘破凶杀案的事迹。在历代笔记小说内，这种叙述，为数尤夥。兹从其中辑录出一百二十八例，按内容大致分为七类：

第一类案例，大部分足以说明承审的官员，头脑清楚，明察入微，能够鉴貌辨情，分析事理，注重证据和调查研究，所以都作出了正确的判断。如"县令明察"一节，叙某县民，出外经商，登船未发，为船夫所害，船夫反去民家，呼问："娘子，如何官

159

人久不来下船？"县令就根据这句话，分析出县民就是船夫所害，因为他明知人已不在，所以才呼娘子而不呼官人。以此审问船夫，究出了真情。"雷击案"叙清雍正时献县村民某，在一个大雷雨之夜被雷击毙，县令往验之后，派人到市上访查，知道一月来买火药最多的是某匠，已买二三十斤，拘来追问，说是买火药打鸟，县令说打鸟顶多一天用一两左右，余剩的药何在？其人理屈词穷，无言答对，最后招认是与县民之妇通奸，伪造雷击，把人炸死。有人问县令何以知雷为伪作？县令说雷击人自上而下，今火从下起，苫草屋梁皆飞，是以知为伪作。这位县令，深晓事理，清细过人，调查研究，拘捕审问，处处入情入理，有条不紊，使凶徒无所逃罪，实在令人佩服。这类案例，共有三十余个，情节各异，足供参考。

第二类案例，大部分足以说明承审的官员，能用智谋诱捕罪犯，或以小计，引人露出真情。如"审树"一节，叙某人自海外归来，带有很多银两，日暮尚未抵里，恐中途被劫，将银埋藏一老树下，回家只告妻知，次早出门，门皆虚掩，树下银已失去，遂告县求予查找。县令详询情况，估计窃贼必为常去某家之人，因谓失银为老树之过，命衙役把树锯来审问，众人闻讯围观，窃贼亦在其内，被某人的四岁幼子认出，人赃俱获。原来某人久客海外，妇有奸夫，是日恰在其家，藏在暗中，听说埋银之事，先出掘取，所以门皆虚掩。县令预料及此，略施小计，迅即破案。又"打笆斗"一节，叙米店、面店之人，争一笆斗，各言己物。县令说二人争执，乃笆斗之罪，令人扑打。结果是先落面麸，后见糠秕。说明笆斗原是米店之物，为面店借用不还。这又是重物证的一例。按《南齐书·傅琰传》说傅琰在作山阴令时，有卖糖、卖针的两个老妪，争一团丝，都说是自己的。琰命挂丝用鞭轻打，有铁屑落出，证明丝是卖针老妪之物。可见这类故事，早已有之，笔记传说，虽不免因袭，却亦足以引人思考。

第三类案例，大部分是说明官员私访，或派捕役去四处侦查。如"微行摘印"一节，叙长麟在巡抚浙江时，听说某县令贪污，就私行民间，访查证实，把县令的印信摘去。"倪公春岩"一节，叙倪廷谟作潜山县令时，怀疑某甲暴死，为其妻所害，而验尸无伤，遂化装卜者，自出侦查，遇到渔人万年青，得知某甲系被其妻和奸夫用小蛇窜入肛门害死，开棺再验，腹内死蛇犹存。妇人和奸夫不得不认罪受刑。"钟鼐"一节叙某县溪流中发现女尸，因此，县民纷来以家属失踪、生死不明请求查访。县令的仆役钟鼐化装出访，到某土豪家为奴，经多日侦查，知土豪经常打死仆婢，即投园池冲入溪中，因而破案。又"私访"一节，提到大员私访，只能偶一为之，屡试则易生弊端，反而被人利用，不能了解事情的真相。这一节所说的道理，十分透彻，作调查研究工作者，可用以参考。

第四类案例，主要表现封建社会官场的黑暗。有的是贪官污吏，贪赃卖法，勒索民财；有的是自命为清官，主观武断，草菅人命。如"江都某命"一节，叙某县令，因富商汪家，一奴缢死，以为奇货可居，不即往验，待尸首腐臭，索价三千金，始行往验。"宋龙图"一节，叙仙游县令宋某，以包龙图自命，某村王监生与佃户之妻私通，遣佃户远出经商，三年未回，恰好井有腐尸，宋令听信谣传，以为王监生害死佃户，严刑逼供，把王和佃户之妻都判处死刑。后来佃户回家，知妻冤死而上告，以宋令抵罪。旧时官府，滥用酷刑，犯人往往因受不了痛苦而诬服，不知造成了多少冤案。这节故事，真足以发人深省。还有"漳州府窃案"一节，叙清嘉庆间漳州府知府某，原为大盗，报捐知府，作官后仍然四出行窃，终被擒获。官即是盗，盗即是官，在封建社会，原也不足为奇！这节故事是对清代"捐班"卖官制度的一种嘲讽。

第五类案例，主要说明在形形色色刑事案件中，罪犯的凶残狡猾，往往出人意外。如"赵友谅宫刑一案"，叙陕西赵成，老而凶恶，他强奸了子媳，还和别人勾结，害死其戚牛廷辉一家，企图嫁祸于自己的儿子赵友谅。"布客被害案"叙匪徒八人住店，昇一柜入，与二布客共住一室，夜间害死二客，碎割尸首装入柜内，柜内原藏二人，故次日出店时，仍足十人之数。"我来也"一节，叙宋时临安巨盗偷窃，必书"我来也"三字于壁，后被获入狱，贿赂狱卒，放其夜间暂出，旋复回狱，次早又有人报失窃，壁书"我来也"，于是府尹认为狱中所囚，不是"我来也"，而予以释放。第一案由于赵成儿媳的揭发而弄清真相；第二案因为旅客的干预而没有放走凶徒；只有"我来也"骗过府尹，逍遥法外。此外"唐公判狱"一节，叙某杀人案已经判决，凶犯贿使捷盗，装作死者的鬼魂，向制府唐公诉冤，说明凶手是某某，今误作某某。唐公信以为真，准备翻案；幸幕友询明经过，指出鬼无形质，当奄然而隐，不应越墙，今新雨之后，屋上有泥痕，显系人为；唐公方才醒悟，仍从原判。这些故事，说明各种情况，往往非常复杂，不能只按常理推断；处理案件，尤其不应轻率。

第六类，大都是案情复杂，难以处理的事例。如"献县疑案"叙二老僧共居一庵，一夕有两老道士投宿。次日至晚，庵门不启，呼亦不应。邻人跳墙入视，僧道四人俱已不见，而僧房毫无所失，道士财物亦在。后来在十余里外的枯井中发现四人尸首重叠在内，并无伤痕。县令认为非盗、非奸、非仇、非杀，四人何以同死，四尸何以并移；庵门未开，何以能出；距井甚远，何以能至；都无法理解，遂以疑案报结。此案是否当时传闻失实，故神其说；或勘察不细，未能发现作案的线索；现在我们都无法推断。又"难断之案"，叙幼男、幼女，皆十六七岁，幼男说幼女为其童养媳，父母亡，欲弃之别嫁；幼女说是幼男的胞妹，父母亡，欲占我为妻。因为两人来自外乡，父母病亡，邻里无考，当时也不能断定谁是谁非。

第七类所辑，都是冤案。如"福建亏空案"，由于福州将军魁伦和总督伍拉纳，巡抚浦霖有嫌怨，就罗织两人的罪状，说福建亏空百万，赶上乾隆帝正要整顿吏治（《清史稿》说是乾隆时，本节叙述在嘉庆初），于是总督、巡抚、藩台和十七名州县官，都被斩首，合省呼冤。实际贪污和亏空，各省都有；谓福建亏空百万，并非事实。这一冤案，乃官场倾轧所造成，暴露了封建社会的罪恶。本节叙述。比《清史稿》伍拉纳和浦霖传的记载更坦率一些。又"宰白鸭"一节，说明福建漳州、泉州二府，每出凶杀案，富者往往出高价买贫者顶凶代死，叫作"宰白鸭"，虽有好心的官员，想要开脱这无辜的替死鬼，也不可能，可见当时官场的黑暗和社会上的恶势力以及贫富悬殊的现实，对贫苦善良老百姓的威胁是多么严重。

总起来说，这些案例正反两面的材料全有，附加简注，以便阅读，可使在公检法部门工作的同志，由此吸取一些有益的东西，作为实践的参考；可使一般读者，由此得到一些常识，藉以了解历史；喜欢看笔记小说的文学爱好者，也可以此当一个普通故事选本来看看。

这里还要着重指出：由于这类笔记小说，都产生于封建社会，所选故事，自然总不免带点迷信色彩，如冤魂入梦，鬼神显灵等等。但观其大体，还是以调查研究为主体的居多。吸取精华，扬弃糟粕，是我们应有的态度。至于故事情节，时有近似，传说演饰，同出一源；或者辗转抄袭，改头换面，亦为笔记小说中所常见。作为一本通俗读物，于此是不必详考的。

一九八一年一月

历 代 笔 记 撮 谈

　　古人的随笔杂录以及一些零星琐屑的记载，从前都称之为笔记或笔记小说。"小说"有时是与"大道"、"大言"对称的，和后来小说的概念不同。自魏晋时就有了各种笔记，至清代而大盛，近人写笔记的也很多。现代学者把一些零星杂著汇辑成书，虽不一定标笔记之名，实际仍然是继承了古代笔记的传统。

　　历代笔记，多不胜举，内容丰富，包罗万象。约略说来，其中以记短小故事为主的，可以称为笔记小说，从魏晋的《列异传》、《博物志》、《搜神记》到清代的《阅微草堂笔记》、《夜谭随录》、《淞滨琐话》等，都属于这一种。其他也记叙也议论的一种和以考证为主的一种，只应称为笔记，不宜再加小说之名。

　　把笔记视为消闲遣兴的作品，意存鄙薄，由来已久。直到近代，从各种笔记内找研究材料的，才渐渐增多，其中的文献、史实部分，尤其引起人们的重视。现在已有不少出版社作这方面的整理校点工作，选刊历代笔记以适应读者的需要，使这些宝贵的文化遗产，能够发挥作用，是十分可喜的事情。

　　我从少年时就喜欢看笔记，获益不少。觉得即使不专攻文史，也可以看看各种笔记，借以开扩眼界，增长知识。许多"杂学"都能由此得到。兹作撮谈，是想介绍一些这方面的书，说说点滴心得。撮，拾取的意思。或拾取其中的片言只语，以为谈资；或抄录其中的一章一节，以供欣赏；或以书目提要的形式，概括地评述一本书，也象前人写笔记那样，信手拈来，不拘一格。倘能由此引起大家阅读的兴趣，就不算浪费笔墨了。

164

略 谈 笔 记 与 哲 学

（一）

　　笔记二字，本指执笔作记，就是写记事文章的意思。南北朝人以散文与辞赋等对称时，也叫笔记。如《艺文类聚》四九引南朝梁王僧孺《太常敬子任府君传》："辞赋极其清深，笔记尤尽典实。"这里与辞赋并举的笔记，即指一般的散文。用为书名，大约始于北宋宋祁的《笔记》。现在我们所说的笔记，含义有广狭之分。广义的包括短篇的故事集，如《搜神记》、《世说新语》之类；这也叫"笔记小说"。狭义的指除去"笔记小说"之外的一切随笔杂记，其中又可分为二种：一种是以记历史琐闻为主的，一种是以考据辨证为主的；这都只能称为"笔记"，无关小说。本文所谈笔记，限于笔记小说和考据、辨证一类，记历史琐闻类的笔记，不在论述之列。

　　哲学，指关于人们世界观的学说。从狭义方面说，无论在哪个时代，能够成一家之言的哲学家，总是少数；但实际每一时代的每一个人，都有自己的一套处世哲学，都在特定的环境中，以自己形成体系的观点来观察一切，处理一切。因此从广义方面说，又每个人都是哲学家；即使不学无文，不能著书立说，也并不影响其哲学观点的存在，而且其观点还可能常常和古今许多哲学家的看法不谋而合。本文所谈哲学，卑之无甚高论，就是这一点不免为大家齿冷的浅薄见解。

　　我国古代的阴阳五行之说，大概可算最早的带有唯物成分的哲学思想。春秋战国时代，诸子百家，争鸣斗胜，哲学思想，得以发展。自汉武崇尚儒术，儒家思想即定于一尊。其后佛教哲学于东汉传布，老庄思想于魏晋盛行，渐成儒、道、释三家鼎立的局势；唯心、唯物，两相对峙，也由来已久。但儒、道、释三家的观点，亦有分有合，不尽互相排斥。一般的看法，认为经、子两部的著作，包含哲学成分较多；实际经、史、子、集、小说、戏曲以及一切笔记杂著之类，凡属执笔为文，发言成章，无一不涉及哲学思想，正如水之行于地中，无往而不在。即以十三经而论，其中《春秋》三传，皆关史事；《论语》、《孟子》，各为一家之言；《尚书》所载，亦每为历史文献；从前把它们当作经典来诵读，并不影响其属于子、史两部。至于历代笔记涉及哲学思想或有关注释辨证的部分，则不仅数量非常之多，而且包含的方面非常之广，披沙拣金，时有可取。只是古人于此，往往以为小道，不予重视；今人于此，也有的未加注意，不甚了解。如唐刘知几在《史通》的《采撰》篇中说：

> 晋世杂书，谅非一族，《语林》、《世说》、《幽明录》、《搜神记》之徒，其所载或诙谐小辩，或神鬼怪物；其事非圣，扬雄所不观；其言乱神，宣尼所不语。

又陆龟蒙在《蟹志》（见《甫里先生文集》卷十九）一文中说：

> 今之学者，始得百家小说，而不知孟轲、荀、杨氏之道；或知之，又不汲汲于圣人之言，求大中之要，何也？百家小说，沮洳也；孟轲、荀、杨氏，圣人之渎也；六籍者，圣人之海也。

刘知几所谓杂书，即上文提到的笔记小说；陆龟蒙所谓小说，指不合大道的浅薄言论，包括各种笔记杂著；他们对这些著作，是极力贬低的。刘知几从修史的角度着眼，排斥小说；陆龟蒙从尊儒的立场出发，蔑视杂著；都是正统观念在作祟。恰如其

166

分地给予评价，适当地利用其中的材料，是我们今天对历代笔记的应有的态度。因此试图就其在哲学思想研究方面的参考作用，作一点粗略的探讨。不过个人所读笔记，实在有限，对于哲学，更是外行；偶发咫论，疏舛定所难免。北齐颜之推在《颜氏家训》的《勉学》篇中说："读天下书未遍，不得妄下雌黄。"录之志愧，并以说明笔记之类值得一读，价值不容抹煞。

（二）

考据辨证类的笔记，在汉代已略具规模。如班固的《白虎通义》、蔡邕的《独断》，《四库全书总目提要》归之于子部杂家类，实际就是考辨笔记的先河。应劭的《风俗通义》和《汉官仪》，与前两书性质亦近。魏晋南北朝时代，考据辨证类笔记，仍处于萌芽状态，为数寥寥，除去晋崔豹的《古今注》外，几乎无可称道。而且《古今注》是为解释古代名物、制度而撰，于研究哲学思想，无可参考。倒是魏晋南北朝的志怪、清言两体笔记小说，于这一历史阶段文人的思想意识，有所反映，足以取资。这里仅就这些小说所表现的儒家、道家、佛家的思想，摭谈一二。

大致说来，儒家思想，源于孔孟，以"仁"为中心，讲仁心、仁术、仁政，有教无类，施仁及于禽兽；其修身、齐家、治国、平天下的一系列纲领，是入世的。道家思想，源出老庄，以"清静无为"为中心，讲归真反朴，纯任自然，其鄙视荣名，崇尚隐逸的一系列纲领，是出世的。故《颜氏家训》的《勉学》篇云："夫老庄之书，盖全真养性，不肯以物累己也。"其后侈谈神仙，演为道教，皆依托老子为宗主。至言老子先天地而生，上处玉京，为神王之宗；下在紫微，为飞仙之祖；轩辕、帝喾、大禹、尹喜，皆从其授神仙之术、长生之诀和道德之旨。尊奉其教，以积德增善，可以白日升天。《魏书·释老志》于此类传说，记载

167

甚详。自汉张陵以后，炼金丹，行符箓，降妖捉怪等一切道教怪诞之谈，实际俱与老庄思想已无关涉。明胡应麟即曾指出："神仙本道家，似不应别出。然老、关、庄、列，皆谭理之书。自张道陵、寇谦之、杜光庭辈，盛演其教，欲与释藏抗衡，故以柱下为道君，又创立元始天尊，而姓之曰乐，名之曰静信。亡论太始以前，即秦汉间姓名，绝少此类。盖魏晋六朝，假托宛然。"（《经籍会通》，《少宝山房笔丛》卷二）

老、庄谈理之书，讲的是哲学思想；道君、元始，附会迷信，宣传的是宗教；本为二事，不容混淆，这是很清楚的。但古代道士也常常借老子的学说，以示其教之秉承有自。如《旧唐书·陆德明传》提到唐高祖在亲临太学行释奠礼时，曾听国子博士徐文远讲《孝经》，沙门惠乘讲《波若经》，道士刘进喜讲《老子》。可见在唐初，儒、释、道分庭抗礼，已很明显，而道士讲《老子》，也似乎是分所当然。这种局面，实际是在魏晋之间就形成了的。在魏晋南北朝笔记小说内，有不少故事，糅合三教之说，把老庄出世之思与道教的神仙之说，融而为一。儒家文士又多喜欢学老庄，言出世，不排斥神仙怪异之谈；而佛家的因果报应、三世轮回之说，亦较容易为一般人所接受；因此错综复杂的思想意识，在这些笔记小说中均有所表现。

南朝宋刘义庆的《世说新语》，是辑录汉末到东晋名士轶闻的笔记小说，按内容分类记事，有《德行》、《言语》、《政事》、《文学》等三十六门，故事主要是魏晋人的。梁刘孝标（峻）为《世说新语》作注，引用了四百多种古书，对《世说新语》所述，或提出异说，或补充引申，材料非常丰富，与原书相映成趣，几乎可以算是另一部《世说新语》。后人研究《世说新语》，对刘孝标的注，都很重视。

从《世说新语》的《文学》篇中，可以看出魏晋文人大都喜欢谈老庄的学说。如何晏、王弼皆曾为《老子》作注，何见王注

168

精奇，非常佩服，就说："若斯人者，可与论天人之际矣。"于是把自己的注改为《道德二论》。所谓"天人之际"，指天道与人事的相互关系。把天地间的万事万物，联系起来，以分析道理，认识现实，儒家与老庄并无歧异。何晏认为王弼的注，通达天人，足以阐发《老子》的学说，自愧不如，因而放弃了自己的注释。王弼弱冠去见裴徽，讨论老庄的虚无思想，亦颇有妙解。裴徽问他："夫无者诚万物之所资，圣人莫肯致言，而《老子》申之无已，何邪？"王弼回答说："圣人体无，无又不可以训，故言必及有；老庄未免于有，恒训其所不足。"他认为圣人体会到虚无的存在，但这是消极的，不足为训，所以言论总从存在的现实（有）出发，教人由积极方面对待现实；老庄不免为现实所囿，力求超脱，所以总是强调虚无，以补其所不足。王弼这个说法，相当深刻，反映了他对儒家学说与老庄思想的同异观，是有一定的代表性的。另一条小故事，记王衍问阮修："老庄与圣教同异？"对曰："将无同。""将无同"这三个字含义为何，从前异说甚多，主要有三种："宋赵令畤《侯鲭录》卷七引苏轼说，谓古人以"将"为"初"，"将无同"即"初无同"，言不相同。宋叶梦得《玉涧杂书》云"将无同"是直言"无同"，"将"乃晋人发语之辞。盖谓同生于异，周、孔、老、庄，本自无异而不同。明杨慎则以"将无"为疑词，谓"将无同"即"毕竟同"。按"将无"为晋宋人习用语，乃"莫不是、莫非是"的意思。《世说新语》的《雅量》篇叙谢安与人泛舟遇风浪，谢安徐徐地说："如此，将无归？"将无归，莫不是要回去，以疑问商量的口气，表欲归之意，正显示了"将无"的语意。"将无同"，即"莫非是相同。"赵令畤、叶梦得单讲"将"字，解释遂异；杨慎之说近似，但解为"毕竟同"，语气较差。叶梦得虽不懂"将无"的用法，可是所云"同生于异，周、孔、老、庄，本自无异而不同"这两句话，却颇含哲理，耐人寻味。王衍之欣赏阮修"将无同"的答语，立即聘请他为掾（时人称之为"三语掾"），说不定就是体会

169

出周、孔、老、庄同异的辨证关系。

《世说新语·文学》又叙有人问乐广一些道理，解说难通，乐即不复剖析文句，直以麈尾触几说："至不?"客曰："至。"乐复举起麈尾道："若至者哪得去?"于是客乃悟服。以麈尾触几，尾到几上，这是"至"；举尾离几，"至"即不存，等于前未曾至。此一问答，是把老庄哲理和佛教的禅机融而为一的。乐广重在举例启发，其客妙在触机能悟。刘孝 于此作注云：

> 夫藏舟潜往，交臂恒谢，一息不留，忽焉生灭。故飞鸟之影，莫见其移；驰车之轮，曾不掩地，是以去不去矣，庸有至乎?至不至矣，庸有去乎?然则前至不异后至，至名所以生；前去不异后去，去名所立。今天下无去矣，而去者非假哉?既为假矣，而至者岂实哉?

这一段话，说得非常透切，使读者能更清楚地理解乐广这一问答的含义。"藏舟潜往，交臂恒谢"两句，语意皆出《庄子》。《庄子·大宗师》："夫藏舟于壑，藏山于泽，谓之固矣；然而夜半有力者负之而走，昧者不知也。"谓天地之间，变化无穷，如舟被潜移，山已非旧；喻世事日新，不能守常而不舍其故；但愚昧之人，不足语此。《庄子·田子方》记孔子回答颜回的话，大意亦云万物存亡、生死等等总在变化之中，不能执留，"吾终身与汝交一臂而失之"，我和你虽然终身交臂相守，也要倏忽失之，时极短暂。刘孝标据此指出事物是在不断地运动和变化着的，以鸟影车轮为喻，不见鸟影移空，车轮掩地，"去"和"至"都在瞬息变化，所以"去"既不存，"至"亦无有。这和老子所讲"故有无相生，难易相成，长短相较，高下相形"；"天下万物生于有，有生于无"的道理一致，是一种辨证的看法。《文学》篇的另一个片断记卫玠少时问乐广，梦何以形成，乐广回答说是由于"想"，卫玠不以为然，就又问："形神所不接而梦，岂是想邪?"乐广复加解释，

170

谓梦必有"因"，比方说没有人梦见乘车进入鼠穴，或者在捣齑时吃了铁杵，都是由于无想无因的缘故。乐广这个见解，非常透辟，可以说是唯物的观点。因为梦境出于虚幻，亦和清醒时的见闻联想等等有关。入鼠穴，吃铁杵，为现实生活中必无之事，即睡时思维混乱，亦不可能涉想及此。乐广的论例，是颇有说服力的。

在魏晋的笔记小说中，记神仙方术和隐士逸人的故事，散见诸书，象魏晋人依托汉刘向撰的《列仙传》，晋皇甫谧撰的《高士传》，可算这类的代表作。以老庄的出世思想为基础，赞扬鄙弃利禄、栖隐山林的高士；结合道教的丹鼎符箓之说，虚构长生不老、白昼升天的神仙；事异理同，实际为一个问题的两个方面，都是逃避现实的想法的反映。比较说来，佛教思想，对这一阶段笔记小说的影响尤大。如晋干宝的《搜神记》卷十五记晋羊祜五岁的时候，还记得前世的事情，叫乳母到邻人李氏的东垣桑树中去取他遗留的金环；这正是宣扬佛教的三世轮回之说的。卷二十记隋侯出林，见大蛇受伤中断，使人给它上药治伤，后来此蛇就"衔明珠以报之"；东兴有人，捕杀一个小猿，以致猿母悲哀断肠而死，后来未至半年，即满门遭疫而亡；这又不仅是善有善报、恶有恶报的因果报应之谈，而且认为一切动物都有灵感神通，懂得感恩报怨，所表现的是"众生平等"、"仁心及物"的儒释合糅的思想。又南朝宋刘敬叔《异苑》卷三的一条故事云：

> 有鹦鹉飞集他山，山中禽兽，辄相贵重。鹦鹉自念："虽乐，不可久也。"便去。后数月，山中大火，鹦鹉遥见，便入水濡羽，飞而洒之。天神言："汝虽有志意，何足云也？"对曰："虽知不能救，然尝侨居是山，禽兽行善，皆为兄弟，不忍见耳。"天神嘉感，即为灭火。

上文记述的蛇猿之事，不过意在劝惩，此条所叙，则颇富于人情味，很象近代童话之动物人格化的写法。濡羽救火，收效虽

171

微，而怀念旧谊，不忍见朋友遭难而不救，故竭尽其绵薄之力来洒水。情真意挚，十分感人，所以天神为之灭火。佛教的"万物有情"和儒家的"仁者爱人"在这里已经具体地结合起来。另外南朝宋刘义庆的《幽明录》记巴丘县巫师舒礼，于晋永昌元年病死，被捉送到泰山。泰山府君说他侫神杀生有罪，使牛头加以处罚，然后放他回生。从此舒礼就不敢再作巫师。按泰山府君，为道教之神，亦戒杀生，与佛教无忤。魏晋文人记叙此类故事，可见其既好神仙方术，亦不排斥释氏之说，尤其是释道两家之言与儒术接近的，更乐于接受而熔之于一炉。

　　不过魏晋南北朝的笔记内虽多佛教的故事，一般文人却并不完全信奉佛教，有时只是把它当作一种方术来看待，或者仅仅藉以为谈资。如《世说新语·文学》叙殷浩见佛经云："理亦应阿堵上。"阿堵，亦魏晋南北朝人的习用语，以之指代，犹言这个、这里。此句的阿堵，即指佛经。殷浩看了佛经，认为义理亦见于此，说明佛经所讲内容，能为他所接受，并不斥为异端。又《世说新语·言语》说庾亮曾入佛寺，看见卧佛，就说："此子疲于津梁。"这句话为时人所赏，"以为名言"。津梁，即桥梁，泛指道路，疲于津梁，即倦于行旅。佛家所尊奉的如来佛，在庾亮眼里，与常人无殊，故径称"此子"，毫无敬意；既然偃卧，行倦可知，谓成佛亦难免俗。语妙双关，实有至理。这两条小故事，都足以说明魏晋一般文人于宗教并无神秘感，顶多是视为一种方术。《文学》篇又述支遁、许询诸人共在会稽王（即晋简文帝司马昱）斋内，由支、许二人讲解佛经，"支通一义，四坐莫不厌心；许送一难，众人莫不抃舞；但共嗟咏二家之美，不辨其理之所在。"支遁讲通一条道理，大家感到满意；许询提出一个难题，作了阐释，众人也为之欢欣鼓舞。只是他们所赞叹的仅为支、许二人的辞采议论，对佛经中的精义何在，并不了解，说不定根本即无意求解。至于庾敳读《庄子》，"开卷一尺许便放去，曰：了不异

172

人意。"（亦见《文学》篇）则亦非轻视《庄子》，而谓庄生之说正与己意暗合，并无新异。盖魏晋名士放达，本近老庄，其于佛法，也是以老庄的不滞于物的态度来看待的。

总之，儒家哲学与老庄思想，自魏晋南北朝以来即和佛道之说交会沟通，时有分合，或一源而分派，或殊途而同归，变化无常，关系微妙。儒家的穷则独善其身，达则兼善天下；进则伊、周，退为巢、许；正是与老庄、佛道的出世超尘之想互为消长的。研究魏晋南北朝的哲学思想，不应忽视上述笔记小说中的这些零星的材料。

（三）

在魏晋的清谈消沉以后，代之而起的是唐五代人记掌故、叙时事的风气，随笔、杂述，由是渐繁；考据辨证类的笔记，较前亦稍盛。不过，笔记的特点，本来就在于"杂"。如唐段成式的《酉阳杂俎》，原属小说；五代王定保的《唐摭言》，专叙故实；也都包含考辨的内容。其余兼小说、史事、议论、考辨等等于一编的，更是不可胜数，难以类分；但涉及哲学者殊少。至于以考辨为主的笔记，如唐苏鹗的《苏氏演义》、李匡乂的《资暇集》、五代丘光庭的《兼明书》等，则议论经书诸子的部分，章句之间，尚偶有新义，足供采择。

《苏氏演义》原书十卷，已佚。今本分上下二卷，乃清人自《永乐大典》中辑出者，于经传、名物、语词等，考订解释，求其义理，故称演义；对一般说法的谬误，也作了一些订正。其中论述，有为他书所未载者。如卷上述卜筮的一条，结合金木水火土五行，谈灼龟之兆文种种，极为详细，可藉以考见古人用龟甲占卜的梗概。《易》讲卦象，此言龟兆，正好与《易》的注疏参照，进行研究。

《资暇集》亦称《资暇录》，三卷，也以解释语词、名物为主,其上卷纠正俗说之谬,胜解较多。如"问马"一条,对《论语·乡党》的"厩焚,子退朝,曰:伤人乎,不问马"的断句提出意见:

> "伤人乎?不问马。"今亦谓韩文公读"不"为"否",言仁者圣之亚,圣人岂仁于人,不仁于马?故贵人,所以前问;贱畜,所以后问。然而"乎"字下岂更有助词?斯亦曲矣!况又非韩公所训。按陆氏《释文》已云一读至"不"字句绝;则知以"不"为"否", 其来尚矣。诚以"不"为"否",则宜至"乎"字句绝, "不"字自为一句。何者?夫子问"伤人乎?"乃对曰"否"。既不伤人,然后问马,又别为一读,岂不愈于陆云乎?

按传说的韩愈之语,读"不"为"否",其说可通;陆德明《经典释文》云至"不"字句绝,意亦相近。但"乎不"连文,似不成词。李匡乂谓问语至"乎"而止,"否"乃答词,独自为句,言孔子退朝之后,闻马棚被焚,先询是否伤人,知人既无伤,而后问马,**解释更为通达**。仁者爱人,施仁推及于禽兽,为孔孟学说的根本,藉此数语,以作阐发,是恰当的。

《兼明书》五卷, 而论述、考辨, 范围较广, 于《周易》、《尚书》、《毛诗》、《春秋》、《周礼》、《礼记》、《论语》、《孝经》**等书的内容,皆曾论及。每条都先列旧说, 后称"明曰"二字**,指出其下是自己的见解。如卷二论《周易》的"云从龙"一条云:

> 乾文言曰:"云从龙,风从虎。"说者以为龙吟云起,虎啸风生。明曰:非也,夫风云者,天地阴阳之气交感而生,安有虫兽声息而能兴动之哉!盖云将起而龙吟,风欲生而虎啸,故传曰"龙从云,蛇从雾,巢居知雨"是也。

龙出于古人的虚构, 实际不存, 无须置论, 姑以之与虎作为并提的动物,它们并没有兴云起风的可能,丘光庭驳斥旧说,认

174

为风云乃由天地气候的变化而形成；"云将起而龙吟，风欲生而虎啸"，为龙虎受气候变化的反应，是一种唯物的观点。这就和其他动物有敏锐的感觉，能预知地震的道理一样。《兼明书》虽偶有臆断，亦多精解，非人云亦云之书可比。

北宋人的笔记，也以叙杂事兼考辨者为多，如宋祁的《笔记》（后人亦题为《宋景文公笔记》）三卷，上卷解释一般的常识，称为《释俗》；中卷叙典故，议杂事，称为《考古》；下卷为语录、随感之类，称为《杂说》；正能代表一般的丛谈杂记的体例。到了南宋，考据之学渐盛，有些笔记的内容，亦渐趋单纯，如洪迈的《容斋随笔》与其续作，即以考辨为主，于经史典故以及诸子百家之言无不议论，而罕叙杂事。如其卷一的"解释经旨"一条，论《孟子》对《诗经》的解说，卷二的"信近于义"一条，讲《论语·学而》的"信近于义，信可复也；恭近于礼，远耻辱也；因不失其亲，亦可宗也"一节的含义，具有可采。但因题立论，于古代经、子诸书中的哲学思想发挥较多的，还得首推王应麟的《困学纪闻》。这里即举《笔记》和《困学纪闻》的一些论及哲学的内容，以概其余。

《笔记》卷中谈佛法的一条说："余谓佛，西方之达人也。其言汪洋漫诞，贯生死鬼神，无有滨涯。合万物之妄以为一真，真立而妄随，又去真掊妄，以无修无证为极。"宋祁的结论是："佛与中国老聃、庄周、列御寇之言相出入，大抵至于道者，无古今华戎，若符棨然。"按《庄子·至乐》篇叙庄子妻死，惠子吊之，庄子说："察其始而本无生，非徒无生也，而本无形；非徒无形也，而本无气。"庄子以为生、死、形、气，皆属虚妄；和宋祁所称佛法的"真立妄随，去真掊妄"，含意如出一辙；宋祁指出佛与老庄等论道之语，大致无违，确为通人之论，于此可证。

《困学纪闻》二十卷，是王应麟的读书笔记，大约成于他入元以后。卷一至卷八讲《易》、《书》、《诗》、三礼、二传、《论

175

语》、《孝经》、《孟子》等经书；卷九、十两卷讲天道、历数、地理、诸子；卷十一至卷十六考订史事；卷十七至十九评诗文；卷二十叙杂事。由于王应麟擅长史学，所以大家认为其书中考史的部分最为足采，实际其论经子诸书的精辟见解，也不在少数。这里先摘引其卷一论《易》的数条于下：

> 危者使平，易者使倾，《易》之道也，处忧患而求安平者，其惟危惧乎！故《乾》以惕无咎，《震》以恐致福。
> 言行可以欺于人而不可以欺于家。故《家人》之象曰：君子以言有物而行有恒。
> 君子道盛，小人自化；故舜、汤举皋、伊而不仁者远。玉泉喻氏云：《泰》小人道消，非消小人也，化小人为君子也。

处于危难者，使之平安；处于安稳者，使之倾倒；这是《易》的原则和真理。因此在忧患之中，只有朝夕努力自强，时怀戒惧，才能求得平安；这就是《乾卦》所说以警惕之故而无祸患；《震卦》所说因恐惧小心而得福的意思。在外面可以言行不一，欺世盗名，在家内即难于掩饰，所以《家人》的卦象所说君子的言行必须正当合理而有常规，无可指责。君子当道，正气旺盛，小人自然改行；所以虞舜、商汤举出皋陶、伊尹这样的仁者来执政，不仁之人自然远逝。《泰》所说小人道消，是指化小人为君子，并非加以消灭。王应麟结合生活体验和历史事实来解释《易》的卦理，生动易懂，深入浅出，丝毫没有神秘感，这是真正懂得哲理的人才讲得出的。

《困学纪闻》卷八论《孟子》的部分，精解亦多，如谓"杨之学似老，墨之学似佛"，即为确论。杨朱主张不为物累，与老聃的无为之说一致；墨子主张兼爱，与佛家之舍身济众的精神相合；故王应麟概括言之。又另外的两条云：

176

不仁而得天下，未之有也。秦皇以不仁得之矣，二世而失，犹不得也。

养心莫善于寡欲。注云：欲，利也。虽非本指，廉者招福，浊者速祸，亦名言也。道家者流，谓丹经万卷，不如守一。愚谓不如《孟子》之七字。不养其心而言养生，所谓舍尔灵龟，观我朵颐也。

儒家的"仁政"学说，其归结于在人心的得失、国家的兴亡。王应麟就此立论，以为秦之二世而亡，得天下犹如未得，根本即在于不仁。其言謇切，足以发人深省。"养心莫善于寡欲"，见《孟子·尽心》篇。有容乃大，无欲则刚；欲望一多，贪心必炽，廉耻祸害，俱所不顾，其后患自然是不堪设想。《孟子》这"养心莫善于寡欲"的七字真言，不仅为养生之根本，亦为持身的要义，和道家的所谓"存思守一"保其元神的迷信说法，虽存在很大的差异，但亦有相通之处。

以仁术治国，以修身齐家；居安思危，以持盈保泰；清心寡欲，以培养廉谨；孔孟学说的精华，在《困学纪闻》这几段中，以数语尽之矣。

此外，宋人笔记如王观国的《学林》（亦称《学林新编》）之考证六经史传等等，罗列诸家解说；程大昌《演繁露》、赵升《朝野类要》之谈典故，释名物；俱有可采。吴曾的《能改斋漫录》、王楙的《野客丛书》、高似孙的《纬略》、赵彦卫的《云麓漫钞》、马永卿的《懒真子》、姚宽的《西溪丛语》等书，亦多涉考辨、论议，但零星琐碎，内容甚杂，谈及哲学者，片言只语，往往不成段落。但精解妙喻亦随处而有，可遇难求，非一时所能措举；读书有间，信笔记之，就都是有用的材料。

（四）

由于元代考辨之学不昌，故这类笔记为数寥寥，惟李治的《敬斋古今黈》尚可自张一军。惜原书四十卷早已失传，今本八卷，为清儒自《永乐大典》内辑出，所举偏于史事，论及经子者较少。黄溍的《日损斋笔记》、郭翼的《雪履斋笔记》等，虽有辨经杂论，而篇幅无多。明人于考辨之学，亦不甚精，笔记大都综合各类，兼载丛考、杂辨以及琐闻遗事，如何良俊的《四友斋丛说》、谢肇淛的《五杂俎》等，皆是如此。其中以胡应麟的《少室山房笔丛》为考辨精详，议论广博，足称明代这类笔记的代表作。

清代是各种笔记集大成的时代，无论小说故事类、历史琐闻类、考据辨证类，全都数量很多，内容丰富。清人讲求经学，尊崇汉儒，解说经传，考证古籍之风，初期即盛；文字训诂之学的研究，也相应地发展；所以考据辨证类的笔记，可取者多于前代；结合文字训诂，来考辨经、子诸书的内容章句，也和前人笔记之偏于议论者不同。其中尤以顾炎武的《日知录》与王念孙的《读书杂志》为后出转精，最能显示这类笔记的成就。通过《少室山房笔丛》和这两部书的论辨，可以约略了解明清两代学者对经子著作的思想内容和文字训诂的探讨。详释其书，须各为专论，非数语所能竟。这里钞《日知录》卷十九《文须有益于天下》一节于下，以作为本篇的结束语：

> 文之不可绝于天地间者，曰明道也；纪政事也；察民隐也；乐道人之善也。若此者，有益于天下，有益于将来；多一篇，多一篇之益矣！若夫怪力乱神之事、无稽之言、剿袭之说、谀佞之文，若此者，有损于己，无益于人；多一篇，多一篇之损矣！

顾炎武所讲是文章的社会功用，持论甚精，而意思明确，无须更作解释。我想藉此说明写这篇拙文的目的，一是对古今中外诸子百家的研究，贵在能悟能通，辨析异同，吸取其积极的部分，使之"有益于天下"，不宜只尚空谈，全忘实用；单纯地为学术而学术，似不足取。提高人们的思想觉悟、品德情操，以认识现实，适合现实，改变现实，使社会前进，为研究哲学应起的作用。二是我国古代的笔记杂著，譬之荒地榛莽，而宝藏甚多，可以开垦发掘，以供研究哲学之参考，不应再视作小道，以为无足观览。但限于个人的学识，所述粗疏，舛误必多，聊为引玉之砖，不避滥竽之诮，大题小作，高明哂之。

《封氏闻见记》的史料价值

　　在唐人笔记中，封演所撰的《封氏闻见记》是内容比较充实的一部。封演于玄宗天宝中为太学生，后举进士，代宗大历间为县令，德宗时官至御史中丞。本书卷首题衔"唐朝散大夫检校尚书吏部郎中兼御史中丞封演"，可见其书即成于德宗之时。今本十卷，已有残缺。

　　《封氏闻见记》以考辨为主，亦记掌故、古迹，附以杂论；兼述唐代士大夫的轶闻遗事，各标小题。如"刚正"、"淳信"、"端悫"、"贞介"等，略似《世说新语》之标目，而专写好人好事。由于这部书记叙确实，保存了一些可贵的资料，后人对它评价很高。清初诗人王渔洋（士禛）就最爱《封氏闻见记》和《唐摭言》，卢见曾也称赞这部书"考据该洽，论辨详明，乃说部之佳者。"① 我这里只举其中的两条，说明其有参考价值。

　　第一条是谈韵书的。多年来因修订《辞源》和个人撰写研究古代字书的论述，时时注意有关字书的著录和史料。查新、旧《唐书》经籍志、艺文志，载隋诸葛颖《桂苑珠丛》和天圣太后（即武后）《字海》各一百卷，篇幅之巨，已为古来字书所未有，其包罗丰富，内容详备，可以想见。而《新唐书·艺文志》著录的颜真卿《韵海镜源》，竟达三百六十卷，卷帙之数，更是惊人。可惜的是这三部大型字书，俱已失传，即其佚文的一鳞半爪，亦难见到。幸而《封氏闻见记》卷二的《声韵》一条内，保留了有关《韵海镜源》的一段记叙：

　　　　天宝末，平原太守颜真卿撰《韵海镜源》二百卷未毕，

180

属蕃寇凭陵，拔身济河，遗失五十余卷。广德中为湖州刺史，重加补葺，更于正经之外，加入子史释道诸书，撰成三百六十卷。其书于陆法言《切韵》外，增出一万四千七百六十一字。先起《说文》为篆字，次作今文隶字，仍具别体为证，然后注以诸家字书。解释既毕，征九经两字以上，取其句末字，编入本韵。爰及诸书，皆仿此。自有声韵以来，其撰述该备，未有如颜公此书也。大历二年，入为刑部尚书，诣银台门进上之。奉敕宣付秘阁，赐绢五百匹。

封演和颜真卿同时而稍晚，故能熟知真卿两次编撰的始末和进书的年代，并亲见《韵海镜源》，详记其内容、体例。由此我们可以知道《韵海镜源》是一部分韵收词的字书，先列单字的篆文，下附隶书和别体，引诸家字书来作解释；然后摘取两字以上的词语，按末字编韵。于经书子史以及释道之书，均加采择，包罗甚广，可供选词摘句，征引典故，以为作诗赋之用。

现在我们大家都知道清人编《佩文韵府》，是根据宋阴时夫《韵府群玉》和明凌稚隆《五车韵瑞》的"事系于字，字统于韵"的体例，将两书又大加增补而成；明人编《永乐大典》，于单字下并列篆隶各体，似出新裁。实际这就是《韵海镜源》早已有之的。虽然《韵海镜源》书久失传，即宋阴时夫，亦未必见到而加以模仿。但其体例，皆出于颜真卿首创，则毫无疑义。《封氏闻见记》所述，真实具体，可贵之至。另外象卷二的《文字》一条，记晋吕忱《字林》、北魏阳承庆《字统》、南朝梁顾野王《玉篇》的卷数、字数等等，亦属第一手材料，很有参考价值。因为《字林》、《字统》俱佚，其字数惟见此书记载；《玉篇》今昔之本不同，可据此以相参照。

第二条是谈"绳技"的。古代散乐，隋以前谓之百戏。现在我们的杂技艺术内有走钢丝一项，为由古百戏中的"走索"(即"绳

技")发展而来。《封氏闻见记》卷二的《绳技》一条,于当时表演此技的情景,有较详细的记叙:

> 玄宗开元二十四年八月五日御楼设绳妓。妓者先引长绳两端属地埋鹿卢,以系之鹿卢内数丈,立柱以起,绳之直如弦。然后妓女以绳端蹴足而上,往来倏忽之间,望之如仙。有中路相遇,侧身而过者;有著屐而行之,从容俯仰者;或以画竿接胫,高五六尺;或蹋肩蹈顶,至三四重;既而翻身掷倒,至绳还注,曾无蹉跌;皆应严鼓之节,真奇观者。

由女子奏技,或一人或数人,在绳上作种种惊险的表演,与今天走钢丝的颇为相近。封演所述,似亦出目睹。按《晋书·乐志》下云后汉正旦,天子临德阳殿受朝贺时,有百戏表演:"以两大绳系两柱头,相去数丈,两倡女对舞,行于绳上,相逢切肩而不倾。"这和《封氏闻见记》的记述是一致的,可见绳技的表演,由来已久。此伎,南朝梁称高絙伎。唐杜佑谓"高絙伎,盖今之戏绳者也。"(见《通典》卷一四六《乐》六)此外宋人笔记,如孟元老的《东京梦华录》卷五《京瓦伎艺》一条提到"筋骨上索杂手伎";吴自牧《梦粱录》的《百戏伎艺》一条提到:"上索、打交辊、脱索、索上担水、索上走装神鬼";也都指的绳技。清代的散乐百戏中亦有"高絙"一项。(见《清文献通考》卷一百七十五)但这些书所述,全不如封演的记叙详细。清代修《四库全书》的馆臣说:"唐人小说,多涉荒怪,此书独语必征实。"②"语必征实",确为《封氏闻见记》的一个特点,这部书真值得一读。

注释:

① 见《封氏闻见记》的卢见曾序。
② 见《四库全书总目提要》子部杂家类四《封氏闻见记》。

宋 代 笔 记 概 述

笔记，是一种随笔记录的文体，包括史料笔记、考据笔记和笔记小说。自魏晋南北朝时已有此体，其渊源还可以以远溯至东汉。唐代笔记已多，到宋又有发展。用"笔记"两个字作书名的，即始于北宋宋祁的《笔记》三卷。

宋代史学，较前昌盛，有名学者，多精史笔，所以宋代的笔记以记掌故、轶闻的史料笔记一类 为最发达。其主要 特点在于多就"亲见"、"亲历"和"亲闻"来记叙本朝的轶事与掌故，内容较为切实，不乏第一手的材料，所以这一部分笔记，首先值得重视。

宋初士大夫，有一些五代旧臣，熟知唐五代的故事，故所撰笔记，于此为详。如郑文宝的《南唐近事》和《江南徐载》、张洎的《贾氏谈录》、钱易的《南部新书》，是这类笔记中较著名的作品。仁宗以后，笔记作者日众，始偏重于辑录当代轶事，朝廷故实。北宋人的笔记，如司马光的 《涑水纪闻》，杂录自宋太祖到宋神宗时故事，就以有关国家大政的叙述为多，一般皆详其始末，颇似史体。卷一记宋太祖用赵普之谋，削夺石守信，王审琦等人兵权，太祖死后，太宗入宫嗣位经过，都是涉及宋代朝廷的轶闻。欧阳修的《归田录》二卷，和《涑小纪闻》内容近似，而间杂着一些诙谐、戏谑的记载，据说是因书成时，神宋索阅，欧阳修有所删除，故将此类补入，以增篇幅的。其中故事，或与《涑水纪闻》所述，略有异同；但得之亲身经历之可征信的材料，还是不少。如卷一叙仁宗时屡次改年号的原因，卷二叙大宴时枢密使侍立殿上等有关宋代的典制，均足补史缺。

李廌的《师友谈记》和王辟之的《渑水燕谈录》，也是北宋史料笔记内较好的作品。李廌与苏轼、范祖禹、黄庭坚、秦观、张耒等人交游，记其谈论而成是书，故以《师友谈记》为名。其中材料，大都确实可据。如谓苏轼中制举后，英宗欲使知制诰，宰相韩琦以为骤加擢用，适足累之，乃改授直史馆，即为李廌听苏轼自述的。《渑水燕谈录》所记，都是哲宗绍圣以前的杂事，按类分十七门，内容范围比较广泛，所述北宋的轶闻，颇多可采。如卷二记宋太祖讨平诸国，收其府藏贮之别府，称为封桩库，即足与《宋史·食货志》卷一下所记相参校。其他北宋人笔记，如王君玉的《国老谈苑》，记太祖、太宗、真宗三朝杂事；范镇的《东斋记事》，多叙蜀事；张耒的《明道杂志》多述黄州事及论诗文之语；范公偁的《过庭录》多记北宋士大夫轶闻及其先人事；王晦的《道山清话》，多载苏轼、黄庭坚、秦观诸人言论；彭乘的《墨客挥犀》，辑录宋代的轶事以及诗话、文评；各有可取之处。

　　南渡的士大夫，喜追述北宋旧闻，如朱弁的《曲洧旧闻》、邵伯温的《闻见前录》，均成书于南宋初年，记北宋事，尚称信实。但南宋人笔记，仍以叙南渡以来朝政得失和士大夫言行的为最可取，于一事之始末细节，往往述说甚详，为史传所不载。如王明清的《挥麈录》，记北宋末、南宋初的许多史事，当时就受到注意并被人引用。叶绍翁的《四朝闻见录》，记南宋高宗、孝宗、光宗、宁宗四朝轶事，多关史料，述韩侂胄事尤详。岳珂（岳飞之孙）的《桯史》，述宋金和战、交涉诸条，均属实录。有关文学的记叙、评论，也散见于各家笔记。如赵令畤的《侯鲭录》、何薳的《青渚纪闻》载苏东坡的轶闻甚多。《春渚纪闻》卷六载东坡作诗画事，往往为他书所未有。《侯鲭录》卷五辨唐传奇《莺莺传》，引证丰富，为后人论此者所取资；卷一谓白居易《琵琶行》的"曲罢能教善才服"一句的"善才"为元和中善弹琵琶的曹保保之

184

子,亦足供考证。张端义《贵耳集》卷上论李清照《永遇乐》、《声声慢》诸词,赞赏备至,可见南宋人对这位女词家的评价。其它如陆游的《老学庵笔记》,记宋高宗之奢侈、昏庸、秦桧之擅权跋扈以及朝参拜舞之制,都有参考价值,其论诗之语,亦多精辟。周密的《齐东野语》,亦着重记南宋的朝廷大事,而谈书画,叙琐闻的,也有助于研究艺文。如卷二十述天台营妓严蕊被朱熹系狱折磨一节,即明凌濛初《二刻拍案惊奇》的"甘受刑侠女著芳名"一回故事所本。周密的另一笔记《癸辛杂识》,内容较为琐屑,但其中一些轶事、遗文,亦有可取。

其他宋人笔记,有偏重于诗论、文评的,如《侯鲭录》、罗大经的《鹤林玉露》。有专门编辑旧文的,如王谠的《唐语林》、孔平仲的《续世说》。有的谈典制、故实见长的,如宋敏求的《春明退朝录》、庞元英的《文昌杂录》、叶梦得的《石林燕语》等。庞元英在宋神宗元丰元年初行新官制、新朝仪时,进入尚书省作主客郎中,所以他在《文昌杂录》中谈及的元丰间朝章、典故,大都详确可靠。至于题为苏轼撰的《东坡志林》和《仇池笔记》,则出于后人编辑,大约为采其杂帖与零星札记而成。

随着商业的发达,都市的繁荣,宋代出现了专门记叙当时都市生活与风俗习惯的笔记,孟元老的《东京梦华录》、灌圃耐得翁的《都城记胜》、西湖老人的《西湖老人繁胜录》、吴自牧的《梦粱录》、周密的《武林旧事》等,就是这类著作。除《东京梦华录》追述北宋汴梁的情况外,其他四书,皆写南宋的临安。材料有的采自地方志和其他杂书,有的出于作者自己的见闻。

宋人笔记,往往记事与考辨间杂,如北宋沈括的《梦溪笔谈》,即二者并著,本为"丛谈"性质,而考辨多精,故可列入考据一类。沈括学识渊博,熟悉当代的掌故,对文学、艺术、科技、历史等等,无不通晓,所以《梦溪笔谈》的内容,在宋人笔记中最为广泛。到了南宋,随着考据辩证之学的兴趣,这类笔记

185

才重点突出，渐趋专门，各显所长。如洪迈的《容斋随笔》，虽兼论经史典故、诸子百家、诗文词语，而以关于史学者为最可采。王应麟的《困学记闻》，也以考订史事的部分为精华。王观国的《学林》，专门考辩六经史传以及其他书中的文字形音义，兼释名物；程大昌的《演繁露》，于考辩名物为多；赵升的《朝野类要》，以解释典制为主；都为人所称道。其他如黄朝英的《靖康缃素杂记》、孔平仲的《珩璜新论》、吴曾的《能改斋漫录》、王楙的《野客丛书》、高似孙的《纬略》、赵彦卫的《云麓漫钞》、马永卿的《懒真子》、姚宽的《西溪丛语》等书，考证亦时见胜解。

宋代笔记小说，志怪未脱前人窠臼，如洪迈的《夷坚志》，一味贪多，甚至抄录旧文以凑数，未免芜杂。传奇只是铺陈古事，虽有乐史的《保珠传》和《杨太真外传》、秦醇的《赵飞燕传》等几篇较优秀的作品，就小说的发展谈，究竟成就不高。不过以唐宋人笔记比较来看，唐人笔记有时与传奇难分界限，文字或仍为六朝骈俪之遗，稍见雕琢矜持之迹。宋人笔记，则公余琐记、林下闲谈，大都信笔直书，于朴实自然之中显露文采，蔚成一代风格。所写内容，也较唐人笔记涉及的范围更广。其中论诗文、谈书画等等，常具新意，为笔记体增加了文学成分；尤其是关于一些传说、故事的记载，能供研究小说作参考者，亦所在多有。如吴淑的《江淮异人录》的"洪都书生"一条，可见唐传奇聂隐娘、昆仑奴一类故事的发展演变。洪迈《夷坚志》丙志卷三的"杨抽马"一条，即明凌濛初《二刻拍案惊奇》的"杨抽马甘请杖"一回故事所本；丁志卷九的"太原意娘"一条，与宋平话《郑意娘传》内容相同，显出一源；材料都很可贵。宋人笔记的文学价值是不逊于其史料价值的。

186

194

由《帝京岁时纪胜》等谈厂甸

琉璃厂在北京和平门外，街分东西，与南北之新华街十字交叉。本名海王村，亦曰海王庄，以其地有琉璃窑，故称琉璃厂。厂甸，原指窑前的一片空地而言，后遂直呼琉璃厂为厂甸。公元一九一七年于厂甸旧址创建海王村公园。自明代起，书肆即荟萃于琉璃厂，至清季而益盛，除书肆外，古玩、字画、碑帖、文具以及珠宝玉器商店，鳞次栉比，形成一条文化街。每年正月初一至十五日，琉璃厂街头巷尾，到处设摊，食物、玩具，无所不有；书籍、古玩、字画等，亦皆陈列上街；游客骈阗，异常热闹。北京人于此际来游，称为"逛厂甸"，自清乾隆间即有此俗。在清人笔记中，如乾隆时成书的潘荣陛《帝京岁时纪胜》和光绪时成书的富察敦崇《燕京岁时记》，都提到琉璃厂，而所叙内容有异，可藉以考知清初至清末这里街巷面貌的变化。潘荣陛说：

> 琉璃厂在正阳门外之西。厂制东三门，西一门，街长里许，中有石桥。桥西北为公廨。东北楼门上为瞻云阁，即窑厂之正门也。厂内官署、作房、神祠之外，地基宏敞，树林茂密，浓阴万态，烟水一泓。度梁而西，有土阜高数十仞，可以登临眺远。门外隙地，博戏聚焉。每于新正元旦至十六日，百货云集，灯屏琉璃，万盏棚悬，玉轴牙签，千门联络，图书充栋，宝玩填街。

这是康熙、乾隆间琉璃厂的情形。这里有高阁、石桥、茂林、烟水、景致幽胜，乃以窑厂为中心的游览区。春节时搭棚挂灯，点缀新年，犹如古时过上元观灯的习俗。到了清末，则琉璃厂景物全非，平日只是一条文物街，过春节，则成为一个热闹的庙会所在。因此富察敦崇写道：

> 厂甸在正阳门外二里许，古曰海王村，即今工部之琉璃厂也。街长二里许，廛肆林立，南北皆同。所售之物，以古玩、字画、纸张、书帖为正宗，乃文人鉴赏之所也。惟至正月，自初一日起，列市半月。儿童玩好在厂甸。红货在火神庙，珠宝晶莹，鼎彝罗列；豪富之辈，日事搜求，冀得异宝。……

富察敦崇叙述的光绪间春节厂甸种种，已和近代所见，大致相同。可惜他说得过于简单，使人无法知道具体的情景。我从一九二七到一九三六年这九年中，过春节时，几乎天天逛厂甸。虽然兴趣爱好，随着年龄而变化；由买食品、玩具，到买旧书、旧画，逛的范围，由大而小；可是厂甸的全貌，至今记忆犹新，因此想给富察敦崇作一回逛厂西的"续书"。

除夕连续不断的鞭炮声，在新年元旦的清晨逐渐稀疏下来，八点过后，由虎坊桥缓步向西，刚往北转，入新华街，就进了熙熙攘攘的人群，听到了风车梆梆作响。风车是过年时北京儿童喜欢买的一种玩具，用秫秸杆扎成架子，四边安上小圆轮，轮上各置小鼓，迎风摇动，小槌即敲鼓出声。随着人流前进，不仅东西两面一个挨一个的货摊，陈列着的五光十色的物品，使人目不暇给；四下里各种叫卖的声音，也令人应接不遑。"山里红，就剩两挂了，谁买？""买一捆香草，回去薰屋子吧！"山里红，为北京人对红果的俗称，近郊农民挑选个大而色润的红果，用小绳穿成一大串，挂在脖子上或套在双臂上来卖，每串称为一挂；所以北京有"卖山里红的说睡语——就剩一挂了"的歇后语。香草是用蒿、艾之类晒乾捆扎成束来卖。这些都只站着吆喝，招揽顾客，而

188

无货摊。加上这边选空竹，抖得嗡嗡盈耳；那边挑"步步登"①，吹得扑扑作声，红男绿女，此往彼来，衣彩鲜明，肩摩踵接；儿童笑语，一片喧腾；交织成节日浓厚的欢乐气氛。至于举着风车和大糖葫芦的②，则大都是游玩已毕，要回家的了。

由新华街再往北走到十字路口，东西即琉璃厂街，海王村公园，坐落在东街西口路北。一到园门口，就有人拿着用布条制成的掸子，为你掸掸衣上的土，嘴里再说两句吉祥话，你得掏出一两枚铜元给他。园内大部分是古玩书画等文物店，分列两边，各自出摊售货，园中央搭着一座高台，上设桌椅，出售茶水。可以上去品茗歇腿，俯看游人。园东小巷内路东有一座吕祖祠，旧时香火很盛，很多人来此求签③。出园再东，路北为火神庙（民国初年，曾称"文化商场"），乃珠宝玉器之集中地，货摊密集，晶莹夺目，而真伪相杂，索价甚昂。如能识货，于此亦可得珍品。

琉璃厂东街路南，还有一家小铺叫作信远斋，以售冰糖棋子和糖葫芦出名。冰糖棋子以冰糖制成，形如围棋子而色似琥珀；用黄色纸盒盛之，平列一层层，晶莹可爱。冰糖葫芦以小竹签穿单个红果用冰糖蘸成，不象一般糖葫芦的穿成一串；与冰糖棋子一样酥脆适口，异于寻常。夏季卖酸梅汤，装大瓷坛以冰环之，其凉震齿；所制蜜饯干果亦佳。春节游厂的人，大都来这里买些冰糖棋子和糖葫芦带回去。

至于书摊，则从南新华街的大沙土园往北，大街小巷，到处皆是。刻本、铅印、影钞的各种古旧书以及过期的报刊杂志，无所不有，可以慢慢挑选，仔细翻阅，价钱也能商量。即使你看了半天，一本都没买，那位看摊的"掌柜"，也不会有何怨言，有时顾客把书弄乱，他也只是默默地照旧整理好，放回原处，不说什么。我有一部吴大澂的《说文古籀补》，失去上册，无意中从厂甸书摊上找到缺下卷的残书。以很低的价钱买来，补足我那部书，甚为高兴。我还购得一套清初刻本的苏东坡诗集，上面有清咸丰年间署名信翁的跋语和诗句墨迹；也是逛厂甸的收获。

以前每到春节，琉璃厂等处的书画商，就在和平门外原师范大学附近搭成几座大席棚，悬挂屏联条幅，陈列卷册扇页等，彷彿现在开展览会的样子。但其中凡属大名家的，都系伪迹；小名家的，也伪者大半。四郊居民过年挂画，往往从这里配一副对联，一张中堂，只取其装裱整齐，根本不问名头和好坏；倒颇能为这些书画商销点滞货。内行们称这里的东西为"大棚货"，可见其不佳。不过在我看来，逛画棚，亦为游厂甸之一乐，娱目赏心，何问真伪？如果真有眼力，则披沙拣金，也偶然会得到一些妙品。"悦心未厌无名画，积行惟收有用书"，我不记得这是谁的诗了，它颇能道出我的心情。

从清初到现在，沧桑迭易，城市日新，旧俗亦随时代的推移而消失，今天海王村公园为中国书店的总店所在，仍旧是出售书籍、文物的场所；火神庙改为宣武区文化馆；吕祖祠大部拆去，只余大殿一层作某工厂的厂房。现在琉璃厂各商店的改建工程已经完成，轮奂一新，古香古色。作为一条新的文化街，将对发扬文化起应有的作用。惟信远斋远移至朝阳区，未能于此保留一席之地，实为憾事。这里追忆旧游，涉及北京的街巷变迁，风习移易，或亦可为他日考征文献之一助欤？

注释：

① 步步登，是一种用薄玻璃制成的玩具，细长的管子，下面作小鼓形，含管吹之，即发出扑扑登登的声音，命名取"步步登高"之意。也写作"不不登"。

② 大糖葫芦：大糖葫芦，以红枣穿成一串，贯以荆条，长者达四五尺，有的用冰糖蘸，上洒芝麻；有的用麦芽糖蘸，不加芝麻；为厂甸有特征的食品。

③ 求签：旧时迷信，求神问卜。各庙均设签筒，筒内置竹签，上刻号数，摇筒出签，按号找出签文，上面有印好的诗句和解说，都是迎合求签者的各种心理而编撰的，用以假托神意，骗取香资。

190

清俞蛟《梦厂杂著》

在清人笔记中，俞蛟所撰的《梦厂杂著》，很值得一读。书凡十卷，分《春明丛说》、《乡曲枝辞》、《游踪选胜》、《临清寇略》、《读画闲评》、《齐东妄言》、《潮嘉风月》七章，亦曾各自单行。我看到的《梦厂杂著》是解放前大达图书供应社的排印本。原有清嘉庆、道光间的巾箱本，现在已难见到。

俞蛟原籍山阴，号梦厂居士，工文善画，是一个学识通达的人。书有嘉庆六年（公元 1801 年）的自序云："余幼而失学，不克自振，弱冠即以饥驱，奔走四方。其间之豫，之楚，之西粤；至于燕、赵、齐、鲁之乡，则往来尤数焉。游览之余，访其民风土俗，灾祥兴废，以及牛鬼蛇神，飞仙盗侠，或经目睹，或系传闻，辄登简帙，以资歌咏，以助剧谈。"可见他大概是作幕客，游宦四方，经历甚广，书内所记，多出见闻。其《春明丛说》、《乡曲枝辞》、《齐东妄言》三章，皆写神仙、鬼怪、侠客、异人等等，也有一些反映现实的小故事。《春明丛说》内容以涉及北京风土者为多。《游踪选胜》写各地名胜古迹，于桂林的七星岩、祁阳的浯溪山、扬州的平山堂、岳阳的岳阳楼、南昌的滕王阁、北京的万柳堂、杭州的灵隐寺、山阴的岩里和柯山的石佛寺等，都有具体描述，文笔甚佳。《临清寇略》记乾隆间清水教王伦在临清领导起义，首末殊详，为作者客居临清时见闻，虽于起义群众多诬蔑之辞，而史料足征，不容忽视。《读画闲评》记乾隆、嘉庆时画家闵贞、童钰、潘恭寿、王三锡、戴镐、汤谦、朱文震、罗克昭、李丰、朱嵩、许镛、尤荫、方薰、奚冈、罗聘、董洵、李

191

世倬、王宸、陈寿山等三十一人生平；其中或属名家，俞蛟给予中肯的评价；或名本不显，赖俞蛟的简介，得存其姓字。如陈寿山画已不传，昔时仅有北京广渠门内夕照寺壁画五松，俞蛟述其简历和当初画松的情景，就起了表彰幽隐的作用。《潮嘉风月》记广东潮州一带的船妓等事，开头的小序，为四六句的骈体，如"青楼珠箔，能勾荡子之魂；赤钣云缯，难实妖姬之壑。被无穷之遗害，溯作俑于何年；金缕歌残，艳名花而早折；玉箫声咽，伤幽会以难期"云云，文极工雅，末尾还点出繁华难久，裘敝堪伤，用示箴规之意。这部分材料于研究当时广东的社会面貌，是有一定的参考价值的。

　　《梦厂杂著》的各章，都有可取的内容。如《乡曲枝辞》虽有俞蛟与其乡人宴集时搜奇谈异之记叙，亦不乏事足鉴戒者。其"王宝一"一条叙樊江村农民王宝一，遇到荒年，岁末无以为活，就携带十岁的幼儿，以小舟载着家中的米瓮求售，有富室拟以三百钱易之，嘱送至其家，将要畀瓮入门，而富室之邻人适至，谓此时米珠薪桂，乌用此不急之物，且瓮上裂纹已现，其敝可待。富翁闻之，遂毁约闭门。王宝一无可奈何，与小儿畀瓮入舟，儿失手堕地，瓮遂破裂。王一时气愤，拾瓮片击儿而毙。回家后，其妻见儿死瓮破，即纵身投河。迨王泅水负妻而出，已不可救，王之老亲，亦因此自缢。王宝一以变起仓卒，无可为计，就举厨刀断颈以殉。贫人悲剧，实极凄惨。因此作者慨叹说："不移晷而一家四口，俱丧非命，伤心惨目，有如是耶！而祸机只伏于邻人之片语。故余每向人曰：凡见售金绮珠玉，售者若与己为交好，不妨从旁代衡其值。盖金绮珠玉，非素丰家不能有。其出售也，必居奇亟利，否则亦适有所需，不成无害也。售至器用，则窘迫可知，纵价浮于物，必怂恿之使成，为德当非浅鲜。"俞蛟这段话概括得很有道理，后几句更是蔼然仁者之言。此事推寻祸首，正是那位多嘴的邻人。如果其人还有良心，悉此悲剧，恐怕也将愧

192

悔终身，夜不安枕吧？

这里于《梦厂杂著》的内容，不拟备举，只就其《春明丛书》内述及北京寺院白云观、五哥庙的部分，谈谈这两处庙会的情况。

北京人特别喜欢逛庙会，白云观和财神庙（即俞蛟所说的"五哥庙"），都是大家每年必去的地方。白云观在北京西便门外，唐开元二十七年（公元 739 年）于此建天长观，金泰和三年（公元 1203 年）更名太极宫，元太祖（成吉思汗）置全真邱处机（自号长春子）居此，改称长春宫，处机死即葬此，因而祀之。明洪武二十七年（公元1394年）复改称白云观，清乾隆二十一年（公元 1756 年）重修。观内七真殿、玉皇阁，俱有康熙（玄烨）、乾隆（弘历）书额，其斗姥阁额，为乾隆所题"大智宝光邱真人殿"八字，阁中旧存以树瘿刳制之木钵，中镌乾隆的"御制诗"。

《春明丛书》的《白云观遇仙记》一条。略谓康熙间有士人陈谷于上元日于观内遇仙，以未能勘破情关，惑于幻象，没有得道。传说附会，由来已久，事属迷信，无须分辨，其开头数语，则与我少日所见，无何差异。俞蛟云：

> 出西便门八里，有白云观。元时邱真人修道于此，后因其墓为庙。上元之日，为真人生辰。其前数日，住持道士即洒扫殿庭，涤除院宇，卖香楮及百货者咸集，游人往来，自朝至暮，无停轨。道士之狡黠者，衣袻手棕麈，或门或廊庑间，注目凝视，不言不笑，终日趺坐蒲团，作仙状；而人亦蚁集丛视，俨若真仙降临，惟恐失之交臂。

北京人照例于正月十九日逛白云观，烧香祈祷，谓之"燕九节"，自清初即然，《嘉庆一统志》已有此记载。据俞蛟所述，知上元亦为进香之期，但后来只以"燕九"为盛。旧日郊区农民，多于此际以小毛驴集于和平门、宣武门之间，延揽香客乘骑，裙屐联翩，蹄声得得，一路笑语喧哗，直至观前。卖香楮、食品、百货的小贩，早已云集于此，吆喝叫卖，热闹异常。观门白石门框，上镌猴形，传说摸之去病，所以香客到门，多先摸石猴，摩娑日久，猴已乌光闪闪。进大门先进石桥，桥下无水，有老道士趺坐其下，闭目合睛，不言不动，头前悬铜钱一，大如锅盖。进香的人，立于桥头以制钱或铜圆，遥掷大钱中间的方孔，云中者得福，谓之"打金钱眼"。实际投钱很难入孔，纷落桥下，环满道士四周。据我看来，这与其说是求福，不如说是取乐，而道士获此，乃为外财，一日所入，数目亦颇可观。

过桥以后，虔诚的信士去烧香上供，磕头祈祷，大殿上下，惟见香烟缭绕，万头攒动，此起彼伏，忙个不停。一般游客，无非是逛庙会，人看人，人挤人，此来彼往，熙熙攘攘，不知究竟要干什么。

我那时除去打金钱眼之外，总喜欢到殿侧的老人堂，看看那些鹤发童颜的老人，或者到后面看看长生猪，至于有无真仙，我这俗眼是看不出的，根本不在话下。以此数语，补《梦厂杂著》之缺，作白云观的今昔谈。

财神庙在北京广安门（亦称彰义门）外六里桥附近，全称是"五显财神庙"，俞蛟认为所祀即南方的五通神，这里节录其《春明丛说》的《五哥庙记》中开头的一段如下：

> 彰仪门外有神祠三楹俗呼五哥庙，塑五神列坐，皆擐甲持兵，即南方之五通神也。好事者，高其闬闳，廓其廊宇，以纸作金银锭，大小数百枚，堆累几上。求富者斋戒沐浴，备牲醴而往，计其所求之数，而怀纸锭以归，谓之"借"。数月后，复洁牲醴，更制纸锭倍前所借之数，纳之庙中，谓之"还"。或还或借，趾错于途，由来久矣。

旧时北京人去财神庙求财借宝，照例是在正月初二日，一借一还，和俞蛟所述相同，可见自乾隆嘉庆间京中已有此俗，一直

194

延续到解放前。惟后世"借"在头年，"还"在次年，与俞说为微异耳。《梦厂杂著》此条记叙，不见他书，为考证京中风俗掌故，提供了依据。《五哥庙记》的结尾，指出财神并不能主人间的富贵，羡其享无功之祀，而又悯世人求富之愚，还是有一定程度的破除迷信的意义的。

由《退庵随笔》论学书法

书法这门传统艺术沈寂多年，现又渐渐有人提倡，办展览、设讲座的，连续不断。于是初学如何入手；先写大字，还是先写小字，先学楷书，还是先学行草篆隶；先学哪一家，先临哪些帖；每天写多少字等等这一连串的问题，经常有人提起。答案大概总是人各异词，不会有一致的意见。看看清人梁章钜的《退庵随笔》，在这方面可能得到一些启发。《退庵随笔》是一种叙议并重的丛谈杂著，也讲学问，也谈作人处世的道理，共二十二卷，分十五类。其中第二十二卷专谈学字，集录了许多名家的议论。梁章钜主张先写大字，对于临帖，也有很具体的意见：

> 初学书先须大书，不得从小，此语出自卫夫人，至今学书者皆知遵守，但不知彼时所学何帖耳。今人学书，且须从唐人入手，如欧阳之《醴泉铭》、《皇甫碑》、《温虞公碑》，颜之《多宝塔碑》，柳之《玄秘塔碑》，皆可为初学门径，逐日临摹。若欧阳之《化度寺碑》，今无善本，翻刻者皆失真。颜之《家庙碑》、《宋广平碑》，字体过大，不便初学。此外如摹永兴之《庙堂碑》，结体浑穆，未易攀跻，且西安、城武二本，亦皆非原石。褚河南之《雁塔圣教序》、《房梁公碑》，虚和圆健，非可以形迹求。此数种皆极好之楷则。然必须将《醴泉铭》等种，立定脚跟，再进而学此数种，方有把握。

学书先写大楷，从唐人入手，确为正论。欧字结构谨严，骨肉停匀，笔致健劲，锋棱转折，处处分明，比起颜真卿、柳公权

196

的字更宜于初学。因为学颜柳，往往容易学出毛病，难到好处。至于虞世南的《夫子庙堂碑》，雍容圆润，笔墨无痕；褚遂良的《圣教序》，运腕空灵，风神婉秀；俱非初学所能领略，以学欧字打基础为最好。照我的浅见，先写一寸左右的大楷，有了一定的工夫，再写二分左右的小楷，每天功课，不可间断。写得要慢要少，一笔不苟。慢，工夫才扎实；少，就不致意倦腕疲，潦草从事。每天写二十个左右大字，三十个左右小字即可。万勿贪多。如果时间不够，一天写大字，一天写小字。交互练习，效果亦佳。

《退庵随笔》还引苏东坡云："书法备于正书，溢而为行草。未能正书而事行草，犹未能庄语而辄放言，无是道也。"行草由楷书化出，学字应该合于这个循序渐进的原则。东坡的比喻是很恰当的。现在有些人越过练楷的初步，一上来就写行草，甚至少年儿童也挥动大笔，摹仿颠张醉素的龙蛇飞舞之势，未免好高骛远，本末颠倒。至于从篆隶入手，古人虽有此一说，实不宜于初学。《退庵随笔》又引明吴匏庵（宽）的话云："书家例能文辞，不能则望而知其笔墨之俗，特一书工而已。且世之学书者，如未能诗，吾亦未见其能书也。"古人作书画，本为读书的余事。历代书画名家，大都博学多通，诗文并美。诗书画相结合，一直是我国文艺的优良传统。今天从事书画篆刻以及一切艺术创作，也一样需要有较高的文学修养；否则即无法融会贯通，妙造深微，免于俗恶；不在读书求学上用功夫，只能成"匠"，难以名"家"。吴宽的话，要说的就是这个意思。其言中肯，万勿视为苛论。

由《退 庵 随 笔》说 写 作

(一)

如何写作，古今人多论及；传经说法，不妨各异其辞。清梁章钜在《退庵随笔》卷十九《学文》一节中有一段话说：

> 百工治器，必几经转换，而后器成。我辈作文，亦必几经删润，而后文成，其理一也。闻欧阳文忠公作《昼锦堂记》，原稿首两句是"仕宦至将相，富贵归故乡"，再四改订，最后乃添两"而"字；作《醉翁亭记》，原稿起处有数十字，粘之卧内，到后来只得"环滁皆山也"五字；其平生为文，都是如此，甚至有不存原稿一字者。近闻吾乡朱梅崖先生每一文成，必粘稿于壁，逐日熟视，辄去十余字。旬日以后，至万无可去，而后脱稿示人，此皆后学所当取法也。

梁章钜的主要意思，是指出作文要加修改、润色，力求措词精当，不能草率，勿厌推敲。象"仕宦而至将相，富贵而归故乡"，增两"而"字使语有层次、转折，确具"颊上添毫"之妙；比原来的"仕宦至将相，富贵归故乡"两句，耐人寻味得多。"环滁皆山也"五字概括了原来的数十字的内容，亦见锤炼之工。因此我也想到一些关于"写作"的话，点滴体会，不求全面。

"写"的本义是倾注、倾吐，作字作画和作文，都称为写，乃引申的用法。

198

说和写原为一事，发声作语，落笔成文，皆藉以表情达意，其用相同。《文心雕龙·总术》云："予以为发口为言，属笔曰翰。"就是这个意思。所以说话要简洁，行文要流畅，语文一致，本非苛求。尤其是作教师，首先应该语言精炼，辞旨清简。但有人善于辞令，而拙于文笔，有人撰文尚可，而出语复沓；二者不能统一。这又和才具的长短，思路的迟敏以及平日的语言训练，都有关系。执笔为文，可以从容构思，斟酌修改；而发言则应对咄嗟，衔接顷刻，欲其精炼流畅，非才思敏捷，反应迅速莫办。至于能说不能写，又和学养不足，不善归纳，缺乏写作练习等等有关，原因非一。唐韩愈在《答张籍书》中说："所谓著书者，义止于辞耳，宣之于口，书之于简，何择焉。"他也认为语文一致，说和写不当有别，足见说得精炼，写得简洁，本应统一起来。

（二）

　　对作文的一般要求是这二十四个字：内容丰富，深入浅出；详略适宜，论述具体；简洁流畅，文无枝叶。在这基础上，另有一些其他的讲究。至于诗词小品之类，又当别论。

　　撰文首贵构思立意，思致深微，论述必精。在构思成熟、确定中心之后，把准备好的材料，安排一下顺序，就动笔直书，文不加点，等全篇写成之后，再作修改：调整章节，增删内容，除去重复，润色文字。要求以意统篇，就章炼句，照应首尾，贯串全文。一边写，一边改，容易阻塞思路，影响行文，不足为训。

　　《文心雕龙·宗经》提到"辞约而旨丰，事近而喻远"十个字，就是内容丰富，深入浅出的意思。《颜氏家训·勉学》云："问一言辄酬数百，责其指归，或无要会。邺下谚云：'博士买驴，书券三纸，未有驴字。'使汝以此为师，令人气塞。"问一句话就回答几百句，而支离芜杂，不得要领，如何能作别人的老师？

博士似应工文，可是立一个买驴契约，竟而废话连篇，写了三张纸，还没见驴字，岂不可笑！白居易撰《有唐善人墓碑》，赞美李建"前后著文凡一百五十二首，皆谐理撮要，词无枝叶"，可见作文能够干净明快，重点突出，并不是一件容易的事情，值得称道。"枝叶"即指罗嗦、无用、不该写入的部分。

王安石的《读孟尝君传》，见识卓越，文笔劲健："世皆称孟尝君能得士，士以故归之，而卒赖其力以脱于虎豹之秦"，开头先举一般人的说法，作驳论的根据，以"世皆称"三字领出下文，然后用慨叹的语气，陡然翻转，说出自己的论断："嗟乎！孟尝君特鸡鸣狗盗之雄耳，岂足以言得士！"随着申述理由："不然，擅齐之强，得一士焉，宜可以南面而制秦，尚何取鸡鸣狗盗之力哉！"末尾又推究孟尝君不能得到真正人才的原因："鸡鸣狗盗之出其门，此士之所以不至也。"

短短的八十九个字，议论风发，波澜迭起，结构严谨，层次井然，有很强的逻辑性和说服力，真是掷地可作金石声，简洁精炼至此，实为罕见。作议论文，可以此篇为楷模。

写作本无定法，也很难谈得具体。所以苏轼在《文说》中云："吾文如万斛泉源，不择地而出，在平地滔滔汩汩，虽一日千里无难。及其与山石曲折，随物赋形，而不可知也。所可知者，常行于所当行，常止于不可不止，如是而已矣。其他，虽吾亦不能知也。"他以泉源为喻，说明文思虽如泉涌，也要加以制约，使之适应主题的需要，当详则详，当略即略，随机处置，各得其宜。这对我们是颇有启发的。如《史记·刺客列传》写荆轲刺秦王一节，前叙易水送行，悲歌慷慨，荆轲就车而去，以"遂至秦"一语过渡下文，于沿途经历，只字未书，而详记秦王宠臣蒙嘉受燕贿后向秦王的进言。在秦舞阳入宫"色变振恐"之后，又叙荆轲遮掩其事的笑谢之语："北蕃蛮夷之野人，未尝见天子，故振慑。愿大王少假借之，使得毕使于前。"下面即具体描绘献图

200

行刺的情景。当写的写，不必写的就一笔带过；繁简得当，生动如画。正是苏轼所说的"行于所当行"、"止于不可不止"。

但繁简得当，也并不太容易作到。宋欧阳修撰《新五代史》，文尚简约，所记史实，往往"事增于前，文减于旧"，为论者所短。如后唐的李存信、李存孝，在《新五代史》中各自有传。《李存孝传》云："康君立素与存信相善，方二人之交恶也，君立每左右存信以倾之。"所叙事实虽易辨明，说得却不够清楚，"二人交恶"的二人，所指为谁，应明白交代。欧阳修大约是因为《李存信传》曾经提到"存信与存孝俱为养子，材勇不及存孝，而存信不为之下，由是交恶"，其中已言"交恶"，而且二人之间并无他事，所以在《李存孝传》内叠用"交恶"二字，只举二人，读者即可知其为谁。实际这样简略，是不合适的。按体例说，二人既各有传，行文亦不当如此。元代的李治，于《敬斋古今黈》卷四内，指出这点，确有道理。又沈括谓穆修、张景见奔马践死一犬，二人各记其事，以较工拙。穆曰："马逸，有黄犬遇蹄而毙。"张曰："有犬死奔马之下。"（见《梦溪笔谈》卷十四《艺文》一）此说盛传众口，评价不一。我以为二人所记，只有详略之分，而无工拙之判，不应把后者当作简要的范例。

（三）

文章各有体裁，表现不妨多样，有时措词平淡，似乎文意无奇，而含蓄很深，耐人寻味。例如《史记·魏公子列传》后面简短的论赞，就是我所最喜欢读的：

> 太史公曰：吾过大梁之墟，求问其所谓夷门。夷门者，城之东门也。天下诸公子，亦有喜士者矣；然信陵君之接岩穴隐者，不耻下交，有以也，名冠诸侯不虚耳。高祖每过之，而令民奉祠不绝也。

201

这一段的开头几句，乍一看来，似乎离题稍远，考察出夷门是大梁的城东门，有什么用处呢？稍稍一想，就知道司马迁于夷门的低回向往，正是他对信陵君自迎夷门侯生一事的非常蕴藉的赞颂。字面淡淡的，而感情却很炽烈；和下面的反复申言，层层映衬，显得文情跌宕，摇曳生姿，真有一唱三叹之妙。学习写作，应该着眼于这些地方，仔细体会。但要写得恰到好处，却得真正火候到了才行。

咏物诗号称难作，因为不切题，不能成为咏物诗；太切题，又往往失于板滞，言尽意穷，毫无余味。例如咏牡丹，句句实拍拍地描写牡丹，藻绘虽工，亦乏韵致。苏东坡在《书鄢陵王主簿所画折枝》一诗中说：“论画以形似，见与儿童邻。赋诗必此诗，定知非诗人。”可见作这类诗，要不粘不脱，若即若离，始为入妙。前几年曾见报载太平天国将领冯云山的《咏瀑布》一绝云：

穿山透地不辞劳，到底方知出处高。

溪涧安能留得住，终归大海作波涛。

这首诗句句都说的是瀑布，绝对移不到别处去；可是句句说的又不只是瀑布，语意双关，借以抒情，表现一个革命者的伟大抱负，普通诗人，是不会有这样的气魄和吐属的。妙在结合得非常自然，丝毫不着迹象，不显牵强。即仅以诗论，亦可称咏物的杰作。

借题发挥，以表达言外之意，或从小见大，以近喻远；皆须构思情深，措词警切，始能不落俗套，臻于上乘。如元陶宗仪《辍耕录》卷五《题跋》一节载元冯子振《题杨妃病齿图》云：“华清宫，一齿痛；马嵬坡，一身痛；渔阳鼙鼓动地来，天下痛。”杨妃病齿，未闻有何故实，画家设意构图，不过取其新异，就此题跋，甚难着笔。作者由一齿以及一身推至天下之痛；从华清宫至马嵬坡，说到渔阳鼙鼓之来；以二十二个字，概括了唐玄宗宠杨贵

202

妃和安禄山造反这一段史事，褒贬之意，不言自明，短小精悍，寓意深刻，令人拍案叫绝。又载元陈绎曾《题杨妃上马娇图》云：“此索清平调赴沉香亭时邪？抑闻渔阳鼙鼓声赴马嵬坡时邪？上马固相似，情状不大同，观者当审诸。”语意和上篇相似，以少胜多，亦自不凡。

（四）

概括说来，写作也和阅读一样，首重一个“通”字，总是先有清楚的思路，才能预构蓝图，因材施巧。在今天，我觉得还有三方面，应该注意：

第一是循名责实，端正文风：要作文章，就得了解各种文体内容和形式的特点；要作诗填词，就得懂得诗词格律，能够分别四声。具备了必要的常识，真正下功夫学习揣摩，才能写什么，象什么，合乎要求。现在有人随便凑上七言八句，就题作“七律一首”，不仅文意俱拙，毫无诗味；中间两联，并无对偶，而且全篇平仄，没有一句协调；这是未能掌握格律和音韵的基本知识所致。另如写一般的记叙文，时间、地点、人物、事件，必须交代清楚；写普通的议论文，论点、论证、逻辑、推理，也不容含胡；这本属于常识范围。可是现在也有人于此并不讲究，通讯、报道，缺乏时间、地点，说理，论事，逻辑混乱，似乎大笔一挥，无所不可。再加上文学修养较差，却偏要耍俏头，玩花样，乱用自己不懂的词语，生造令人难解的新词，滥加修饰，以致一篇短短的小文，亦复疵谬数出，不能简净，这是令人难以原谅的。因此，以严肃认真的态度，对待写作，循名责实，以端正文风，十分必要！

第二是搜辑资料，储材备用：写作要有自己掌握的第一手材料，这就在于平日注意搜辑。阅读所得，立刻用卡片写下来。可以随时抽出、放入，分合整理，比作笔记更方便。若只靠转引别人用过的材料来写作，是很难搞出象样的东西来的。

第三是实事求是，不能以想当然代替研究。学问之道无穷，个人所得有限。遇到不懂的东西，不能装懂，要查要问。如果一时弄不清楚，不妨暂且搁起来，以待高明。根据想当然，就轻率地作出解说，十有九误。如旧《辞源》的"举将"一条："旧时所举之将。《三国志》：吴郡太守朱治，孙权举将也。"照这个解释来看书证，朱治是孙权所举出的大将，实际大谬不然。朱治为权父孙坚的老部下，坚卒，辅佐坚长子孙策，后领吴郡太守。当时孙权只有十五岁，经朱治荐举为孝廉。策死之后，治遂与张昭等共尊奉权为主。"举将"与"举主"同义，都指荐举人。旧《辞源》的解说，即以想当然而致误。

（五）

我的写作杂谈，到此为止。因为有人问起什么叫风格，风格如何形成，附带再说几句，就算作结尾。照我的粗浅体会，风格是作品的内容和形式特点的集中表现，亦即思想方法与表现方法结合展示的形象，乃在长期读写的熏陶锻炼中形成。如李白诗的俊爽豪迈，杜甫诗的沉着浑厚，和个人的思想、性格、生活、经历以及对古诗的继承发展等，有密切的关系。风格之立，如水到渠成，纯出自然，而主要由于素养。推之于一切艺事，莫不皆然。学习名家，应该是学其治学创作的精神实质，而不是学其形迹和外貌。例如齐白石画写意花卉，刘宝全唱京韵大鼓，各为一代宗匠，肇者甚众。但只求之于迹象和音调，所得终属皮毛。不经历两位大师艰苦曲折的学习道路，没有那种触类旁通、融会众长的才能，要想把他们以多年心血浇灌而出的成果，一下子拿到手，是不可能的。青年初学写作，就急于形成自己的风格，更不现实。

《浪迹丛谈》及其续书

（一）

历代笔记，浩如烟海，品种和数量全都很多，大致可以分为三类：

第一是小说故事类：包括魏晋志怪小说，轶事小说，唐宋传奇和明清人的拟作，由晋干宝的《搜神记》，南朝宋刘义庆的《世说新语》到清纪昀的《阅微草堂笔记》、王晫的《今世说》等，皆属于这一类。

第二是杂记丛谈类：包括由魏晋迄明清的记轶闻遗事、述掌故、辑文献、谈艺术等各种内容的笔记，由晋人托名汉人的《西京杂记》到清高士奇的《金鳌退食笔记》、王士禛的《池北偶谈》等，皆属于这一类。

第三是考据辨证类：包括由魏晋迄明清的考证典章制度，解说文字训诂等等的读书随笔、札记，由晋崔豹的《古今注》到清钱大昕的《十驾斋养新录》、赵翼的《陔余丛考》等，皆属于这一类。

但有许多笔记，内容无所不包，很难说它属于哪类，因为笔记一体，记叙随宜，原无限制，"杂"本是它的一个特点。这样分类，也不过是粗举大凡而已。

唐代士大夫，已很喜欢叙时事，记掌故；有不少关于史料的杂著。至宋而此风益盛，公余琐话，林下闲淡，大都笔之于书；典制、轶闻，无不具载；论艺文，考经史以至涉及神仙鬼怪的传说，也往往参见错出，汇于一编。明清以来，笔记作者日众，所述范围日广，清朝更是各种笔记集大成的时代。其中杂记丛谈一类，内容尤为丰富。清代前期，由于思想统治严酷，大兴文字狱，笔记作者，多讳言时事，不敢讥评朝政，讽刺现实。中叶以后，政治腐败，文网稍宽，海禁大开，外侮时至，于是笔记内述时事的渐增，谈洋务，记欧风，亦成风气。梁章钜的《浪迹丛谈》、《浪迹续谈》和《浪迹三谈》，即产生于鸦片战争以后，能显示这一历史阶段笔记的一部分新的内容。

（二）

梁章钜（公元一七七五年至一八四九年）字闳中，一字茝林，晚年自号退庵，福建长乐人，久居福州。乾隆甲寅举人，嘉庆壬戌进士，历任湖北荆州知府、江苏按察使等职。在江苏时，曾四次代理巡抚，前后九年余。鸦片战争开始后，梁章钜正在广西巡抚任内，于道光二十一年辛丑（公元一八四一年）春天，率兵驻梧州防堵英军侵略。当年夏天，调任江苏巡抚，驰往上海。随后英军攻陷定海，两江总督裕谦自杀。梁章钜又兼理两江总督，不久即称病辞官。由于战争的关系，福州城内人心不隐，居民纷纷外避。梁章钜就未回福州，先后到浦城、杭州暂寓。道光二十七年丁未（公元一八四七年），其三子恭辰署理温州知府，梁章钜同往温州。至道光二十九年己酉（公元一八四九年），病逝府署，年七十五。

梁章钜工诗，精鉴赏，富收藏，喜欢研究金石文字，学识比较渊博，五十余年著述不辍。他在苏州作官时，尝辑《吴中唱和集》八卷，又作《小沧浪七友图》画卷，刻于沧浪亭壁。《浪迹丛谈》、《浪迹继谈》和《浪迹三谈》，都是他辞官告归后所作，

206

随笔记叙，涉及的范围很广。自云于道光丙午由浦城挈家过岭，将薄游吴会间。虽有家而不能归，近于浪迹，故以此为书名。又说"记时事，述旧闻，间以韵语张之"，所以书中多录唱和之诗和论诗之语（俱见《浪迹丛谈》卷一的"浪迹"一条）。

《浪迹丛谈》十卷，附人日叠韵诗一卷，共十一卷；《浪迹续谈》八卷，《浪迹三谈》六卷。此书虽不分类，而每卷内容大致是以类相从。如《丛谈》卷三之记一时人物交游，卷四之叙清代掌故，卷七之专录巧对、杂谜，卷八之专记医药，卷九之专记金石文字、碑版书画，卷十之专辑诗话；《续谈》卷三之记游迹，卷四之述酒杯，酒肴；《三谈》卷一之专辑弈棋的故事，卷二之专述纪元等等，都是有关的一类内容。

这部笔记中，首先值得重视的是其叙时事、述见闻、记游迹的部分。如《丛谈》卷二的"颜柳桥"一条，记道光三十二年，英国侵略军闯入圌山关，将要进犯扬州，余东场盐大使颜崇礼出面劝阻，几经周折，以洋银五十万元贿赂英军头目，才使扬州免遭蹂躏。作者颂扬了颜崇礼的胆略识力，但更重要的是暴露了英军的凶横贪婪。卷五"英夷"一条，提到道光二十年以后，英人渐肆，"鸦片"一条，提到鸦片的毒害，并引录道光十六年太常寺少卿许乃济的奏摺，对由禁烟而产生的流弊，表示忧虑。"天主教"一条，提到西人传教，行为狂妄，每违中国礼法，地方官且与之勾结，遇事包庇，雍正初曾加禁止，"至今刚逾百年，而其焰复炽"甚为可恨！"同卷还有"水雷"、"炮考"两条，皆谈破敌之具。这些都说明鸦片战争的爆发，不仅增强了亿万人民抗敌御侮的决心，也在一般士大夫中间引起了很大的震动，使之认识到保卫领土主权和富国强兵的重要性。《浪迹丛谈》此类条目，表现了近百年来笔记的叙述时事的特点。

于南中的园林名胜、城市古迹等等，梁章钜就其游踪所及，多所记叙（分于见《丛谈》卷一、卷二和《续读》的前三卷中）。

如于杭州之金衙庄、小有天园、潜园、长丰山馆、理安寺、雷峰塔，苏州之狮子林、瞿园、息园、绣谷、灵严山馆、扬州的棣园、建隆寺、小玲珑山馆、桃花庵三贤祠以及雁荡山的大龙湫、温州的许多名胜古迹、衙署庙宇等，或写当前景物，或述旧日行踪，或谈建置沿革和兴衰归属的变化，多系实地来游，就见闻所得而作的笔记。狮子林传说为元倪云林筑，梁章钜据石竹堂云系元朱德润、赵善长、倪云林、徐幼文共商叠成，倪云林画图，足备一说。梁章钜这次到灵严山馆，系旧地重来，他着重写出今昔之殊，还补记了《楹联丛话》所未收的一些联语。其记在杭州秋涛宫观潮一节，描摹甚为生动，是一篇很好的小品文。此外，于扬州的二十四桥，在宋沈括考证的基础上作了补充，亦出见闻所得。还提到扬州城内多置水仓，在人烟稠密之区，买屋置水缸百余，并设水龙一、二具，以防火灾（见《丛谈》卷二），以及苏州孙春阳商店小菜之精（见《续谈》卷一）等等。虽系里巷琐闻，也可供考参。另如《三谈》卷一《观弈轩杂录》所辑有关弈棋的故事和著作等，内容亦甚丰富，研究我国弈棋史，可于此取材。

梁章钜对清代的典制掌故，比较熟悉。《丛谈》卷四所叙翰林院缘起、大学士缘起、谥法、世职等等，内容都比较切实。卷五的"请铸大钱"、"请行钞法"两条，是研究清代经济史的有用资料。

上述的这些内容，应该算是《浪迹丛谈》和《续谈》、《三谈》中的精华。其它的杂记、小考，虽间有可采，但多转述旧文，较乏新意，一般说来，《三谈》质量不如《丛谈》和《续谈》，如卷四之"说铃"、"冥报"二则，卷六之"新齐谐摘录"，抄辑谈因果报应和神鬼异怪的故事以凑数，即为《丛谈》、《续谈》所未有，不仅内容荒诞，与全书体例亦不协调。至于引证古书，则往往撮叙大意，与原文时有出入，亦不免记忆之疏或传抄之

208

误；这又是明清一般笔记作者的通病，不只梁章钜如此。在《丛谈》、《续谈》和《三谈》内，引证之误，也以《三谈》为较多。

（三）

梁章钜生平著述很多，共七十七种。除去《浪迹丛谈》、《浪迹续谈》和《浪迹三谈》之外，还有《退庵随笔》二十四卷、《归田琐记》十卷，也是清代笔记中较好的两部；《称谓录》三十二卷，引证广博，为后来考古人称呼所常用的工具书；《楹联丛话》十二卷，《楹联续话》四卷，《楹联賸话》二卷，集录了不少楹联佳作，亦为人所称道。现据林则徐为梁章钜所写的墓志铭，列其著作的全部书目如下：

《论语集注旁证》二十卷、《孟子集注旁证》十四卷、《夏小正经传诵释》四卷、《仓颉篇校证》三卷、《经麈》八卷、《称谓录》十卷、《古格言》十二卷，《三国志旁证》三十卷、《文选考证》四十六卷、《国朝臣工言行记》十二卷、《枢垣记略》十六卷、《春曹题名录》六卷、《南省公馀录》八卷、《退庵随笔》二十四卷、《读渔洋诗随笔》二卷、《读随园诗话随笔》二卷，《玉台新咏读本》十卷、《制义丛话》二十四卷、《试律丛话》十卷、《楹联丛话》十二卷、《楹联续话》四卷、《楹联賸话》二卷、《巧对录》四卷、《农家占验》四卷、《东南峤外诗话》三十卷、《长乐诗话》八卷、《南浦诗话》四卷、《三管诗话》四卷、《雁宕诗话》二卷、《闽中闺秀诗话》二卷、《武彝游记》二卷、《沧浪亭志》四卷、《梁祠辑略》二卷、《梁氏家谱》四卷、《吉安室书录》十六卷、《东南峤外书画》二十卷、《退庵题跋》二十卷、《退庵续跋》二卷、《归田琐记》十卷、《浪迹丛谈》十一卷、《浪迹续谈》八卷、《浪迹三谈》六卷、《退庵文存》二十四卷、《藤花吟馆诗钞》十二卷、《退庵诗存》二十四卷、《退庵诗续存》八卷、

《师友集》八卷、《寒檠杂咏》一卷、《藤花吟馆试帖》二卷、《东南峤外诗文钞》三十卷、《闽诗钞》五十卷、《闽川文选》五十卷、《三管灵英集》五十八卷、《江田梁氏诗存》九卷、《宣南赠言》二卷、《沧浪题咏》二卷、《东南堂荫图咏》三卷、《莳江别话》四卷、《北行酬唱集》四卷、《铜鼓联吟集》二卷、《吴中唱和集》八卷、《三山唱和集》十卷、《戏彩亭唱和集》一卷、《闽文复古编》六卷、《闽文典制钞》四卷、《师友文钞》二十四卷、《八家师友钞》十二卷。

210

《夜雨秋灯录》记郑板桥事

　　清代著名的扬州八怪之一郑板桥（燮），扬州兴化县人；康熙秀才、雍正举人、乾隆进士；是循吏，是诗人，是卓越的书画家，还是一个存心忠厚的好人。他中进士后，在山东范县（今属河南）、潍县作过十二年知县，小小的七品官，却能关心民间疾苦，尽力兴利除弊，勤于治事，从不积压案卷。在贫民与富商涉讼时，他总是为贫民撑腰。在潍县闹灾荒时，他不待申报，即开仓救济百姓。叫县中的大户平粜存粮，并以工代赈，组织饥民修凿城池。最后终以请赈触怒上官而罢职，寄居扬州卖画，一直到老。

　　板桥重道义，笃于亲故，怜才爱物，推己及人。他分出微薄的官俸，交给弟弟，散与故乡的亲族戚友。他对当年苦心抚养他的乳母费氏，念念不忘，在《乳母诗》中说："平生所负恩，不独一乳母。"他说自己"平生漫骂无礼，然人有一才一技之长，未尝不啧啧称道。橐中数千金，随手散尽，爱人故也。"诗人袁子才（枚）和板桥同时而不相识，一次谣传袁死，板桥大哭。后来袁在扬州见到他，并赠以诗，有"底事误传坡老死，费君老泪竟虚弹"之句，可见其多情爱才，胸怀坦荡。他自己要买坟地，不愿掘去原有的孤坟，嘱咐弟弟"吾辈存心，须刻刻去浇存厚"；他不许自己的儿子凌虐家人子女，食物也要均分散给，叫"大家欢嬉跳跃"；他还说："纸笔墨砚，吾家所有，宜不时散给诸众同学，每见贫家之子，寡妇之儿，求十数钱买川连纸钉做字簿而十日不得者，当察其故而无意中与之。"这些虽都是小事，但足见仁者之心，令人感动。

板桥的诗，清新自然，言之有物，流露着真挚的情感。文章词曲，亦皆委婉动人，其"家书"十六通和"道情"十首，昔日到处传诵。板桥的字，融化篆隶笔意以入楷，独创一格，自称"六分半书"。所画兰竹，潇洒秀逸，风致绝伦，俱为艺林珍赏。综合其言行和作品来看，我们可以说板桥是个有真才、真情和真趣的人。他的特点主要在于真率，性之好恶，任意而行。他曾说过："凡吾画兰、画竹、画石，用以慰天下之劳人，非以供天下之安享人也。"可见为俗鄙的富人作书画，他是不甘心的。这在当时和后代自然都不免有人目之为"怪"。

清光绪间宣鼎所撰的《夜雨秋灯录》卷一有《雅赚》一篇，颇能表现板桥的真情真趣。大意是说郑板桥书画精妙，卓然大家，作秀才时，初到邗江（江苏县名，今属扬州地区，这里即指扬州），卖书画，无识者，落拓可怜。中进士后重到此间，则声名大震，索墨妙者纷来，板桥因请沈凡民刻"二十年前旧板桥"印以志愤。邗江商人，均以得板桥书画为荣，惟商人某甲，板桥憎其富而俗鄙，虽出重值，亦拒所请。一日板桥偕小童至郊外闲游，见小村落间有茅屋数椽，花柳参差，四无邻居，白板上书一联云："逃出刘伶裤外住，喜向苏髯腹内居。"匾额曰："怪叟行窝。"进入室门，复有"富儿绝迹"匾额，这都很对板桥的心思。再看庭中笼鸟盆鱼与芭蕉花卉互相掩映；室内陈列笔砚琴剑，布置幽雅，洁无纤尘；更使板桥高兴。主人是一位仪容潇洒、慷慨健谈的老翁，自称怪叟，和板桥畅叙一番，颇为融洽，并为之鼓琴一曲，于花下设筵，款以狗肉，醉后复为之舞剑一通，处处投合板桥的所好，显示隐士的高逸。至此，板桥已把怪叟视为可亲的朋友，恨相见之晚。此后，板桥频来，怪叟渐谈诗词而不及书画，板桥技痒难忍，自请挥毫，顷刻毕十余帧，一一题款。尽管怪叟之字和俗商相同，板桥曾经一问，仍未疑心，直到再次重临，见茅舍全无，舟核满地，才恍然大悟，知道自己落入了圈套。

212

既厌俗鄙，即以高雅相应。这个故事，曲折地写出了商人某甲，设骗之巧和板桥的真情、真趣，不管是传说附会或完全出于虚构，都可以当作板桥的一篇别传来读。"君子可欺以其方，难罔以非其道"，板桥虽然上当，却丝毫无损于他的性格的光辉。

现在我们需要的正是象板桥这样有真才、真情和真趣"三真"的作家和作品。

213

江庸《趋庭随笔》

　　江翊云先主（庸）（公元1878—1960年），福建长汀人，为我国近代司法界老前辈，曾于袁世凯作大总统时任司法部长，其后挂牌当律师，以其声望，为人所素仰，延之出庭辩护者甚众。又尝掌北京朝阳学院，及门桃李为法官者亦多。学识淹博，性喜吟咏，与京中诸名士时相唱和。其父叔海先生（瀚），本文坛耆宿，乔梓并为闻人，常共预文酒之会，分韵赋诗，一时传为嘉话。又喜游山，屡与傅沅叔（增湘）、周养庵（肇祥）、邢蛰人（端）等，于春秋佳日，寻碑访古，选胜登临，足迹及于四方，到处皆有题咏，与傅、周诸公之游记、歌诗，并载于《游山杂志》，刊行多卷。

　　抗日胜利后，我在天津任职，与先生的长女公子令和同事，其后三年乃得见先生于上海，当时先生正担任中国银行的法律顾问，即寓中国银行宿舍，小楼一角，远隔市喧。我在一天上午往访，值先生为人写条幅，墨瀋淋漓，挥毫方竟，写的是他自己的近作，因而和我纵论诗词书法，意兴甚豪。他还记得前两年我托女公子求他书扇，他以为女公子之友必定也是女士，而且看我的扇面很小，颇似坤扇，就把上款题作某某女士，旋知其误，始加涂改。这天谈及此事，相与大笑。

　　先生身材不及中人，而精神饱满，气度端凝，吐嘱蕴藉，有魏晋文士之风。这天谈得很高兴，我告辞时承以其所撰《趋庭随笔》一册为赠，并答应再以近诗为我书一条幅。一九四九年春，先生和颜惠庆、邵力子、章士钊等共六人，以私人资格北上，共中国共产党商议和谈问题，自然不能以私事往晤，嗣亦不悉令和踪

214

迹，故与先生一别即无缘再见，条幅也终未得到。他为我写的那个扇面，小楷温润，一笔不苟，录其赠梅畹华（兰芳）再叠"花、茶"韵的七律三首，诗翰并美，可称双绝，惜于十年动乱中失去，今惟《趋庭随笔》犹存，重读一过，颇兴怀旧之思。

《趋庭随笔》有民国二十三年（公元1934年）自序，略谓生五十有七年，自垂髫迄今，盖无一、二年离父母之侧，斯卷涉及经史者，多习闻庭训，退而自记，凡于旧学有疑或弗知者，皆得于定省之时乞教于父。可知其书名即取《论语·季氏》的"鲤趋而过庭"之故实，与宋范公偶把自己的笔记取名为《过庭录》，用意相同。

笔记这种体裁，无论记叙、议论、考据、辨证以及抒情志感等，信笔所至，无所不宜，内容与形式最为自由。所以从前的士大夫解职归田或晚年倦于著作，多喜追述旧闻，以消暇日。宋人的不少杂记，往往非公余琐录，即林下闲谈。明清两朝谈掌故、记时事之风较前益盛，至近代而不衰。《趋庭随笔》亦为作者退闲后杂记，虽涉及经史，间杂考辩，实际其中最有价值的还是谈掌故、记时事的部分。略举数例，以见一斑。

撰文叙事，有时由于忽略当代典制，而违真失实。如林琴南（纾）为梁星海（鼎芬）作《补树图记》云德宗之崩，梁入都欲叩谒梓宫，为袁世凯所阻，梁乃于旅馆中寝苫枕块，举哀九日，为哭天子之礼。《趋庭随笔》指出此文记载之失实，谓梁官止按察使，本不能叩谒梓宫，况是时孝钦（慈禧）既死，袁方自危，何暇问此？且内外官哭临，初非袁所能禁抑，至以寝苫枕块，举哀九日，为哭天子之礼，似亦无据。又云是年大丧，多不循制，三品官以下，例应在景运门外行礼，乃京朝官咸集乾清门，梁独蒲伏景运门外，号哭有声，惜琴南未之见耳。《趋庭随笔》这段话，根据典制、事实，驳正了林纾之说的疏舛，是确凿可信的。

又马通伯为吴挚甫（汝纶）门人，作《桐城耆旧传》，云挚甫任冀州知州时，尝谒李鸿章，适张廉卿（裕钊）辞莲池书院院长，李忧其继任者，挚甫曰："无若某矣。"李欣然许之。明日，吴即以院长名义拜李。《趋庭随笔》的作者，引其父叔海先生的说法，谓旧制藩司初擢巡抚，其见督、抚，仍由甬道东角门入，坐官厅，然后督抚开暖阁门延之。吴挚甫任冀州知州，未交卸前，固犹是督抚属吏，次日以院长名义拜李，殆非事实。此条据典制，以驳传闻之谬，理由亦甚充足。

《趋庭随笔》所述清末民初达官、名士的轶闻，亦多可采。如叙光绪季年，日本名词盛行于世，张孝达（之洞）自鄂入湘，兼管学部，凡奏疏公牍有用新名词者，辄以笔抹之，且书其上云"日本名词"。后悟"名词"两字即新名词，乃改称"日本土话"。当时学部拟颁一检定小学教员章程，张以"检定"二字为嫌，思更之，迄不可得，遂搁置不行。张之洞于新名词深恶痛绝，甚且"以词废事"，亦甚可笑，官场如戏，于此可见。

戊戌政变失败后，袁世凯权势日盛，成为朝野瞩目的人物。辛亥革命后他又窃据了大总统的职位。《趋庭随笔》叙及其自民国二年以来，已隐有帝制自为之意。民国四年，作者在司法部长任内，自东北视察司法归来谒袁，于时政颇有讥评，袁甚不怿。作者上章请辞，袁拟立免其职，秘书长张一麐劝其慰留，袁虽勉从，而正色谓当时侍侧的王式通："汝告江庸，以后但做官，少说话。"他是饰非拒谏、只愿属员唯唯诺诺，听其摆布的。此段所记，出于自身的见闻，颇能显示袁氏的骄横之态。《趋庭随笔》又记蒋作宾公使，归自德国，与胡维德、王念劬共饮于北京忠信堂。饭罢，蒋胡均欲付资，争不能决，请王评判。王毫不犹疑，即应曰："蒋公使无资格付钱！"作宾曰："理由安在？"王答："谁叫你叫蒋作宾呢！"维德大为称快而散。又记籍忠寅（河北任邱人，工诗）性最迟缓，其时钟照例拨快二小时，云如此则仆人相

216

促，不致爽约；其乘火车十恒误九。作者尝送客至东车站，见火车已动，忠寅始至，乃戏谓之曰："君非乘车，乃为火车送行耳。"以上两条所叙，虽琐屑无关史料，亦颇有趣。如果分门别类，可如《世说新语》之入"言语"、"排调"二门。

颐和园为北京名胜，春秋佳日，游者云集，其后湖之滨有眺远斋，前隔高墙，实难望远，命名之义，似不可解。《趋庭随笔》叙及此斋云：

> 甲戌三月，傊居颐和园眺远斋。斋在后湖头，门临小阜，杂树蒙葱，远瞩湖流，回合幽邃。夏时藕花尤盛。然斋名眺远，实不能远眺。以地居山背，斋又无楼，虽阶墀少高，前湖楼阁，悉为峦树蔽亏，命名之义，殆不可解。考之园籍，斋即孝钦昔日看会之处。故又呼为看会殿。四月，妙峰山香会，从墙外经过，乃近墙构筑以备看会之用。然就地观察，墙崇火杂，墙外香会，斋中实难目睹，何以当日专为看会不筑一高楼，而建此低平之斋？尤难索解。嗣闻园役谈及园墙旧日颇低，民国三年，项城拟徙逊帝于此，乃增高五尺。始恍然此斋实便于看会；即眺远之义，亦非不符。眺远，非眺园中风物，乃从墙外远眺耳。

作者通过对此斋的实地考察与园役的说明，弄清了园墙高低的今昔不同，既使读者明白眺远之义，也知道了有关的史事。这些材料，如不即时查问，笔之于书，后人是无法找到的。《趋庭随笔》还提及眺远斋门外旧有笺纸横额，民国初年为风刮去，拟补书而不晓何字，遍查园中记载，迄不可得。幸园中老宫监王姓者，还记得额上所书为"琼敷玉藻"四字，并云当初慈禧太后每看香会，必有颁赏，领赏者皆称某年某月某日在"琼敷玉藻"传差一次。这一项有关颐和园的掌故，亦幸其时老宫监犹存，本书作者得以载入笔记，否则人亡事过，亦难再访询矣。

217

225

《趋庭随笔》一卷，字数四万左右。初版于1934年，由北京朝阳学院出版部发行，北京和记印书馆印刷。印数不多，亦未再版。上文摘述数节，是想让读者知道有这一部书，其中部分资料，对研究近代史实，具有一定的参考价值。但书内论及古籍的部分，引文疏舛较多。我打算把它校勘一番，加上标点，并附简注，谋求重印，以公同好，纪念和我只有一面之缘的老前辈江翊云先生。

一九八二年三月写于北京

略谈孔尚任的《桃花扇》

　　《桃花扇》是我国古典戏曲中一部优秀的富有人民性的传奇。它的作者孔尚任(公元1648—1718年)字季重,号东塘,又称云亭山人,清代山东曲阜人,是孔子的后裔。以作传奇与洪昇齐名,世称南洪北孔。他早年隐居曲阜石门山中读书时,就有创作《桃花扇》的意图,并准备发扬孔子的"礼乐"。后来到北京作国子监博士,曾随兵部侍郎孙在丰赴淮扬一带治河,亲眼看到人民生活的痛苦;又因去扬州、南京等地寻访名胜古迹,接触明代遗民,知道很多逸闻轶事;更促进了他的民族意诚的觉醒。再加上回京以后,浮沉宦海,感觉"制礼作乐"的理想渐渐落空,于是就集中精神惨淡经营地完成了这部伟大的历史悲剧。

　　这部作品以明末名士侯朝宗和妓女李香君悲欢离合的故事为线索,写出南明复亡的悲惨现实,表现对断送国家的昏君奸臣的憎恨;从怀念故国的情绪中,反映出广大人民在清统治者奴役下的隐痛,流露了浓厚的民族意识。由于孔尚任的写作目的,乃是使观众"知三百年之基业,隳于何人,败于何事,消于何年,歇于何地",① 要把南明的兴亡,"系之桃花扇底"。② 因此写恋爱故事的部分,并不占很大的比重。这部传奇在清康熙年间写成试演时,能使故臣遗老 "掩袂独坐","唏嘘而散;"③ 就可以说明它着重表现的是什么。

　　《桃花扇》的情节是叙述在崇祯年间曾依附魏忠贤的光禄寺

219

卿阮大铖，被免职闲居南京，因复社诸名士发"揭帖"暴露他过去的罪恶，就趁侯朝宗结识李香君的机会，请杨龙友代送妆奁酒席之资，企图拉拢侯生，托向复社领袖陈定生、吴次尾等人疏通，不要和他为难。李香君却因阮是误国殃民的阉党，严词叫侯生拒绝，阮遂怀恨在心。后来武昌统帅左良玉要移军至南京就食，侯朝宗寓书劝阻。阮大铖却借此诬陷侯生勾结左良玉作乱，怂恿凤阳督抚马士英杀他，侯生就逃到史可法处暂避。李自成的农民起义军进入北京，崇祯缢死之后，马士英、阮大铖等在南京迎立福王为帝（即南明的弘光帝），这两人一为宰相，一复旧职；毫无顾忌地施恩报怨，狼狈为奸。阮大铖因记前仇，强逼李香君给漕抚田仰作妾，香君坚拒不从，倒地撞头，血溅到侯朝宗送给她的诗扇上，杨龙友就着血痕画成桃花。香君托教她唱曲的苏崑生把画扇送给侯生，请他早来重聚。当侯生返回南京之际，正值马士英、阮大成搜捕东林复社党人，和陈定生、吴次尾一齐被逮捕入狱。这时香君也已遭阮大铖选送入宫，去作歌妓。但不久清兵南下，史可法殉职，弘光被俘，南京沦陷。侯生乘机出狱，香君也从宫中逃跑，后在栖霞山白云庵里相遇。由于国亡家破，他们就割断"花月情根"，都"修真学道"去了。

全剧正文共四十出，分上下两卷，各二十出。在"试"、"闰""加"、"续"四出中的"先声"、"孤吟"两出是上下两卷故事的引子；"闲话"和"余韵"加在上下两卷之后，是故事的余波。剧中明确地写出正反两面的人物：对爱国殉国的英雄志士，有正义感和民族气节，与奸党斗争，不肯跟异族合作的文士、妓女、艺人如史可法、张瑶星、蔡益所、蓝瑛、李香君、卞玉京、丁继之、柳敬亭、苏崑生等都备致赞扬；对误国卖国、投敌事仇的昏君奸贼象弘光、马士英、阮大铖、刘泽清、刘良佐之徒，则痛加贬斥。而侯李的恋爱故事也就在正反两面人物的政治斗争中，在阶级矛盾和民族矛盾交织的情况下逐步展开。

220

作者以他的愤激之笔，尖锐地揭露了南明弘光小朝廷的腐朽。本来在清兵入侵，民族危机加剧的时候，是应该励精图治，上下团结，共御外侮的。但这位弘光帝却为内庭女乐不能满足他的欲望而郁郁寡欢；终日选色征歌，过着奢侈淫佚的生活。后闻清兵南下，立即仓惶逃走，"只要苟全性命，那皇帝一席也不愿再居了。"④他根本没把国家和民族放在心上。而他手下掌握大权的马士英、阮大铖之流，则是专权跋扈，祸国殃民，无恶不作：为了巩固自己的地位，图作椒房之亲，囚禁起旧太子，不许旧妃童氏进宫；为了泄私愤，大捕东林复社党人，闹得是"三山街缇骑狼骧飞来似鹰隼"，⑤造成一种特务统治的恐怖局面。作者在"草檄"一山中，明白地写出了他们的罪恶：

朝廷上，用逆臣，公然弃妃囚嗣君，报仇翻案纷纷，正士尽逃遁。寻冶容，教艳品，卖官爵，笔难尽。

对于阮大铖，作者更特别是深恶痛绝，把他的狠毒、险诈、自私无耻都生动地表现出来：他失意之际，对复社名士摇尾乞怜，在参加文庙丁祭的时候，厚颜地自称是赵忠毅的门人，后来又狡诈地想拉拢侯生，为他出力。他和马士英迎立福王，因自己是废员，不能按驾，不惜穿上差役服色，装成赍表官；后又权充班役，随马士英混进内阁；其热中利禄，卑鄙无耻，可谓已达极点。得势之后，一方面奴颜婢膝地谄事君上：他的"为臣经济，报主功阀"，⑥就是为弘光帝制造"赏心乐事"，因此搜选艺人，弄得市井骚然，怨声载道。他恭维马士英"为国吐握，真不愧周公矣"，⑦十分令人肉麻。另一方面，就作威作福，不仅要兴大狱，杀尽党人；即对李香君这一个弱女子也不肯放松，屡施辣手，图报睚眦之怨，他说："想起前番，就处死这奴才，难泄我恨"，⑧可见狰狞的面目。逮捕侯朝宗、陈定生、吴次尾的时候，他当面对三人大肆嘲讽，作者用"堂堂貌，须长似帚；昂昂气，胸高如斗"几句唱词刻画出他的快心骄狂之态，也是含着十分憎恶的情绪的。"拜坛"一出中写马士英、阮大铖看到左良玉声讨他们的檄文，吓得惊慌万状：

　　〔副净（阮大铖）惊起乱抖介〕：怕人！怕人！别的有法，这却没法了。

　　〔净（马士英）〕：难道伸长颈子等他来割不成？

　　〔副净〕：待俺想来。〔想介〕：没有别法，除是调取黄刘三镇，早去堵截。

　　〔净〕：倘若北兵渡河，叫谁迎敌？

　　〔副净向净耳介〕：北兵一到，还要迎敌么？

　　〔净〕：不迎敌还有何法？

　　〔副净〕：只有两法。

　　〔净〕：请教。

　　〔副净作揎衣介〕：跑！〔又作跪地介〕：降！

　　〔净〕：说得也是！大丈夫轰轰烈烈，宁可叩北兵之马，不可试南贼之刀。吾主意已决，即发兵符调取三镇便了。

　　这一段对话，真是一针见血地揭露出这两个卖国奸贼的丑恶本质。马士英照阮大铖的话，调兵截击左良玉的结果是"丢下黄河一带，千里空营"⑨，以致北兵南下，无人抵挡。作者所以对阮大铖痛加唾骂，正因为他是使南明灭亡的一个要犯。

　　此外，一些拥重兵的武将刘泽清、刘良佐等等又为了和高杰争座位，抢地盘而起内讧，互相厮杀，使作大元帅的史可法也无可如何，对"同室操戈盾"，"窝里相争闹"的现象十分伤心，而慨叹着"将难调，'贼'易讨"⑩。后来睢州总兵许定国赚杀高杰，投降清兵，给敌人作了引路的走狗；刘泽清、刘良佐则把弘光当作"宝贝"，去送给敌人邀功。这一班文官武将就这样断送了南明的大好江山。作者对这些丧心病狂的民族败类的猛烈鞭挞，正显示了他的爱国思想、民族意识的浓厚。

在抨击弘光群丑的同时，作者以鲜明的对比，在"誓师"、"沉江"两出中，积极地歌颂了壮烈殉国的民族英雄史可法。写史可法在扬州誓师时说：

> 阑珊危局，剩俺支撑。奈人心俱瓦崩，协力少良朋，同心无弟兄。都想逃生，漫不关情，这江山倒象设着筵席请。哭声祖宗，哭声百姓。

这几句话非常沉痛地传达出这个人物当时忧国忧民，欲挽狂澜，而无力的悲愤心情。他因为守城的兵士不足三千，并且人心涣散，都想逃走、投降，急得哭出血泪，恳切地劝告将士，勿作降将逃兵："上阵不利，守城"；"守城不利，巷战"；"巷战不利，短接"；"短接不利，自尽"；说得刚毅、坚决，如闻其声。最后因为国破家亡，大势已去，就沉江而死，以身殉国。"看江山易主，无可留恋"，这又把英雄的行为、心迹，显得十分壮烈、明白，使人敬爱！另外象写左良玉同情正人，希望剪除马、阮奸党；黄得功不肯卖主求荣，投降敌人；也是着重在爱国这一方面予以肯定的。因此，作者在"入道"一出内写史、左、黄三人，都是死后成神，在天上享受着尊荣；而对马、阮则除了写他们也带着搜刮民脂民膏的细软和供淫乐的姬妾逃走时，被南京人民痛打，弄得狼狈不堪，丑态百出以外；还写出他们遭到雷劈，"皮开脑裂"而死的结果。这种善恶分明的神话式的处理方法，正有力地表现人民的爱憎，不能目为迷信。

在《桃花扇》中作者着重赞扬的是主角李香君，非常成功地创造出这个少女动人的光辉形象。她虽然处于被轻视、受侮辱的卑贱地位，却有着纯洁崇高的心灵。她不仅美丽、聪明，善于习歌、度曲；而且正直、果断，观察敏锐，嫉恶如仇。她见杨龙友替侯生花妆奁酒席之费，就怀疑他"拮据作客，为何轻掷金钱？"

知道**这笔钱是出于阮大铖之手以后**， 立即对动摇的侯生说："阮**大铖趋附权奸，廉耻丧尽，妇人女子，无不唾骂。他人攻之，官人救之，官人自处于何等也……官人之意，不过因他助俺妆奁，便要徇私废公**，那知道这几件钗钏衣裙，原放不到我香君眼里"，**紧跟着就拔簪脱衣，扔在地上。这一坚决、痛快、正义凛然的举动**， 迫使侯生不得不说出"平康巷他能将名节讲。 偏是咱学校朝**堂**， 偏是咱学校朝堂， 混贤奸， 不问青黄……" 这几句遮羞的话，而拒绝了阮的拉拢。说学校朝堂的士大夫，反不如平康巷的妓女有风骨，讲气节；这个强烈的对比，是寄托着作者的褒贬的。

　　李香君和侯生定情后，一直保持着坚贞的爱情。后来她对纯**洁**爱情的维护和与黑暗势力的斗争渐渐统一起来；随着环境的变**源**，她的性格也越来越坚强。当漕抚田仰要用三百金娶她时， 她不顾威胁利诱， 坚决地拒绝说："可知定情诗红丝牵系， 抵过他万两雪花银"⑪；马、 阮差恶仆登门强娶， 她仍然表示："便等他（侯生）一百年，只不嫁田仰"；并且持扇乱打，拚死抗拒，倒地撞头，血溅满扇。她所以这样作，不只是忠于侯生，也基于正义感，因为"阮田同是魏党"⑫。所以在马、阮逼她入宫去当歌妓之际，她就更加刚烈，和马、阮展开正面的斗争。在酒筵前，不顾性命地要"作个女祢衡"， 指出这是"赵文华陪着严嵩"，"干儿义子从新用，绝不了魏家种"；把这些"希贵宠，选声容"的荒淫可恶的奸党痛快淋漓地大骂一番。"丞相之尊"，她根本没有放到眼里；"娼女之贱"，却具备"冰肌雪肠"⑬。作者创造这个人物，正是为了发泄自己的感慨，使那些"知书识礼"而缺乏正义感和民族气节的士大夫见之生愧的。

　　另外象写说书的柳敬亭，唱曲的苏崑生，都曾在阮大铖门下作清客，但一知道阮是阉党，立即离开那里，不惜流浪江湖；苏**崑生曾经明确地说过自己的技艺"宁可埋之浮尘， 不可投诸匪类**"⑭；这是多么地富于正义感！柳敬亭冒险投书，说服左良玉，

224

不要东下就粮，以免发生内讧；苏崑生为了维护被马、阮陷害的正人，不惜远道跋涉，向左良玉求救；这是多么地关心国家！明亡以后，这两个老艺人，隐居山林，以渔樵为生；又显出多么明确的不肯妥协的态度！当消客、歌妓的丁继之、卞玉京也以"出家"来反抗马、阮的征选。剧中所写这些被压迫、受侮辱的人都非常可爱，这就更有力地表明了作者对误国、投敌的士大夫的谴责。

剧本里的民族意识还特别集中地从几个正面人物的言行、观感中表现出来："劫宝"一出借黄得功之口，斥骂降清的刘泽清、刘良佐说："望风便生降，望风便生降，好似波斯样。职贡朝天，思将奇货（指弘光）擎双掌。倒戈劫君，争功邀赏。顿丧心，全反面，真贼党"；"沉江"一出写陈定生、吴次尾和老赞礼哭拜史可法，唱出"长江一线，吴头楚尾路三千，尽归别姓，雨翻云变"的沉痛伤心词句；"入道"一出，通过张薇点醒侯朝宗，李香君在国破家亡之际，应该割断"花月情根"；"余韵"一出由苏崑生的视野中描绘出南明亡后南京城内外破瓦颓垣的荒凉景象；尤其是用侯、李"入道"，柳、苏隐居，不与异族合作来结束全剧，愈加突出表现了作品的主题。至于骂降清的是贼党；把清代统治者征求山林隐逸的"大典"，作公开的讽刺，说不愿出仕的人嫌避祸之晚，入山未深；反抗不满的情绪，反映得真是特别露骨。这在生活于清统治已经巩固的时代的孔尚任笔下写来，不能不说是很大胆的。

总起来说，《桃花扇》深刻地说明了南明的亡国是统治阶级的腐朽、分裂和卖国所造成，表现了不同阶级、阶层的爱国者与统治阶级的斗争，以鲜明的爱憎，写出正反两面的人物。其中流露的亡国哀痛，也就是对清统治者反抗仇视的曲折反映。作者的倾向是和当时广大的爱国人民的思想感情一致的。孔尚任写《桃花扇》，不仅态度严肃，经过长期的酝酿，有充分的现实依据，对于"朝政得失，文人聚散，皆确考时地，全无假借"⑮；而且还能集中概括，更好地表现主题，不完全拘泥于史实；使这部剧作在历史真实的基础上，成为艺术的真实。他创造出许多不同类型的典型人物，安排了符合剧情自然发展的精采紧凑的结构。在语言方面也确实作到了他自己所说的"词必新警，不袭人牙后一字"，善于以最本质最突出的对话来说明问题。这部富有现实主义精神，在中国文学史中占着崇高地位的作品，是孔尚任的强烈的爱国思想、严肃的创作态度和高度的艺术才能的结晶。

注释：

① 《桃花扇》小引。
②③《桃花扇》本末。
④ 三十七出：劫宝。
⑤ 三十一出：草檄。
⑥ 二十五出：选优。
⑦⑧ 二十一出：媚座。
⑨ 三十一出：誓师。
⑩ 十八出：争位。
⑪ 十七出：拒媒。
⑫ 二十二出：守楼。
⑬ 二十四出骂筵。
⑭ 三十一出：草檄。
⑮ 本段引文俱见《桃花扇》凡例。

226

旧体章回小说家剪影
——忆刘云若

世态都从腕底收，声名久溢小扬州。仅传说部宁初意，早识襟期异俗流。纵酒仲容贫是病，健谈彦辅死缘忧。春风此日难回梦，瞑目堪怜未白头。

一九五〇年春，我从北京回天津，听到云若去世的消息，心里很难过，就写了这首挽诗。可是当时不知他的家属移居何处，无从唁问，诗也没给人看过。现在怀念故友，想起此诗，因录简端，以示悼念。

云若是天津的著名小说家，作品很多，大都以天津为背景，我看过的，即有二十余种，今天还能忆起书名是：《春风回梦记》、《红杏出墙记》、《冰弦弹月记》、《春水红霞》、《歌舞江山》、《小扬州志》、《燕子人家》、《旧巷斜阳》、《碧海青天》、《情海归帆》、《换巢鸾凤》、《白河月》、《粉墨筝琶》、《酒眼灯唇录》、《返照楼台》等。《小扬州志》，取清张船山（问陶）《天津诗》的"十里鱼盐新泽国，二分烟月小扬州"句意为书名，《春风回梦记》则是他的成名之作。挽诗内的"小扬州"、"春风回梦"，皆兼指其书。不过仲容（晋阮咸字）、彦辅（晋乐广字）的生平，于云若并不切合，仅纵酒、健谈、忧贫、善感，与之相近而已。

我读云若的小说，始于一九三五年，次年和他相识。他的大部分作品，写于三十年代和四十年代。他主编过沙大风先生所办的《天风报》副刊，并为《商报》、《北洋画报》等报刊撰稿。

一九四五年抗日胜利后，我去天津教书。云若一度任天津中原银行文书主任，但不久即辞去，专恃笔耕为生，同时为京津几家报刊写长篇小说，因报刊停办或其他原因而中辍者不少，所以即已出单行本的小说，也多有未完篇的。天津解放初期，从《新晚报》上看到云若的新作《云破月来》，正以他能继续撰稿而高兴，不意噩耗传来，人琴永绝，痛悼奚如！

云若文思敏捷，才气纵横，曾经同时撰三、四部长篇小说，而每部各有机轴，奇情逸想，层出不穷。取稿者此去彼来，轮转无已，他都从容命笔，应付裕如，真非常人所及。他看过的小说很多，古今中外的文学名著，几乎无所不读，而且分析评论，切中肯綮。可是他自己很谦虚，尝和我说："我只上过几年中学，没读多少书，但我希望能把三分学问用到十分。"我体会他这话的意思是读书不在多少，重在能"通"能"化"，闻一知十，举一反三，触类旁通，由此及彼，就可以投之所向，无不如意。否则，食而不化，即有十成学问，亦无用处。不过，这也还是云若有才，始能以少胜多，运用入妙。

云若吐嘱蕴藉而富于幽默感，有时我去访他，本拟小坐即行，由于他清言娓娓，使人忘倦，我也就懒得动身。有一天，在中原公司六楼共酌薄醉，谈起处事之道，他说："我遇到一切可恨可气之事，都让它归眼。"归眼，天津话，大概是使之化为笑料的意思。把让人愤恨生气的事，当作趣事，付之一笑，确实是个好办法。在云若的小说中，他是常常以辛辣的笔触使他所憎恶或批判的对象归眼的。如《情海归帆》内有一个白衍芝，游荡无业，只是歌场、妓院的帮闲之流。他的情妇，被某有财势的人霸占，还把他视为奴仆。他恨得牙痒痒而忍气吞声，无可如何。一天晚上，那人叫他去买点心，他一肚子怨愤，不得发泄，就把点心包放在公厕内的粪坑旁熏一会儿，然后才拿回去。报复手段，不过是一种自我安慰，不仅于人无损，还不敢叫人知道，实在可

228

鄙可笑！这一细节，真使这一处境尴尬而懦弱卑污的市侩归了

眼，将其性格心理，刻画得入木三分。

　　云若自言其写小说，启发借鉴以得力于狄更斯为最多。我认
为云若对于生活的体验，及其刻画之深刻，确实很象狄更斯。狄
更斯以其卓越的表现手法，广泛地揭示资本主义社会的种种现
实，加以抨击和批判，同时表扬一些具有高尚情操的人物，以
寄托其人道主义精神和革新的善良愿望。云若写小说，以认识现
实，反映现实为目的，其揭露与批判的作用正自相同。由于云若
久居天津，于当地的风土人情，特别熟悉；由于经常接触文士、
艺人，对他们的生活状况和思想感情，了解尤多；并能深入社会
下层，以其敏锐的目光，观察世态，觅取典型；使其作品有很坚
固的现实基础。因此，云若在小说中所展示的社会面，真如牛渚
燃犀，无幽不见；所塑造的形形色色的人物，无不呼之欲出，如在
目前。因为他总是把人物放在特定的环境中，通过其本身的语言
行动来表现性格，不作浮泛的议论和介绍，就更能使读者觉得所
接触的都是真人真事，感到亲切。如《春水红霞》以某富翁和京
剧女演员的结合为中心，描摹天津名士艺人的各种情态，俨如一
幅生动的速写。《歌舞江山》通过某大帅父子的形象，揭露旧军
阀的昏庸和官场的黑暗，又可以当作一篇野史别传来读。《小扬
州志》由一对青年男女悲欢离合的曲折故事。揭露下层社会的许
多阴冷的侧面。《粉墨筝琶》以七七事变后敌伪统治下的京津为
背景，表现人民对日寇和汉奸的无比憎恨。其中一个女主角林大
巧（林晓莺），出身寒苦，而性格泼赖，敢打敢斗，爱憎分明，
云若把她塑造得非常成功。我的一位朋友，曾就此称赞云若说：
"您真善于描写不能言情之人的情。"云若听了，特别高兴，以
为知言。解放前上海某影片公司，曾把这部小说拍成电影。由京
剧名演员童芷苓饰林大巧，轰动一时。据云若在此书的自序中提
到他记得有两句诗："何年净洗筝琶耳，若辈能逃粉墨难"；因取

"粉墨筝琶"为书名，意思是说将来排演新戏，这些汉奸是难免被搬上舞台，涂为白鼻的。《酒眼灯唇录》取"酒眼曾窥，灯唇能说"之意为书名，写繁华热闹场中的爱情纠纷，反映旧时知识分子因婚姻问题而引起的苦恼。这两部书都是云若的后期作品，即他自己也认为是功力最纯之作。

"文似看山不喜平"，云若常常引述此句，以为行文切忌平庸冗弱，陈陈相因。因此，他在小说中所安排的情节，无不波澜叠起，意趣横生。加上文字流畅，辞采缤纷，或叙述，或描摹，或诙谐，或嘲讽，皆能生动自然，曲尽其妙，真是"腕有鬼而笔有神"。总之，他的小说，既象一面明亮的镜子，反映出许多社会面，使人认识现实；又象一幅壮丽的山水画，使人身入画中，得到美的享受。其所以有很强的吸引力，让读者展卷即难释手，乃其长才、精思、健笔三合一的结果。

我看云若的小说，远在三十年前，许多故事情节，都早已忘却，只有《春风回梦记》，是我阅读的第一部书，而且曾经赚出我的眼泪，所以至今还记得一点梗概。天津的一个世家子弟，结识了南市的一个青年歌女，两人真诚相爱，矢志不渝。可是男方家长，决不允许他娶一个歌女，女方也处在恶劣的环境中，难于和男朋友自由结合。后来男方家长强迫他结婚，他坚决抵制，决不屈服。在洞房花烛之夜，还跑出去和女友会晤，根本不理睬这个新娘。但不久他无意中看到新娘，穿一身红衣服，焕若朝霞，光艳照人，其美丽温柔纯洁善良，和外面的女友竟自不相上下，于是更增加了精神上的负担，对这个新娘深感歉意，矛盾交织，痛苦重重。结局是这一对青年男女在与封建思想、等级观念以及社会上种种恶势力的斗争中终于失败，女的死了，男的亦痛不欲生。这时家内的新娘也因得不到丈夫的爱情，长期抑郁，得了重病，随着死去。双重悲剧，无比凄惨。这部小说，歌颂了追求婚姻自由的青年男女的坚贞爱情，控诉了旧社会的罪恶，所提出的

230

问题，是有典型性的。作品主题，无比明确；人物描写，形象鲜明；情节安排，紧凑细密。无论就思想性和艺术性哪方面来说，都足以跻世界名著之林，而毫无逊色。

但云若写小说，不仅借鉴于外国名著，还很好地继承了中国小说的传统而推陈出新。从魏晋起，我国就有了写婚姻问题的短篇，象《列异传》的谈生、《搜神记》的吴王小女紫玉、卢充等故事，虽杂神异，实重世情。其后唐宋传奇、宋话本以及明清人的拟作，写爱情的题材就越多，即在表现农民起义的《水浒传》中，也穿插着一些男女关系的情节。清代蒲松龄的兼志怪传奇两体之长的《聊斋志异》，更是集短篇爱情故事之大成。这些作品，对云若写小说的选材立意，都有一定的影响。曹雪芹的《红楼梦》为我国的长篇小说作了一个总结，进入了一个历史新阶段。这部伟大的作品，其写人状物之细腻生动，安排结构之谨严周密，运用白话之生动自然，全达到了空前的高度，开后来创作的无数法门。继起的是道光间文康的《儿女英雄传》，其中的说教部分，虽陈腐可厌，可是全书文字的流畅纯净，确实不逊于《红楼梦》，故盛为五四以来言白话者所称道。云若的小说是直接继承这两部书的优良传统而产生的，语言、笔路，一脉绵延，而又有新的发展。

每个历史阶段的作品，都有它的时代特色，云若的作品亦然。我认为旧小说发展到三、四十年代，也作了一个总结，其代表作家中应有刘云若，从他的作品内，可以看到这一历史阶段的一个侧影。

可惜的是我收藏的他的二十多部书，都在十年动乱中毁去，否则一定要引一些精彩片断来供大家欣赏。现在只能把希望寄托在出版部门，找出云若的作品翻印几部，给大家看看。让不了解他的人，增加了解；让不知道他的人，知道知道。在百花齐放的今天，云若的小说，是可以作为一个流派而存在的。

231

云若当年常和天津的一些老名士往还，如大方（即方地山，名尔谦）、金息侯（梁）、赵幼梅（元礼）、向仲坚（迪琮）等，常为文酒之会，云若时来凑趣，作诗填词，他俱擅长，却很少动笔。所撰小品文，清新隽永，妙趣横生，其三言两语的一节，颇有《世说新语》的味道，但因构思不易，题材难找，也并不常写。

大方善撰联语，无论是集句或嵌字，都能咄嗟即成，曾集句赠云若云："倦飞知还，云无心以出岫；含睇宜笑，若有人兮山阿。"上联出陶渊明《归去来辞》，下联出《楚辞·山鬼》，嵌"云若"二字甚巧，云若逢人即道，非常高兴！向仲坚亦尝集宋词书联相赠，一直挂在云若床边，只是联语已不记得了。

云若写小说，总喜欢用一种印有直格的很薄的竹纸，用毛笔写蝇头小楷，密密麻麻，满纸略无空隙。我曾保存他所写《白河月》小说的一篇原稿，那是发排后从校对手里要来的。这一张纸，写了将近六千字，足供在报上连载三、四天之用。我曾问他："你用毛笔写多慢，这么小的字，也太费眼睛呀！"他说："习惯了，我必得这样拿着笔，一边写，一边想，才写得出来。"说着，就拿起一枝毛笔，捏着笔管的上端，挥动作势，随着一笑，我也笑了。

这张稿子，我连他的十余通手扎，都粘在一个小册子上，十余年前同付劫灰，至今引以为憾。云若死时刚刚五十，今年正好是八十周年，假如他至今还在，不知又写出了多少部小说来！现在回忆他的声音笑貌，仿佛又看到他颀长的身材，微黑的面孔，手拈纸烟，时时弹去上面的灰，一边谈，一边微笑，轻烟袅袅，随着他的思绪，在空中不住地飘动……

　　　　　　　　　　一九八一年二月写于北京

232